黄金明

著

南方出版传媒
花城出版社
中国·广州

图书在版编目（CIP）数据

江湖告急 / 黄金明著. -- 广州：花城出版社，
2021.5
 ISBN 978-7-5360-9144-3

Ⅰ. ①江… Ⅱ. ①黄… Ⅲ. ①长篇小说－中国－当代 Ⅳ. ①I247.5

中国版本图书馆CIP数据核字(2020)第083077号

出 版 人：肖延兵
责任编辑：陈宾杰　蒋文頡
技术编辑：凌春梅
封面设计：拼棘设计

书　　名	江湖告急 JIANGHU GAOJI
出版发行	花城出版社 （广州市环市东路水荫路11号）
经　　销	全国新华书店
印　　刷	佛山市迎高彩印有限公司 （佛山市顺德区陈村镇广隆工业区兴业七路9号）
开　　本	880毫米×1230毫米　32开
印　　张	9.625　1插页
字　　数	210,000字
版　　次	2021年5月第1版　2021年5月第1次印刷
定　　价	49.80元

如发现印装质量问题，请直接与印刷厂联系调换。
购书热线：020-37604658　37602954
花城出版社网站：http://www.fcph.com.cn

目录
contents

001 第一章 女名捕

035 第二章 逃亡者

063 第三章 戴着镣铐相爱

098 第四章 水晶宫主

134 第五章 泼墨神刀

168 第六章 潜伏者

202 第七章 等待捕猎者

236 第八章 龙争虎斗

269 第九章 恋情的终结

第一章 女名捕

一

如果一个人活到九十岁了,还在坚持年轻时代的理想,不管他的理想是什么,这多少让人肃然起敬。但也有例外,高唱为理想奋斗到了九十岁,却被大伙儿讥讽为老怪物、老不死、翻线佬,诸如此类。高唱的理想,就是使充满腥风血雨的江湖,远离杀戮,天下太平,武林各大门派一家亲。人们练武,不是为了打架或杀人,而是为了强身健体,就像在公园练太极的老头,只讲养生,不问技击。这个想法太搞笑了,在江湖儿女看来,就像公鸡下蛋、太阳从西方升起、西门庆挥刀自宫,都是不可能的事,简直荒唐透顶。

但高唱没这么悲观,他认为只要找出病根,就有可能对症下药,乃至药到病除。他觉得江湖之打来杀去,并非会武功的人太多,而是会武功的人太少了。打打杀杀的根源,就在于武功上的不平等,有人武功高,有人武功低,前者总是不太珍惜后者的生命。如果人人都是一等一的武林高手,恐怕谁都不敢轻举妄动。道德上的教化固然重要,练武之人都要讲武德,这没错,但不足以制止打斗，关键之处在于，要让每一个人都有所敬畏、制约和禁忌。高唱从十八岁起，立下了宏愿大志，发誓要创造出一套天下最高明而又最简单的武功，让人人都成为武林高手。最高明的意思就是天下无敌；最简单的意思就是只有一招，简单易学，一教就会；人人的意思就是说，只要他是一个人（包括老弱妇孺），都能成为飞花摘叶、伤人立死的高手。他的高论既异想天开，又跳不出时代的局限，因此漏洞百出。

高唱年轻时相貌堂堂，长身玉立，剑法高超，在十八岁那年，打败了江南第一高手柳叶刀，扬名立万，没有一个人觉得他是傻瓜，相反是人人趋之若鹜的少年英雄。江湖上声名卓著的老中青三代美女，至少有一半给他写过情书。情书大致可分为纯情型、香艳型、肉麻型三大类，均遭到他的严词拒绝。但他心地善良，每次拒绝了别人都很不好意思，常给对方做思想工作，给对方找台阶下。他对年纪大的美女说："谈情说爱是人生很美好的事，但我不太适合您，妈妈希望我找一个年纪比她小一点的媳妇，以免她摆婆婆的架子时难为情。"他又对年纪小的美女说："谈情说爱是人生最美好的事，但我不能跟你谈恋爱。我们还年轻，不应沉溺于儿女情长，应该珍惜光阴，好好练功，多掌握一两门剑术或刀法，以便将来杀敌报国，等到将来直捣黄龙、收复中原再来谈恋爱也不迟啊。"他对老美人显得很不耐烦，说话有点尖刻；对小美人就很有耐心，说得比较委婉。但无论他怎么说，都不可避免地伤了人家的心。

尽管如此，这些美人都没有知难而退。高唱三十六计走为上，但美人们死心不息，穷追不舍，他在无奈之下，只好跑去少林寺当了和尚，法号善哉。有一打以上的美女伤心欲绝，选择了独身，退隐江湖。有更多的美女则跑到少林寺对面山头的尼姑庵削发为尼。据说独身的多是侠义道上的女侠，甚至不惜自尽殉情；做尼姑的多是黑道上的魔头，故能苟且偷生，甚至贼心不死。也不知这些传闻是真是假。

事情到了这种地步，善哉大师感到很遗憾。他上少林寺，其实是要学上乘武功，而不是像流言说的，为了避开黑白两道美女的围追堵截。他当然不讨厌女人，但他平时研究武学，废寝忘食，心无旁骛。即使成亲了，也没空去陪夫人，还不如不娶。换言之，为了心中的理想，他只好远离女色。但这个说法，没有几个人相信。

少林武学博大精深，有很多出神入化的武功，其中以"少林七十二技"为最。七十二种秘笈就放在寺中的藏经阁里，每个少林弟子（包括俗家弟子）都可以去借阅。认真练习的人却不算多，因为太难练了。最容易练的是"童子功"，三年可有小成，但没有几个俗家弟子感兴趣。最难练的是"金刚指"，至少要三十年，才有火候。因此，将"七十二技"全部练成的人几乎没有。就算你是一个武学奇才，等练到一半，也已经超过了一百岁，就算侥幸没有圆寂，也老态龙钟了，想扎一个像样点的马步都难。一百多年前，寺里出过一个神僧，三岁开练，一直练到一百多岁，也只不过练成了三十六种，这已经是寺中的纪录，至今无人能破。

善哉不愧是武学奇才，等他勤学苦练了两年，住持方丈觉得大师在全寺的大会上，给他颁发了一张烫金的奖牌，激动地拉着他的手说："好弟子，你可以下山了。'七十二技'你已练成了四十六种，我敢跟你赌一枚铜钱，你在江湖上已找不到一个对手了！"但善哉不肯半途而废，他又苦练了三年，等到再也没有什么好学的了，正要打包袱走人，觉得大师却不让他走了。觉得大师说："我不能在江湖上落下一个不爱才的骂名，所以不能放你走，我要高薪聘请你担任本寺的总教头！"

善哉大师年仅二十六岁就在少林寺身居高位，被人誉为三百年以来武林罕见的一代神僧。正在他的声誉如日中天时，他忽然离开了少林，并出语惊人："我决定去独创一种天底下最高明而又最简单的武功，它厉害得像红衣大炮，却简单得只有一招！"

善哉大师还俗之后，躲在江南的一处深山老林研究武学，创造了不少惊世骇俗的武功。但他对这些武功都不满意，不是威力不强，而是太繁复了，不容易学会。就算天才也要练好几个月，如果是老弱病残，恐怕一辈子也练不成，所以不太适宜推广。消息传出去，有很多人慕名前来拜师，但遭到了高唱婉言拒绝。他不好意思地说："这些武功虽然不错，但都不够完善，缺点就是太难练了。等我创造出了理想的武功你们再来学吧。"大伙儿坚持说："我们都出身卑微，吃苦耐劳，所以不怕难练，请高大侠收我等为徒。"大伙儿诚意拳拳，高唱差点被打动了，但他还是苦心婆心地说："我现在还不能收徒，毕竟这些还不是我心目中的上乘武功，我不能误人子弟。"大伙儿失望透顶，只好悻悻而去，都觉得高唱非常虚伪。看他愈是诚恳的样子，就愈是觉得虚伪。

然而，高唱要创出一套惊世骇俗又只有一招的武功，谈何容易。十年过去了，高唱依然一无所获，这让他沮丧极了。他想过要放弃。后来他想，如果现在放弃，就永远也创造不出来了。你想，在年轻力壮、精力充沛时都创不出来，等到年老体衰还有希望吗？所以他咬紧牙关坚持了下来。多年以来，他创造了无数套拳法、掌法、腿法、剑法、刀法、枪法，诸如此类，每一种都是非同凡响的武功，无论是哪个人，只要学会了其中的一两种，估计都能在江湖上扬名立万，显赫一时。然而，高唱却对自己越来越失望了，因为他猛然发现，他创造的这些武功不仅没有被简化成一招，反倒越来越复杂。譬如寻常的一套"伏虎拳"，本来只有二十四招，但在他的手上竟发展到了一百零八招，每一招又含着十七八种变化。

又一个十年过去了，仍没什么进展，高唱就有些灰心丧气。他觉得躲在深山里研究武学，还不如去笑傲江湖逍遥快活，如果身边有一个美如天仙的小女侠那就更好了。但他马上感到惭愧，一个人不能光是想着自己，还得想一想如何为武林造福。如果连他也放弃了，恐怕永远都不会有人将这套武功创造出来。很简单，不是每个人都懂得"少林七十二技"，也不是每个人都像他胸有大志，心怀苍生。就这样，好几个十年过去了。高唱活到了七十岁，白发苍苍，他依然躲在深山为了创造那一套不知道会不会存在的武功而绞尽脑汁。江湖上依然刀光冲天，黑白两道的仇杀斗殴从来就没有平息过一天。

到了七十岁，高唱还没有创造出这套理想的武功，他不禁越来越慌了，他开始怀疑自己的智慧。他不会怀疑他的理想，他坚信世上有这样的武功，如果说还没有被创造出来，那是因为他的修为不够。他也想过放弃，但如今骑虎难下。他为了这个理想，都奋斗了数十年光阴，花了无数心血，说什么也不能半途而废。他的理想，就像一条毒蛇盘踞于他的内心，吞噬着他的每一寸血肉，跟他纠缠不休，不死不散。

在这段漫长的岁月里，那些喜欢过高唱的老中青三代美女，有的荣升祖母儿孙绕膝，有的终身不嫁郁郁终老，有的嫁了不止一次，但说起高唱一律杏眼圆睁，银牙紧咬，一副恨不得将他千刀万剐的样子，其实也是爱恨交加，心情复杂。有个女人说："老娘艳若桃李，肤若凝脂，身材这么性感，高唱这个王八蛋真是有眼无珠，竟然不接受老娘抛的绣球！"传到高唱的耳中，他也只是一笑置之。不是什么女人他都会喜欢，况且，他是身怀理想的人，当然不能跟没有理想的人计较。但也有一个女人让他深感歉疚，一想起来，胸口就会隐隐作痛。高唱年轻时曾赌咒发誓说：等这套武功创出来，咱们马上拜堂成亲！但眨眼之间，几十年就过去了，他还没有实现这个诺言。这个女人就是武林中有名的美人"紫衫神捕"顾盼，但说她是"有名的美人"，也是五十年前的事了。

顾盼这个人很有意思，背景也很复杂，三言两语很难讲清楚。她在二十岁之前行侠仗义解危济困，有"江南十大杰出青年女侠"之美誉。她在二十多岁时，跑上少林寺对高唱说："如果你不马上还俗跟我结婚，我就做女魔头给你看，让你遭受良心的谴责！"高唱当然没当一回事，结果，顾盼真的去做了魔头，且在半年之后做到了魔头中的老大，臭名昭著，人人欲诛之而后快。

不久，她又销声匿迹了。后来有传闻说，她跑到高唱隐居的茅屋住了下来。可见爱情有一种不可思议的力量，它可以使一个人甘心堕落乃至成为人民公敌，也可以使一个失足青年痛改前非浪子回头。高唱对她的堕落充满痛惜和歉疚，对她的改邪归正也表示欢迎和欣慰，但还是不肯跟她结婚。他说："我忙得连跟你亲热的时间都没有，你跟我成亲不是守活寡吗？你还是去找别人现实些，我不能害你啊！"他以为这样就不会伤害她，其实大谬不然！他对她的伤害不可避免，除非他放弃那个该死的理想，立马跟顾盼拜堂成亲！

但顾盼不是那么容易打发的，她一来就赖着不走了。当初她提着包袱来找高唱，还担心高唱赶她走，这种担心纯属多余，高唱嘀咕着说："来了也好，我在练功的时候有个伴了。"顾盼说："前朝有一个科学家，老是想着制造永动机，一直到死也没有研制成功，我看你就跟他一样傻！"高唱正在做着二指禅，头下脚上，说话也就有些不知轻重："研制永动机也是我的理想，不过还是等我创出这套武功再说吧——你站好了，我要出招啦！"

顾盼来找高唱，本来是要劝他抛弃理想追求浪漫的，不料偷鸡不着蚀把米，劝他不成，反倒把自己也搭了进去，成了他练功的靶子。高唱每创出一种新的武功，就拿她来试验效果。这还不算，她还要负责打柴、做饭、洗衣服等等，在晚上施展"玉女神针"的绝技把每一个蚊子钉在墙上，在下雨时施展轻功掠上茅屋用葵扇叶堵住漏洞。简言之，所有家庭主妇加保姆要做的事情，她全包了。她倒是一脸幸福。由此可见：1. 幸福无非就是一种感觉。2. 一个女人若真心爱上了一个男人，就会全心全意为他服务，毫无怨言。其实，这一切都是顾盼的诡计，就像她当初赌气去做魔头也是一种诡计，只不过她的诡计如今才能得逞。她觉得这样也不错了，除了缺少父母之命媒妁之言，跟成亲又有什么两样呢。等到高唱主动破了他的"童子功"，她对自己就更有了把握。

至于高唱所说的"忙得没有时间亲热"之类，纯属胡扯，每次亲热都是他在百忙之中主动提出来的。有时，顾盼故意挣脱他的怀抱说："我可不敢耽搁你的宝贵时间呀。"高唱微笑说："一颗承担着远大理想的脑袋太累了，有时也要让身体适当放松啊。"可见,男人说的话往往是当不得真的,哪怕他是一心一意造福武林的大侠。这一点女人尤要注意。

高唱活到七十岁了,他的理想还没有露出任何实现的迹象。尽管他对自己的信念毫不动摇,但也有点狗急跳墙了,他说:"虽然我们内功深厚,但也不敢保证一定活到一百岁。我得抓紧时间了,岁月不饶人啊。"顾盼劝他说:"老头子,你不要白费心机啦,世上哪里有天下无敌又只有一招的武功?"高唱不服气,嚷道:"你有什么根据可以证明你说的这个观点?没有根据就不要乱说!"顾盼不是能言善辩之士,更不是讼师或评论家,当然拿不出什么有力的论据,遂只好听之任之。

终于,高唱创造出了一套极其厉害的掌法,又只有一招或一掌,这一掌吸收了各家各派掌法的精华,一掌击出,飞沙走石,有铁砂掌的阳刚之力,又有绵掌的阴柔之劲,有般若掌的慈悲更有劈空掌的霸道,糅合了至少一百六十种掌法的精粹,可谓包罗万象。他喜极而泣:"终于练成了,老太婆快过来,可以试招了!"

顾盼站得远远的,脸上露出了为难之色,不高兴地说:"这么厉害的掌法,你还叫我试招?这几年我活得还算有滋有味。"高唱微笑说:"我不是要在你身上试招,而是叫你用最厉害的兵器往我的肉掌上招呼!"在冷兵器时代,最厉害的兵器就数弩箭,弩箭中最厉害的就数"诸葛弩",可以发出十八支连珠箭。顾盼遂取来"诸葛弩"对准高唱的手掌发射,他当然可以施展"空手夺白刃"的精妙招数把利箭全抄在手中,但这样就试不出这套掌法的威力。结果,十八支利箭连声而出,"嗖嗖嗖",全从他的掌心对穿而过。他痛得面无人色,又大为沮丧。顾盼庆幸地说:"幸亏你没叫我用弩箭去试铁布衫的威力，否则就难保你的胸膛不多出几个窟窿！"

高唱的双手就这样残废了，这对他来说真是致命的打击。他在少林寺苦练得来的"七十二技"，除了铁头功、连环腿等少数几种，其他的从此报废了。尽管他武功盖世，但也还没有学会用双脚使"疯魔杖法"，用脚趾使出"金刚指"，更不会用嘴巴舞动流星锤。老高唱还是不肯认输，拳掌器械刀枪剑戟练不了，还可以练气功呢，以气驭剑、隔山打牛那才算是武功的最高境界。高唱早年对各门各派的气功均有所涉猎，对少林派的"易筋经""狮子吼"有精深造诣。这两门气功都很不错，问题是要简化成一招，也就是说一呼一吸都能伤人，却并非一朝一夕之功。

高唱在八十岁时，终于创成了这两门气功。他施展"狮子吼"时就如晴天打了一个霹雳，山崩地裂，天地也为之变色。但他忘了用棉花塞住自己的耳朵，结果被震成了聋子。顾盼幸好早有提防，挖了一条深达十米的地道躲了进去，得以安然无恙。真是祸不单行，等到他施展"易筋经"的时候，一口气又提不上来，结果走火入魔半身瘫痪。可怜前女侠顾盼除了洗衫做饭之外，每天还多了一个推轮椅上的伴侣去湖边看夕阳的任务。据说，武学大师高唱今年九十岁了，还在坚持他年少时的理想，只是不知道他到底用什么来坚持。

二

话说本朝皇帝沉溺于后宫的三千佳丽之中，无暇料理国事。

僧侣忙着吟诗，诗人忙着入仕，官吏忙着搜刮，而商业还未形成规模，城市小手工业的作坊所挣的那几个铜板，大可忽略不计。报纸上说，本朝最频繁的商业活动发生在妓院，最忙碌的商贸人员是怡红院的诸位销售代表。三教九流的从业人员，辛辛苦苦挣来的银子，无一不通过妓女柔软的腰肢流入了老鸨的腰包之中。自秦代以降，每一个农民都想着发财，每一个地主都想着当官，地主只不过是发了财的农民，皇帝只不过是升了级的地主。农民、地主和皇帝这三者之间，像走马灯似的转换，金钱、权力和美人依然是每一个好汉梦寐以求的东西。人生如戏。而最大的游戏又集中于爱欲与艺术，从前有个爱好戏曲艺术的皇帝，在一个喜欢洗澡和吃荔枝的胖姑娘身上仿佛找到了万里江山。前朝还有个精通美术和书法的皇帝，为一位名叫李师师的名妓所惑，不仅被她掏空了身体，还差点给她掏空了国库。诗歌就是这顶游戏王冠上最璀璨的明珠，在本朝，除封建士大夫、文官、军人、皇帝的妃子以及皇帝本人之外，还有僧侣、术士、娼妓纷纷成了诗人，就连商人、戏子、樵夫、农夫或苦工等也概莫能外。史书上的著名恩客柳永就是一个大词人，而诗写得极佳的李煜万岁爷却丢了江山。一个有志于从事皮肉贸易的女子，不仅人要容貌出众、床上功夫非比寻常，还要精通琴棋诗画，才能成为一个技压群芳的花魁，譬如李师师、董小宛、柳如是等莫不如是。

在这个历史悠久的文明古国，文化缠着小脚，科学尚未萌芽，百姓生活在蒙昧的状态之中，犹如猛兽生活在漆黑的洞穴里。生命的自我意识、值得顽强追求的独立人格以及一切跟永恒相关的思考，还没有在这个国度普遍流行开来，由于人们懵懂无知、听天由命或知足常乐——因此有相当一部分的意志消散在空气中。那么,也可能在某一处,一种稀薄的意志和生命的觉知浓缩在一起,熔铸成思想的合金。这种合金,出于偶然或者必然,在一些人的身体之中缓慢生长并成为闪光的灵魂。

十年寒窗苦读的书生追求功名,闻鸡起舞的武士渴望军功,但在山林通向庙堂的分岔小径上,还存在着一个江湖。那儿刀光剑影,有一些人骑最烈的马,饮最烈的酒,杀最强的敌人。他们的胸中另有一部法典,他们以胸中热血和手上快刀来捍卫人间的公理和正义——这就是他们的理想。

讲述这个故事的我是东海书院的学生、《东海书院校报》的记者兼《江湖快报》特约通讯员。这个故事的标题是《江湖档案——一个大侠的一生》。我在书院里写作,从期刊的资料中,从说书艺人的嘴里,从民间流传不同版本的传说中,在亲历者的珍贵回忆中,撷取素材,去芜存菁。作为一个两耳不闻窗外事、一心只读圣贤书的读书人,我碰上侠客的机会很少。对于那些我不了解的事,譬如剑术的招数和研习,暗器的铸造和发射,我只能尽量施展想象力,否则还能怎样呢?我不是对这个故事的细枝末节都一清二楚,请列位看官原谅。

我们都是来自乡下的人,除了熟悉祭祀、种庄稼、五月做粽子、七月点河灯、秋收、酿酒、做豆腐、偷情、械斗、砍树、抗洪之外,对其他事情没有多少见识。一个死读书的书呆子,对世事能有多少了解呢。我写这个故事时,捉襟见肘,时有力不从心之感。但写这部小说是我的作业。我跟江湖离得远远的,天知道我将会怎样叙述侠客和武功。我只在学校的文艺晚会上见过侠客的模样,身上穿着大红的披风,背上插着连鞘的长剑,手上摇着一根马鞭以示他正在策马驰骋,背景是卷轴上起伏而辽阔的大漠。在悠扬的笛声和急骤的鼓点之中,年轻英俊的侠客舞动雪亮的长剑跟大花脸的魔头在舞台上展开搏斗。我知道这不是真正的侠客,连侠客的一丝影子也没有。扮演侠客的人,他所施展的招式犹如舞蹈。那根代表着骏马的马鞭尤其虚假,就像一盆冷水泼灭了我对江湖的想象。尽管我热爱武术,但没有什么机会学习。当然,书院里的体育课也有打拳,体育老师会教一套初级长拳及二十四式简化太极拳,大伙儿也在操场上打得有模有样,但我怀疑这种慢吞吞、软绵绵的拳脚,到底能否在战斗中克敌制胜。

我们通常是从乡村私塾选拔过来的,凡是出类拔萃的学生,都有可能考入本朝第一流的书院,接受最优质的教育,学而优即仕,为朝廷效力,为百姓谋福利。我是文史科的学生,负责指导我的老师是小说家苏珊,年纪不大,却在文学界赫赫有名。她撰写的《草叶与荒原》三部曲获得了本朝最高文学奖,一时好评如潮,洛阳纸贵,盗版满天飞。我写这部小说,是缘于对侠客的无数次幻想,我承认内心的想法有点不健康,我每次的幻想对象大多是女侠客。红线盗盒、红拂夜奔的典故,总是让人在灯下翻书时怦然心动。有没有一个身怀绝技的侠女,愿意跟读书人比翼双飞呢?根据前人留下来的史料,尽管例子不是很多,倒也并非没有。但那样的美事会让我碰上吗?我不知道。我说过了,我对江湖上的事情一无所知。

在本朝,有不少好处,譬如女人不用拼命减肥,胖姑娘仍有机会像杨玉环那样被选为贵妃。譬如男人不用拼命赚钱,贫穷如司马相如者也会有卓文君这样的美女自投罗网。譬如诗写得好就有机会当大官，事实上，唐代以来的文官没有几个不是由诗人担任的。当然也评职称，但不会考外语（否则，不管顾盼抓了多少个江洋大盗，发表了多少篇破案论文，一辈子都只能拿一个初级职称，美其名曰"助理捕快"，颜面尽失）。相反，琉球人、高丽人、安南人要评中级以上的职称，一律要漂洋过海或翻山越岭来本朝考八股文。

好的地方还体现在于，由于社会分工还不够精细，中世纪的科学还没有取得革命性的突破，交叉或综合的学科很多。普天下的学问大体上都可分为文史科、理工科和外语三大类，所有的老师都身兼数职，所以无须招聘太多教师。当然，这种好处主要是针对投资办学的财主老爷及校长来说的。对有志于教育事业的人来说就不是很乐观，理由如下：1. 必须具有一专多能的综合素质；2. 就是真正具备了一专多能也未必找得到理想的工作。当然，本朝也有一些不好的地方，由于不好之处太多，罄竹难书，干脆略过。

具体来说，文史类的老师除了懂得四书五经，还必须精通《伯罗奔尼撒战争史》之类的历史学、《理想国》之类的哲学以及《孙子兵法》之类的军事学，还要懂得夜观天象、占星问卜之类的杂学。总之，文史类的功课包罗万象，多如牛毛。所以最优秀的文史类老师必须是一个百科全书式的学问家，天文地理，无所不知，琴棋诗画，无所不晓。

这样的学问家在做老师之前，有可能是佛印和尚那样的得道高僧，吃到了本朝最好的狗肉，写出了本朝最好的诗歌，画出了本朝最好的绘画；也有可能是在街头算命的瞎子，留下了《推背图》一类的奇书，对不可知的人世做出了神秘的预测，还有可能是风流倜傥、放浪形骸的杜牧，以一首优美的小诗赢得了青楼名妓的似水柔情……但等到熬成这样的学问家,就不用再做老师,而是被朝廷像大熊猫一样供养起来,享受国宝级专家的特殊津贴。

至于理工科的学问,凡是不能归入文史类的全归到这一块,所以它可能比文史类还要广博,还要高深,简直是漫无边际。幸好在这个年代,理工科还没有得到足够的发展,数学只停留在"勾股定理"的大致轮廓,物理学只停留在墨子"小孔成像"的朦胧意识,化学只停留在炼丹制药的原始阶段,连一根玻璃试管也没有……依此类推,我的意思是说现代科技的春风还没有吹到这块古老的大地,一切都显得影影绰绰,混沌未开,依然保留着文明古国的质朴风貌。

由此可见,最优秀的理工科老师就有可能是鲁班式的能工巧匠,不仅会用木头造出攻城的云梯,还会用木头制成在天上高飞三日三夜而不坠的机械鸟;也有可能是祖冲之这样的数学天才,不用算盘,更不用计算机,仅凭几块木片削成的算筹就算出了圆周率在3.1415926至3.1415927之间;还有可能是整天梦想着长生不死、白日飞升的白发老道,躲在深山老林架起高炉大炼仙丹,炼丹不成反而发明了火药……自然科学的极致无一不指向了发明,最优秀的理工科老师,当然是沈括、宋应星这样的科学家。

年轻的文史科老师苏珊不仅可以把"九九乘法表"倒背如流,还能克服地球引力施展草上飞的轻功,所以不能说她对理工科一窍不通。苏珊虽然连秦始皇是哪个朝代的人都说不清楚,但熟读《西厢记》《白蛇传》《石头记》之类的言情读物,所以不能说她对文史科一无所知。苏珊老师有语言洁癖,对外语畏之如蛇蝎,连ABC也不肯记住,但幸好不懂外语也照样可以当教师。

众所周知，学外语是为了交流（毋庸讳言，有人学外语是为了出国找洋女婿）。但我们有的是好东西供别人学习，不需要向别人学习，所以没有多少交流可言。有的书院开设外语选修课，也是为了向蛮夷诸族乃至食人生番推广本朝文化，王昭君和文成公主就是这样的女英雄。别人也有一些不错的东西，譬如西域小国的新潮时装和流行音乐，印度人的玩蛇秘法，非洲人的木雕技艺，但这一切都被我们视为雕虫小技，不登大雅之堂。外语科逐渐派生出了翻译家和翻译这个行当，但翻译家对这个年代没有多大用处。只有少数人例外，譬如把佛经从蝌蚪文翻译成了汉语的唐三藏。总之，在这个年代，外语在教育界无足轻重，不懂得外语并不是一件丢人之事。

三

我完成了《江湖档案——一个大侠的一生》第一稿，在一个风雨如晦的春日黄昏，我的小说导师苏珊在她的宿舍约见我。我撑着一把油纸伞，挎着书包，书包里放着手稿。本来我写成这篇小说，仍然沉浸在一种创作的亢奋之中，情绪很高涨。但这样的天气犹如一股愁绪在空气之中弥漫，使我涌起了莫名的伤感。苏珊找我，让我有点兴奋，有点忐忑。她是师院的第一美女教师，并不是每一个学生都能得到她的单独辅导。苏珊的小楼是一幢白色的建筑物，掩映在茂密的花树之中。一丛夹竹桃散发着浓郁的香气，雨水似乎并没有将它冲淡。

当我推开门，苏珊老师恰好沐浴完毕。她伫立在一面硕大的铜镜前梳妆，长袍如雪，黑发如墨，镜前的烛光映红她的脸，其实她一向脸色雪白，犹如透明的冰雕。她赤裸的双足踮在地上，如此柔弱而粉嫩。而她的身体轻盈如飞鸟，仿佛不会给双足施加任何压力。我闻到了一股类似檀香而更为独特的香气，仿佛比外面的夹竹桃更为浓郁。这股气味似曾相识，犹如某种花香，我在别的女孩子身上也似乎嗅到。这股香气就是苏珊的身上发出来的，等我走近些，就更肯定了自己的判断。

苏珊伸出手，亮出一支金色的凤钗和一支碧玉簪。她说，哪个更好看？我嗫嚅着，不知如何作答。苏珊无须转头，就可以从镜面看到我。她扑哧一笑，弃凤钗而取玉簪，将头发绾成了一个高髻。她又伸手从小抽屉取出两支唇膏，一支是红色的，一支是绛色的。她又问，哪个更好看？我没有吭声，越发困窘。我来这儿，是想听听她对我小说的看法，我对她的头饰及唇膏并没意见。其实她双唇红艳，唇纹分明，而脸又太白，根本无须涂脂抹粉。这都是我的真实想法，但不好说出来。苏珊选了绛色的，将嘴唇涂得一片绛紫，原本清纯端庄的她，马上透出几分妩媚和热烈，仿佛换了一个人。

苏珊总算梳妆完毕，示意我在妆台前的椅子坐下来，她一屁股就坐在我的大腿上。我从铜镜看到了我们，苏珊巧笑倩兮，而我神色不安。我摸不透她是什么意思，感到额头沁出了汗珠，浑身不自在。

苏珊开口了，说你觉得我漂亮吗？这是一个不难回答的问题，我也不是第一次遇到这样的问题，而她也十分美丽。但她是老师，而我是学生，她的语调又充满了挑逗之意，这样简单的问题就变得复杂起来，让我回答不是，不答又不是。我结结巴巴地说，我的腿有点麻——其实她的身体很轻，我根本就不觉得重，更不会发麻，反而觉得一片温软，但正是这种温软让我惊恐。

苏珊离开了我的大腿，用手指戳在我的额头上，说真是傻孩子，看把你吓的！但是她的问题依然让我难堪，她问我，你对你的女朋友满意吗？不满意我可以帮你换一个。我回答说，感谢老师关心，我对她很满意，暂时没有换人的打算。这倒是我的心里话，除了看不到她的脸，不知道她长成什么模样，我没有什么不满意。但在书院，人人谈恋爱都是这样的，我也不觉得有什么不妥。况且我已经熟悉了她的气味，不想从头再来一次。我这样回答也暗含着拒斥的意思。她点了点头，似乎对我的回答很满意。她又说，书院有这么多美女，难道你就没有动过心吗？我反问，世上还有那么多好的书院，为什么老师您只挑这一家？她回答，一个人只能选择一次，我觉得这里挺适合我。我说，我也是这样的。我见苏珊还要喋喋不休，就说，我是不是违反了书院的恋爱条例？苏珊说，没有。我说，您叫我来好像是要指导我的小说。我的言外之意是，还是谈谈我的小说吧，不要在恋爱问题上纠缠不休了。

苏珊脸上一红，终于翻开了我的手稿，抄起一支小狼毫，饱蘸朱砂，在每一页上都打了一个红叉。她每打一个红叉，我就脸上一热，等到她打完最后一个红叉，只见我在镜中的脸憋得如同猪肝，非常难看。那些鲜红的交叉犹如小说主人公身上涌出来的鲜血，黏稠而臭腥，我的小说人物无一幸免。他们并不是死在小说中描写的阴谋和伏击之下，而被苏珊扼杀于摇篮之中。

我不满地说，难道我的小说就一文不值吗？

是的。

我觉得您对武侠小说存在偏见！

武侠小说当然是可以写的，但必须写得有点意思。

您是说，我的作品一点意思也没有？

当然。

何以见得？

故事落入俗套，语言陈腐无比，全篇没有一个地方是摆脱前人窠臼的。总之，全文无一可取之处！

我歌颂人世间最美好的感情，这也不可取吗？

你不要偷换概念。我不是说你写的东西不好，而是说你根本就没写好。你是写了一对人物的感情：高唱和顾盼，但我来问你，何以见得他们在相爱？爱情到底是什么？（我冷汗直冒，支吾不答）你回答不出了吧？你根本就没有回答，我看不出这两个人有什么值得写的地方。

我觉得顾盼跟高唱是真心相爱的，我承认我缺乏对爱的阐释以及证明。

尤为致命的是，女主人公顾盼形象模糊不清，她跟高唱的爱情更是蜻蜓点水。书中关于高唱实验武功的段落还过得去，但你又无法在日常生活或险恶江湖之中写出男女主人公那种生死与共的感情。你的副标题是"一个大侠的一生"，你只写了若干片段，而这些片段又不足以勾勒出主人公的发展轨迹。无论高唱还是别的什么人物，均显得支离破碎，未能给人一个完整而饱满的印象。是不是？

的确如此。

那么承认你的人物失败了吧？

我额头冷汗涔涔，点了点头。我说，但我在结构上还是别具匠心的，我采取的是片段式的写法，通过几个闪光的片段，勾勒出高唱为了理想而奋斗的人生轨迹。一个人的一生何其漫长，但我抓住他一生中关键的几个"十年"做文章，从而构成了小说的主体。这跟那种线性的叙述来比，无疑是大大拓宽了小说的表达空间。小说是结构的艺术，只要我的结构可以成立，那么它也不是一无是处。

你还好意思跟我谈结构？我真为有你这样的学生而羞愧！你的开头场面宏大，似乎做出一副要涌出千军万马的架势，出来的人物却寥寥无几。结尾也太过仓促，主人公一下子就泄气了，给人一种虎头蛇尾之感。所谓闪光的片段，是被你生硬地扭合、拼凑而成的，它们之间也缺乏必然的联系，甚至连基本的过渡和衔接也没有。你这样的结构，松散，杂乱，毫无秩序可言，简直不堪一击！

虽然苏珊说得很难听，但不能否认她讲得确有道理。我不禁汗颜，那怎么办呢？

我说呀，你也不要贪多，塑造好一两个人物，写好一两段故事就不错了。譬如，高唱和顾盼的情感纠葛就可以大做文章嘛。既然你要写一个大侠的一生，那么就要完整勾勒他一生行动的轨迹。他能被称为大侠，自然少不了行侠仗义，这个过程自然就是情节了。自然少不了伏击和决斗，凶险万分，正是置身于危机四伏的处境之下，男女主人公产生的感情才有价值，才靠得住。这样，爱情又可以交代了。你要抓住主人公追求正义和爱情的理想来写，一个人为什么要出生入死，要跟魔头做殊死搏斗？这肯定是基于一种理想，这就是其中的深意存焉，你必须挖掘出来。

我茅塞顿开，点头如鸡啄米，再也不敢驳嘴。

苏珊口气稍为缓和，说，你必须摆脱俗套，前人已经写过那么多精彩的武侠小说了，如果你还是跟着别人的屁股跑，不能写出一点新意的话,那毫无意义。你看你,一开篇就是"如果一个人如何如何",陈词滥调,俗不可耐!你必须建立一套新的叙述机制和叙述语言,否则要摆脱别人的影响也是一句空话。我的意思是说,你必须重写这部小说!

在苏珊不留情面的狂轰滥炸之下,我的信心几乎被摧毁。我问,苏老师,我还能写好这部小说吗?

苏珊怒道,没用的东西!别忘了,你是我的学生。这就是你写好一部小说的保证!这样吧,你写好第一章就拿给我看。

苏珊虽然严厉,但她的话犹如黑暗中的明灯,廓清我心中的迷雾,我重新燃起了去写这篇小说的激情。我将那份打满了红叉的手稿塞入书包,苏珊没有为难我,让我离开了。但她忽然没头没脑地说:"对你的女朋友好一点!"我一愣。我跟女朋友感情很好,苏珊不必操心,她要操心的应该是如何指导我写好这部难度很大的小说。

四

我绞尽脑汁,终于完成了小说的第一章。我又遵照苏珊的指导,将小说的标题改为《江湖档案——一个理想主义者的一生》,运用了一种调侃性的语言,虽有油腔滑调之嫌,但毕竟是一种时髦的写法。该内容如下——

在江湖上混的人没有几个不想出名的,众所周知,出名了就有说不尽的好处。据说,有人以大侠郭靖之名在江湖上招摇撞骗,一直骗到了华山派掌门家里,直到他去吃霸王鸡被妓院的龟奴扭送衙门才露出了马脚，一时传为笑谈。黑道上的人想成为魔头，白道上的人想成为大侠，只要成名了就好办，走遍天下都不怕，再不济也会有出场费。出名的方法有许多种，其中最有效的一种是跟名人沾上边，要么互相吹捧，要么大打出手，要不弄点乱七八糟的绯闻也行，总之无论如何也要跟名人牵扯上关系。有个小沙弥说自己是少林寺方丈玄慈大师的另一个私生子，结果一夜成名。有个小尼姑写了一本自传体小说《峨眉宝贝》，大肆炒作，又是请妙手丹青绘画胴体上的一对宝贝，又是在内裤上印刷小说的片段，结果从中土红到了海外。武当弟子卓一航本来默默无闻，在江湖上摸爬滚打了几十年，上刀山下火海，挥血如雨，就是红不起来，后来受高人指点，出版了一本回忆录《情深深雨蒙蒙——我跟白发魔女不得不说的故事》，在京师签名售书，总算狠狠地火了一把。

但这些方法多少有点旁门左道，名门正派的弟子多不屑为之。有的正派弟子不惜冒着生命危险去找黑道高手决斗，反正不论输赢都会出名。如果赢了就是英雄，接受无数鲜花和掌声，还有望得到武林第一美人的青睐，享尽艳福；即使输了也会光荣成为烈士，名垂青史，其勇斗魔头的事迹将印在教科书上让每一个有志于行侠仗义、为民除害的小孩学习。高唱先生当然也想出名，但他做事仅凭一己好恶，常路见不平拔刀相助，也做过强盗打家劫舍，是一个正邪难分的人物。他有些为难，还没有决定去做魔头还是大侠。无论黑道还是白道都不把他放在眼里，更不会给他面子，他毕竟是一个无名之辈。其实他们不知道高唱的武功已到了出神入化之境，否则就不会狗眼看人低。高唱出身"神刀堂"，本来也算正派中人，后来却被逐出了师门。被逐的原因众说纷纭，莫衷一是：有人说他用自创的邪招伤了师父,企图欺师灭祖;有人说他酒后非礼师父的爱妾,破了淫戒。

女名捕顾盼偏对高唱情有独钟,她说:"如果你做侠客我就跟着你杀贼,如果你做强盗我就是你的压寨夫人。不管你去做什么,我都会永远跟着你!"

顾盼,女,年方二九,峨眉派掌门多嘴师太的入室弟子,以剑术著称,现供职于杭州府衙,是江南六扇门中有代表性的美女高手,有"紫衫神捕"之美誉。一个有责任感的捕快跟侠客有相似之处,那就是都视除暴安良、降妖伏魔为自己的本职工作,不同的是,捕快只管维护法律的尊严,却不管这些法律公不公正,代表的是谁的利益。侠客就显得有点目无王法,视法律如儿戏,不怎么把官府放在眼里。

顾盼每天辰时上班,先去衙门点卯,然后上街巡逻,抓抓扒手,偶尔教训一下调戏民女的小流氓,运气好的话还能抓到一两个打劫钱庄的飞贼。一开始,顾盼对这项工作很感兴趣,做得有滋有味、有声有色,但时间一长,她就显得兴味索然,有点百无聊赖。原因是街上的坏人几乎都被她抓遍了,剩下的要么改邪归正,要么远走高飞(顾盼的办案能力由此可见一斑)。好在她平时很会享受生活,有空就去逛时装店、上美容院、吃日本寿司,周末还经常脱下差服换上超短裙,请朋友过来开一开Party、打一打火锅,过得还算丰富多彩。

有一天,杭州城最有钱的大款钱百万被强盗入室打劫,劫走了十万两银子。顾盼果然不愧是六扇门中的高手,她一查就知道是高唱做的。于是,她选了一个月黑风高的夜晚,手执锁链要来擒拿高唱。

当顾盼突然杀到的时候，高唱正在天井里洗澡，嘴里还在哼着流行小曲。天井里摆着一个很大的澡盆，澡盆大得像一个小型游泳池，烂银似的月光全被打碎在盆里。顾盼先是惊讶得瞪大了眼睛，继而面上一红。惊讶的原因是她从来没有见过这么大的澡盆，脸红的原因是盆中的这个活宝看上去仿佛在裸泳。好在月光虽然皎洁，别人也未必能看得清她红得发烧的粉脸。这就是顾盼第一次跟高唱相见的情形。

高唱一见到有客人来访，说："顾神捕大驾光临，高某有失远迎，恕罪恕罪！"他说着还想站起来施礼，以示欢迎的诚意。顾盼却不领情，厉声喝道："不准起来！"一柄亮晃晃的利剑已对准了高唱的咽喉。高唱微笑道："对不起，知道你要来的话我就穿着衣服洗澡啦。"顾盼面若寒霜地说："我怀疑你跟一宗抢劫案有关，请你跟我走一趟！你有保持沉默的权利，但你所说的一切都可能成为呈堂证供！"

高唱为难地说："在这样的情况下，不管我有没有抢劫，看来不跟你走恐怕是不行的了。但我能穿上衣服吗？我这样跟着走，恐怕有损您老人家的清誉。"顾盼冷笑，手中剑往他的咽喉又迫近了一分，娇斥道："废话少说，我手上的利剑可不像我这么有耐心！"她说着剑尖一挑，把搭在椅子上的一件浴袍挑起，剑光一绞，高唱的浴袍被绞得粉碎，纷飞如雨，像一群白色的蝴蝶。

高唱居然还是不慌不忙地说："如果我不想让你抓，你还是一点办法也没有！"顾盼见他还在嘴硬，冷笑道："你还能怎么样？难道赤条条地跳起来跟我对打不成？"她话还没有说完，谁知高唱忽然举起那个大浴盆往头上一扣，水花四溅之中，只见高唱仅仅露出头部，披头散发，身上套着那只木盆，看上去有点像一只大海龟，却跑得比兔子还快。等顾盼反应过来，高唱早已逃得无踪无影了，只有他的声音在遥遥传来："小捕快，我说过的话你一定要相信！"

顾盼望着地上的一摊水渍，有点沮丧，但更多的是兴奋。她觉得这个小飞贼有点与众不同，还蛮有意思的。她隐约觉得自己就要陷身于一个无比浪漫的故事之中。他竟然想得出用木盆当衣服来穿，简直是一个浪漫派的诗人。大家有所不知，顾盼正值豆蔻年华，爱好文学、思维活跃、浮想联翩，熟读《西厢记》《金瓶梅》和《石头记》，长得有点像那位靠洗澡和吃荔枝出名的唐朝姑娘，有一双青蛙似的大眼睛，顾盼生辉，百媚横生。她有点后悔自己太莽撞了，应该问一问他到底是不是飞贼，如果不是就好啦。

高唱不肯承认自己是一个贼，但那桩案子确实是他犯下来的。这是他亲口说的：钱百万这个老王八为富不仁，我拿他一点钱去赈济黄河的灾民也算是为他积阴德，劫富济贫，有何不可？顾盼也觉得他说得有点道理，但是她小嘴一撇，偏要说："我就不信你有这样的菩萨心肠，看来不把你抓回去严刑拷打，你是不肯招的啦。"高唱虎目圆睁，火冒三丈："那你有种就来抓我呀！"其实顾盼说"严刑拷打"带着一些撒娇的味道，有点像"你真讨厌"之类，但高唱不了解女孩子的心理。本来她也不是非得要把他缉拿归案不可，高唱既然向她叫板，她若放他一马，世上岂有天理？

别看高唱一见顾盼就做出惊慌失措的样子，落荒而逃，其实他一点也不怕她，只要他愿意，可以在三招之内夺下她的兵刃，在五招之内把她打倒在地。六扇门中赫赫有名的"紫衫神捕"顾盼，在他看来无非是一个乳臭未干的小姑娘罢了，论打架还嫩着呢。他跟她玩起了捉迷藏，不能被她捉住，但也不能藏得太隐蔽，否则人家就找不到他。所以，他经常碰巧跟她在大街上不期而遇，每次相遇，顾神捕总是兴奋得大呼小叫，把锁链抖动得噼啪直响，张牙舞爪要来抓他。

高唱一等顾盼向他扑过来，拔腿就跑。他若跑得太快她就追不上，若跑得太慢了又有被抓住的危险，所以他跑得不紧不慢。如果顾盼跑得太累了，他还建议大家都坐下来休息一会儿。一个在不紧不慢地跑，一个在拼命地追，两人武功孰高孰低不言而喻。但顾盼不这样认为，她说："如果他武功比我高为什么要逃跑？"这就是女人的逻辑。但也只是没有恋爱经验的女人的逻辑，如果她谈过恋爱，就会觉得事情不会这么简单。有时，顾盼一不小心就把人追丢了，高唱就像一尾小鱼打着水花在茫茫人海中消失了踪影。顾盼急得一屁股坐在地上哭鼻子，痛骂自己的双脚不争气，连一个下三烂的小毛贼都追不上。每逢遇到这种情况，她总会听到一阵狮子吼似的笑声，那种笑声带着七分豪迈二分怜惜还有一分蔑视，仿佛是针对她一个人发出的，总之听来格外刺耳。

顾盼一跃而起，东张西望，但她不要指望能循着笑声把高唱从人群中揪出来。有时她看到的是一尊坐落在街心公园咧嘴大笑的雕像；有时她看到的是酒楼面前的一座石狮子在对着她挤眉弄眼，两只眼珠骨碌碌地乱转；有时她看到的是一只青蛙状的绿色果皮箱，连蹦带跳地来到乱扔果皮的人面前，说："杭州是我家，清洁靠人家——请不要乱扔垃圾！"这些吓死人的雕像、石狮、果皮箱其实都是高唱装神弄鬼的结果，但顾盼也不得不佩服他的易容术之高明、行踪之飘忽、想象之奇特。街上的任何一件事物都有可能是这个该死的飞贼扮成的，真是让人难以捉摸，防不胜防。

顾盼恨得牙痒痒的，有一次当众发誓："等姑奶奶抓到你，一定要你尝尝烙铁、老虎凳和辣椒水的滋味！"

有一次，"紫衫神捕"顾盼走累了，见路边有一张木椅就去坐了下来。她忽然觉得有点奇怪，因为她从没有坐过这么舒服柔软的木椅，但又说不出有什么不对劲。如果她是一个经验丰富的妓女，她屁股一沾就会感到诧异：这张椅子为什么柔软得像男人的大腿？但她不是妓女，而是一个情窦初开的小姑娘，所以，尽管她觉得这张椅子有些不对劲，但也不往深处想。等到她坐了一会儿，椅子忽然开口说话："您老人家倒是舒服得很，可是我的大腿就惨啦——"同时，椅子的两道扶手还像人的手臂向她的腰肢合拢过来，顾盼才知道又中了奸计。她在恼羞成怒之下，连用了十七八种毒辣异常的拼命招数，才逃脱了"椅子"的掌握——这张椅子当然又是那该死的高唱扮成的！

有一次，顾盼追赶高唱来到十字大街上的"狮子楼"酒馆前，明明看见高唱就在前面，但一转眼又不见了，顾盼不禁气得发疯，拔剑狂舞，对着人群破口大骂："该死的臭盗贼，我知道你就躲在里面，有本事就走出来跟姑奶奶大战三百回合！"话刚落音，街上就嗒嗒嗒走来一匹马。这匹马是白色的，四蹄一起一落，马鬃飘飘，除了格外神骏之外，倒也没有什么特别。但这匹马走到顾盼面前的时候，忽然露出了一脸奸笑。碰到这样的马，真是让人毛骨悚然！但见顾盼一剑刺出，嘴里大叫道："臭盗贼，且吃我一剑！"峨眉派的剑术可不是说着玩的，所以那匹马不敢让她刺中。只见它四蹄腾空，一个"旱地拔葱"掠上狮子楼的屋檐，又一个"燕子三抄水",几个起落就消失了!那天,街上的行人大开眼界,多年后还津津乐道:从来没有见过轻功这么好的马!它就像不明飞行物一样不可思议!

后来,高唱索性定期出现:在每个月的月圆之夜,他都跟月亮一起在十字街头的"狮子楼"酒馆一起升起。只要顾盼在这时来到狮子楼,肯定就能见到他。每到这时,顾盼总是淡扫蛾眉,涂脂抹粉,把公差的服饰换成别的衣裳。她有时穿着雪白的百褶长裙,长长拖过街道,雍容高贵;有时穿着鳄鱼皮缝制成的短裤,露出两条长试管似的长腿,明亮得扎人的眼睛,活力四射;有时穿着紫罗兰色的露背装,身体大面积暴露,十分性感。总之,凡是能够突出身上任何一个亮点的做法,她都不会放过!

"紫衫神捕"顾盼在每个月圆之夜去擒拿高唱,都有一种"月上狮子楼,人约黄昏后"的感觉,仿佛不是去捉贼,而是去跟情郎幽会,心里又甜蜜又忐忑,真是十分刺激。每次顾盼打扮得花枝招展来到狮子楼,高唱早已要好了雅座,请了一个盲眼的老头在拉胡琴,还有个小姑娘在唱《春江花月夜》,一切准备就绪,就等着顾盼就座。在这样的情况下,她当然不好意思上去抓人,她这身打扮也不太适宜动武,但捕快见了盗贼,也不能一味装聋作哑。高唱见她窘迫,不禁微笑:"咱们先坐下来喝两杯,讨论一下人生和理想,就当是你了解案情吧,待会儿你再来抓我——就这样说好啦。"

到了这步田地,顾盼想不承认自己爱上那个该死的强盗都不行了。等到高唱在又大又圆的明月下用双手把九十九朵红玫瑰举过头顶做投降状,并无限深情地说:"快把我抓起领功请赏吧,只要能让我脖颈儿上的鲜血沾红你的顶戴,我死而无憾!"顾盼感动得泪水如泉涌,那句"不管你是强盗还是侠客我都永远跟着你"的昏话就是在这时脱口而出的。她一冷静下来不禁后悔莫及。但她好歹也是江湖上成名的女侠,说话如板上钉钉,是不能出尔反尔的。

但女孩子像变色龙一样反复无常,高唱也不敢指望她言而有信,果然,她用一种商量的口吻说:"高大哥,我虽是一个不入流的小捕快,但好歹也是一个吃朝廷俸禄的,总不能跟着你去打家劫舍杀人放火吧——你是不是别去做强盗啦——"高唱倒无所谓,反正做强盗也好,做大侠也罢,还不是一样过日子?但女孩子总是得寸进尺的,她又一脸憧憬地说:"虽说有情饮水饱,但咱们也要养家糊口——你是不是去找一份正当工作呢?免得以后给小孩买奶粉都拿不出钱——"高唱是一个自由派,一听到"正当工作"就眉头紧皱,但她还在喋喋不休:"譬如说,你可以去做保镖,可以去教人打拳,还可以去戏班做替身演员什么的——"高唱再也忍不住了,叹道:"你还是把我交给官府吧,就是把牢底坐穿也比做替身之类多点生趣。"

顾盼一听,杏眼圆睁,怒道:"叫你去找一份工作还要跟我讨价还价!我在江湖上好歹也算是一个名家,你只是一个无名小卒,跟着你就像一朵鲜花插在牛粪上。想我嫁给你——等你在江湖上成名了再说,在此之前休想见我!"

五

"紫衫神捕"顾盼名满江湖,一不小心却爱上了一个贼。爱上一个贼倒无所谓（既然高唱有心改邪归正弃暗投明，那么就是好青年。顾盼曾语重心长地说：你今后要主动向组织靠拢，不要辜负我的期望。当时高唱点头如鸡啄米，写了一封血书以示决心），但他做贼也做得不怎么样，在江湖上一点名气也没有。这才是顾盼耿耿于怀的地方，她觉得自己有一种被贱卖了的感觉。所谓物超所值，就是最大限度地发挥钞票的购买力。打一个简单点的比方：用买玻璃珠的钱买到了同样大的蓝宝石。再打一个复杂点的比方：一个称霸街头的美女被评为全城的选美冠军，一个称霸全城的美女被评为全国选美冠军。再打一个更复杂的比方：一个称霸街头的美女不但评上了全城的选美冠军，而且评上了全国的选美冠军，最后还傍上了一个全国最有钱的大款，依此类推。女孩子总是希望能找到一个物超所值的男朋友，"紫衫神捕"顾盼也不例外。

要求高唱去找一份正当的职业甚至出人头地，这都不算过分，过分的是要高唱非成为名人不可。其实，这一切都是顾盼的虚荣心在作祟。她是一个全城著名的美人，他却是一个默默无闻的穷光蛋，所以她有一种买衣服被狠宰了一刀的感觉。解决这个问题的办法有很多，其中的一种是无条件退货：把高唱无情抛弃，另结新欢。但顾盼没有这样做。

后来，报纸的娱乐版报道说：顾盼是一个重然诺讲诚信的女侠，宁死也不肯做出这等有违侠义的事情。大家也乐意相信。只有顾盼一脸不高兴："为什么就不能说我真心爱他呢？"但是爱归爱，如果高唱不在江湖上扬名立万，恐怕无法驱散她心中的郁闷。

高唱对她的要求无动于衷，这让她非常恼怒。她总是忍不住骑着快马绕了大半个杭州城来郊区找他（他住在城郊是考虑到出租屋的房价较为低廉），见了面又磨磨蹭蹭，不想走。她说过，高唱在成名之前休想见她，所以她有点不好意思，她解释说："我是特意来检查你的工作进度的，一检查完就走——"每次高唱都双眼翻白地汇报："我正在修改计划书，麻烦你帮我看看——"每次都把顾盼气得脸色发绿，拂袖而去。

当顾盼又一次来找高唱的时候，还带了两个挎着包袱的人。其中一人长得又高又瘦，大耳垂肩，双眼无神，头发很长，扎着一捆马尾巴，嘴里叼着一根烟斗，一看就知道是一个艺术家，他就是《武林报》的美术编辑。另一人长得短小精悍，狮鼻阔口，满脸横肉，很有威仪，看上去像一帮之主，其实不然，而是《江湖快报》的体育记者。他们包袱里放着的也不是兵刃而是文房四宝：除了笔墨纸砚还有好几瓶颜料。颜料是用来画图片用的，那时照相机还没有被发明出来，报纸上的图片全由美术编辑来画。顾盼满面春风地说："《江湖快报》打算以特别报道的形式花一个版面推出咱们一波三折、荡气回肠的恋爱经历，配发大幅图片，请记者采写一篇《爱情改变了命运——一位女名捕和飞贼的生死之恋》，我写一篇《心慈手狠，春风化雨——我成功改造飞贼高唱之经验谈》，你写一篇《浪子回头金不换——一位女名捕的爱情使我重获新生》。咱们精心策划，疯狂炒作，这次非让你出名不可！"

高唱一听，大发雷霆，不禁拍案而起："我虽然是一个贼，但也知道世间尚有'廉耻'这两个字。我虽然做梦都想出名，但无论如何也不能辱没了祖宗！"顾盼听得汗如浆出，浑身颤抖，泪珠忍不住夺眶而出。倒是那个体育记者久经沙场，脸不改色，干笑着说："今天的天气……哈哈哈……"高唱见顾盼梨花带雨，真是我见犹怜，心也软了，温言道："你真的很想我出名吗？"顾盼抿紧嘴唇，不肯吱声，眼眸里却闪过了一丝喜悦之色。高唱问："江南公认的第一高手是谁？"体育记者抢答："'一刀变三'柳叶刀！'一刀变三'的意思是说，不管是什么样的对手，不管是什么样的东西，只要他一刀挥出，都会平平分成三截，毫厘不爽！"高唱说："那你赶快回去写一则简讯，就说我'神刀'高唱下月初三决战柳叶刀！"

想借柳叶刀来扬名立万的高手并不少，一年之中，向他挑战的人没有十个也有八个，近年来却渐渐少了。主要原因大概是向他挑战的人没有一个能活着回来！江湖上的好汉叹道："撼山易，撼柳叶刀难！他简直不是人，是人就不可能使得出这么快的刀！他的刀法仿佛是在地狱的鬼火中练成的，每一刀都能夺人的命！"

柳叶刀本来瞧不起高唱，不想跟他比武，但他是江南第一高手，有义务接受任何一个高手的挑战。况且报纸也登了这个消息，如果不打恐怕有损声誉，反正他也不在乎多杀一两个人。

这场赛事由杭州的武威镖局主办，在风景秀丽的西湖风景名胜区举行。两人决斗那天，围观者如潮涌，门票由五贯铜钱炒到三钱银子，无数生意人后悔当初没有承办这场赛事，白白错过了一次发财的良机。比赛有两种方式可供选择，第一种是套路比赛，规则是看谁的动作做得更合乎规范、更尽善尽美；第二种是对打，没有任何规则，一直打到分出胜负为止，就是打死人也不要紧；但练武之人也要讲武德，如果有一方认输，另一方应当马上停止攻击。为了使比赛看起来更加精彩，组委会经研究决定采取第二种方式，主裁判由德高望重的少林方丈觉得大师担任，副裁判由江湖上公认的刀法名家"五虎断魂刀"掌门人彭老虎和"春秋大刀"掌门人方天鸿担任。

应现场观众的要求,两人在比赛之前先表演了一下套路,但不计分。套路表演开始了,柳叶刀出招,只见刀光一闪,一只飞过他面前的苍蝇被砍成三截。彭老虎掏出一把精确到零点零一微米的尺子量了一下,当众宣布:每截不多不少,都是二十九点八微米。轮到高唱出招,只见他把一只公蚊的那活儿一刀削下,方天鸿掏出放大镜一照,当众宣布:蚊子的那活儿被砍成了十八截,至于每截的长度嘛,这个却是难以丈量……柳叶刀瞥了一眼那只蚊子被削成十八截的性器官,不禁脸如死灰,把刀一掷,长叹道:"阁下刀法之高,在下望尘莫及,'江南第一高手'之称号,柳某拱手相让,不用再比啦!"

高唱打败了号称"江南第一高手"的柳叶刀之后,就不好意思再去做贼,而是做起了职业侠客,等到他做了几件为民除害的侠义之举,名气就更大了。"紫衫神捕"顾盼笑逐颜开,她一逢人便说自己的男朋友武功是如何了得,自己又是如何有眼光,把一个失足青年从泥淖中挽救回来并把他培养成才。仿佛高唱之所以成名,全有赖于她的栽培。唯一让她郁闷的是,高唱不肯说出他被逐出师门的原因。只要她一想起江湖上的流言,就忍不住要跟他殊死搏斗。那句流言是这样的——高唱之所以被逐,是因为酒后非礼师父的爱妾,破了淫戒。

这一次,苏珊是在书院西侧的那片密林中指导我的。彩霞满天,晚风习习,苏珊选择在此,其理由不是林间清风拂面,让人心旷神怡,而是她不想目睹缓缓滑落之夕阳,因为夕阳太过伤感。我有点难以理解，不想看到夕阳的方法有很多种，譬如跑回房子里去，关上窗户，或者干脆用黑布蒙上眼睛。但当时我没有反驳，苏珊有些莫名其妙的嗜好，我已逐渐习惯，只要她能指导我写好这部小说，别的倒在其次，不必跟她诸多计较。

稿子送到苏珊那里，她一边翻阅，一边哈哈大笑。她既然发出笑声，说明我的东西有可取之处，起码比较有趣。总之比她板起脸孔来教训我要好。但她的笑声还是让我感到不自在。因为我们不是在她的宿舍，而是在大庭广众之中。密林之中，有很多情侣在谈恋爱。男的都披枷带锁，坐在排椅上，女的坐在男的大腿上。男的一律脸蒙黑布，不能视物，我平时跟女朋友拍拖也是这样子。至于男的为何要戴着镣铐，眼蒙黑布，待会儿再说。反正他们什么也看不见。但那些没有眼蒙黑布的女子，虽然坐在男朋友的大腿上，男朋友的双手也搂抱着她们，却无一例外地盯着我看，让我心里阵阵发毛。我基本能揣测她们目光的内容。

身边是成双成对的情侣，莺声燕浪不绝于耳，而身边是貌如天仙的苏珊老师，笑靥如花，我感到了一种深切的不真实性。我觉得这片树林是一个大的虚无，苏珊是一个小的虚无，我正在往虚无中坠去。当然，倘若苏珊换成我的女朋友，而我又眼蒙黑布，那么就一切都很正常。退一步来说，苏珊换成别的什么女子，我也不至于产生这么深的虚无感，这一切都根源于她是我的老师。而一个学生跟一个老师坐在树林的长椅上谈天说地，旁若无人，多少会让人觉得有些荒诞。我在苏珊的笑声之中，在女子的窥伺之下，坐立不安，一心只想快点听完苏珊的意见，然后逃离这个是非之地。

然而，苏珊今天的兴致似乎很高，她并不急着和我讨论小说，而是跟我聊起了这片树林的重大意义，大概内容是说如果没有这片树林，就没有这么好的恋爱场所，如果没有这么好的恋爱场所，情侣就不会这么快进入角色，渐入佳境……总之，这片树林对发展我校学生的恋爱事业起到不可替代的作用。我有点不耐烦，说，树林自然是好，但更好的是学校倡导的恋爱做法。苏珊不以为忤，反而点头赞许。她翻开我的小说，忍不住又大笑起来。我不安地说，到底行不行呀？

苏珊缓了一口气，说道，这样的叙述就对了，这样就跟别人的小说有所区别了嘛。总的来讲，也还过得去，但还要稍做修改。譬如他们的爱情就来得容易了些，顾盼也毫无矜持之感。重点应放在高唱的建功立业上，不宜过多说他的儿女情长。顾盼为何要对高唱发生感情？肯定是在共同的奋斗历程之中才会产生嘛，故事中也缺少交代。不过，作为小说的开头，还是蛮吸引人的，但你在接下来的撰写中，就要好好注意了。

得到了苏珊的肯定，我也很高兴。但置身于这样的环境中，那种不真实的感觉没有消失，反而越来越强。我甚至无法判断苏珊的话语是真实的，还是随口敷衍。我安慰自己说，苏珊自然是认真的，她一向严厉，又何必敷衍于我？夕阳完全消失了，暮色越来越浓，树林中的情侣变得内心躁动，抱成一团，他们的动作发出一些古怪而轻微的声音。苏珊将稿子还给我，缄默不语。林子一片黑暗，我看不到苏珊的脸，但我能感觉她在凝视着我。我向老师告辞了，走得异常匆忙，凌乱的脚步仿佛不为我所有。我有种慌不择路的感觉。

第二章　逃亡者

一

"东海书院是一个花园式单位，依山傍水，环境优美，是莘莘学子学习与生活的好地方。本校属本朝重点书院，师资力量雄厚，为培养子弟成才之首选，建校数百年来为朝廷输送了解元唐伯虎、探花李寻欢、状元纪晓岚等一批世界级文化名人，是培养状元、榜眼、探花之摇篮。尤为难得的是，本校有十分浓郁的诗歌气氛，诸如李白、杜甫等一大批青年诗人从这里登上诗坛并崭露头角，有诗人的摇篮之美誉……"这段话节选自该校的招生海报，关于该校的风光事迹有夸张之嫌（譬如培养了李白之类就纯属无稽之谈），对学校的优美环境却介绍得不够（由于校方的宣传干事水平有限，极富特色的校园风貌在海报中不能体现万一），我有必要补充一二。

东海书院坐落在钱塘江附近的南北湖畔，湖水环绕，鸥鹭出没，绿树掩映之中，亭台楼阁影影绰绰，远远望去，仿佛一个放大了的盆景。走近一看，才发现里面别有洞天，移步换景，让人眼花缭乱，叹为观止！该校的东侧河汊纵横，在水面的宽阔之处，耸立着一幢幢石头屋或木头盖的风雨楼,奇怪的是,在岸边和楼房之间没有一座桥梁。这些具有威尼斯风情的水上建筑群就是教学楼,学生上课下课时有专职的艄公摆渡(据说把教学楼建在水上有防止学生中途逃学的好处,前提是把所有的小船都用铁链锁起来。当然这也只能防普通的学生,游泳运动员除外);还有的房子依山势而建,逐级而上,这就是该校的阶梯课室,可容纳两三百人。

该校的西面是一大片绿草如茵的空地,空地的四周有着依依的垂柳、八角小亭和大大小小的花园。一年四季,园中鲜花不断,芬芳扑鼻。这里是学生平时休憩及活动的场所,热闹非凡。女生的活动以扑蝶或看男生踢蹴鞠为主,男生的活动以踢蹴鞠或帮女生捉蝴蝶为主。每天课间,在树木稀疏的地方,有许多人在踢蹴鞠;在树木茂盛的地方,有许多人在捉蝴蝶。

我刚到书院时有点不太明白,按常理来说,最多蝴蝶的地方应该在花园及其附近才对。后来我才恍然大悟,原来这个地方就是该校的风光旖旎之所,每天上演着千篇一律的柔情蜜意。原来这些花园是百花齐放的,大至牡丹小至满天星,姹紫嫣红,应有尽有,但后来全改种了玫瑰 新来的校长是读经济学出身的。

东海书院的南面以园林为主,别墅林立,有说不尽的曲径通幽、柳暗花明之妙(此处风光之美,可参照李渔先生在《闲情偶寄》中关于园林的精彩描述,不赘),四周一片静谧,门前不闻车马喧,耳边只有黄鹂鸣翠柳——这里就是教工宿舍区。普通教师刚参加工作时,三人合住一套房子,等做到退休就可以独自住上一座别墅。当然也有例外,譬如有位副校长还是一个单身汉,却占着三座别墅。该校的北面原来是一片荒山,林木阴森,据说时有毒蛇大虫出没，以前无人涉足。后来，校方为了锻炼学生的胆量，就把学生宿舍楼迁到了该处，有的地方还有待开发。东海书院的最大特点是绿树成荫，鸟语花香，亭台楼阁随处可见。

学生宿舍虽然偏僻，但也堪称建筑史上的一大奇观。每个房间都是六边形的，房子两两相连，无数个房子紧抱成一团，显而易见，楼房的设计者深谙蜂房的原理并深受启发。远远望去，这座灰黑的建筑物就像一个巨大的蜂巢，里面布满了无数间蜂窝似的小房子。它比蜂巢更科学的是，房子之间为弯曲而细小的走廊所连接，这样，每间房子既相互独立，又互相连通，浑然天成。

在这些千篇一律的房子之中，就有我的宿舍。除了我之外，房间还有三个人，每间房安排四个学生入住。该上课的时候，就绝对不能待在房间内；该歇息的时候，就绝对不准出去。如果有违反，就会受到校规的严肃处理。当然，自由活动的时间除外，你可以在，也可以不在。像我嘛，除了平时上课或参加必要的公共活动，我宁愿大多数时间待在房里，看看书，或写点文章。我觉得房间的构造很完美，既科学又美观，能住在这样的房间，真是我的福气。但我的舍友就不同，他们都很喜欢外出，仿佛房间仅是一个囚笼，不到万不得已，是不愿回到笼子中来的。

说到这里，我不妨介绍一下舍友。三人中有两人是才华横溢的艺术家，一个是出类拔萃的数学家，前途无量，跟他们共处一室是我的荣幸。但很快我就叫苦不迭，天底下最难相处的就是艺术家，心高气傲，小肚鸡肠；而数学家整天跟你斤斤计较，也好不到哪里去。这三人，一个是美术家魏无极，一个是音乐家尚天乐，一个是数学家计小时。

作为书院的高才生，我们都有一个特点，就是好好学习，天天向上，唯恐落于人后。我作为小说组的学徒，每天绞尽脑汁写小说。

　　魏无极则不分昼夜地绘画，诸如卷轴、尺幅、扇面，他的作品遍地皆是，连宿舍的墙面也不放过，精心描绘着壁画。至于画的内容更是包罗万象，人物、花卉、山水一应俱全。他什么都会画，但画的是什么，谁也看不出来。他的画有一个特点，就是看一眼什么都像，再一看又什么都不是，待认真细看，就觉得他存心是在捉弄大家，说好是先锋和新潮，说坏就是鬼画符。老实讲，我很讨厌他的这些绘画。但每天一到宿舍，他铺天盖地的画作就强制性地映入眼帘，就像街头上的办证启事和老军医广告一样，压迫着我的眼睛。魏无极人瘦得像一根竹竿，但偏要穿得宽衣大袖，松松垮垮，翩然欲飞，颇有几分仙风道骨之感。他跟别人说话总是双眼朝天，头颅高昂，有着艺术大师的十足架势。他跟我解释说，做我们这一行的，一定要有气派，否则人家就以为你没水平。三更半夜，他经常在房间踱来踱去，双手在虚空中挥来挥去，有点像在打音乐节拍，但他又不懂音乐，打拍子基本可以排除。又见他脚步虚浮，犹如喝醉了的纸人。我还以为他在梦游，被他吓得半死，但是他开口了，说别声张，不要妨碍我作画！总之，这是一个怪人，大家都不喜欢他。

　　尚天乐也好不到哪儿去，他什么乐器都懂，却没有办法让人愿意听他弹完一首乐曲。不管是什么样的曲子，到了他的手，就变得阴森可怕，每一支都堪称惊悚剧的最佳配乐。他什么歌都会唱，但每一首听起来都像老鼠在深夜磨牙或噬咬烂木头，让人难受至极。这都不要紧，他又是天生的音乐家，一天不可不演奏乐器，一刻不可不开口唱歌。除了他自己，宿舍的每一个人都深受其害。但是他旁若无人，听不进我们的意见。他的理由是，音乐的最高境界，就是创作过耳难忘的声音，不管以任何乐器任何形式。就此而言，他无疑充分阐释了这个理念。他得意扬扬地说，你说有谁敢忽视我的音乐？他长得很胖，脑袋肥硕如斗，大嘴像个喇叭，腹部像一面大鼓，整个人看上去很奇特，让人很难用一两种现成的东西来形容。

就这样，魏无极压迫我的眼睛，尚天乐荼毒我的耳朵，让我的视觉和听觉都备受摧残，不得安生。

公允地说，计小时就长得不胖不瘦，堪称英俊。但他也有问题，就是平时很少吭声，阴沉着脸，只是埋头计算，即使我们向他打招呼，他也毫不理睬，仿佛天地之大，就只有他一个人似的。他的算式往往摆得很长，从宿舍一直写到走廊，又从走廊延伸到校道，可见他的用心之专，而该算题又是何等艰难。他不理我们，这本来也没什么，只是他用来计数的算筹越积越多，大大地占用了我们的空间。而他算到哪里，那些小木片做成的算筹就堆到哪里。每次我要出门去，都得像袋鼠那样蹦跳着，小心翼翼地跨越这些木片组成的障碍。

我觉得三位舍友都给我的生活制造了或大或小的麻烦，但我也拿他们没办法。都是才华横溢的人，自然免不了有点个人怪癖。

这就是三位舍友在我心目中留下的印象，恐怕也是大多数人的意见。至于我自己，在他们三人当中是什么样子，倒不方便透露，我怀疑他们的判断力。

幸好，他们各有各忙，甚少待在房间。魏无极一有空就抱一堆白纸和一张小板凳，到操场上去给人家画肖像挣外快。不管是男是女,他都画得无法让人分辨性别,甚至看不出来是哪一种动物。幸亏他运用的是后抽象派的夸张、荒诞和变形手法,所以像不像都不重要,大伙儿也不会计较,关键是要画得有生气有神韵,这倒是他的强项。计小时一有空就提着雪亮的斧头到荒山上去寻觅木头,以便劈成木片做算筹之用。时日一长,他的斧头运用得出神入化,舞动起来,只见一片白光不见人影,而散发出清香的小木片则随着白光落了一地。我觉得他做木匠比做数学家更加出色,但这样的话不便直说。等魏无极一回来,他怀抱里的白纸已抛售一空,而计小时准会用绳子捆一堆算筹回来。尚天乐除了睡觉,在房间很难见到他,在平时也难觅他的身影,他外出到底是干什么,也就不得而知。管他呢,我又不是一个多管闲事的人。

寒假结束了,同学们一回到学校就看见了一个美丽的女子。正值暮春,莺飞草长,在透明如蝉翼的阳光下,该女子婀娜多姿地走在林荫道上,双手笼在衣袖里,那清丽的脸庞犹如粉白的细瓷,那窈窕的身体犹如曲线流畅的瓶身,那轻盈的步姿犹如蹁跹的蝴蝶,在优雅恬静之中又夹杂着一种说不出的轻松和悠闲。她就是年轻的文史科老师苏珊。

她的到来引起了同学们(主要是男生)之间一场不小的骚动。还没有女朋友的男生喜笑颜开,不禁磨刀霍霍。有了女朋友的男生正在内心交战,考虑要不要做陈世美。无论是什么样的校花,在她面前也会黯然失色,此乃有目共睹之事实。该校的学生虽然是以成年人为主,有的学生甚至年过花甲(顺便说一句,该校的生源很复杂,男女老少都有,祖孙同窗的情况并不少见,不惜像牛马一样刻苦攻读，当然是为了有朝一日殿试高中，鸡犬升天），但也不提倡学生之间自由恋爱，更不提倡师生之间自由恋爱。

但不管提不提倡，谈恋爱在该校都是一件常见的事。所以，尽管有无数男生暗恋苏珊并要付诸实践，我也不会觉得有什么稀奇之处。但后来发生的事情又是那么的匪夷所思，突如其来，让我措手不及。女友跟我在恋爱林见面时，我每次都得按规定眼蒙黑巾，根本就不知道她是谁。等我终于搞清楚她是谁时，一切都不可挽回了。

我是东海书院新来的学生，曾对该校的一切都充满新奇。我曾以一个旁观者的立场，热情而不失公允地介绍了该校奇特的地理环境。倘把人文因素考虑在内，我就发觉每一处布局都大有深意，居心叵测，甚至每一处亭台和小径都成为校方管理学生的工具，譬如把教学楼建在水上是为了防止学生逃学，在花园里种玫瑰是为了赚学生的钱。

但大伙儿不这样认为，相反他们体会到了校方培育人才的用心良苦及无微不至的关怀。理由如下：1. 如果校方放任自流，大伙儿就像野草一样自生自灭，很难学业有成，为朝廷分忧；2. 如果校内没有玫瑰，男生就要绕很远的路到街上去买。我是说，大伙儿对校方的一切做法没有什么不满之处。我们沐浴在阳光和雨露之中，像幸福的葵花一样露出笑脸。

东海书院之所以能成为人才辈出的名校，其高度完美的封闭式军事化管理起到了关键的作用。整个书院，管理有方，富有效率，就像一台高速运转的机器。学生们穿着统一的校服，纪律严明，进退有据。由科任教师传授文化知识，由礼仪教练规范日常行为，大伙儿的思想品德也有道德总监去悉心教导。总之，学生们的每一种需要都由校方定额配给，诸如面包和啤酒，音乐和哲学，理想和爱情……这一切都受到了大伙儿的欢迎，没有谁不听从，也没有谁不幸福。换言之，校方几乎像在修剪一张平整如地毯的大草坪。对小草来说，长得不长不短是幸福的，而长得太高或太矮是不幸的。

二

东海书院有教学部、保卫部和后勤部。我在采访铁面校长时，他带我去参观学生谈恋爱。他说，本来是禁止谈恋爱的，但男女之情犹如洪水猛兽，与其堵塞不如疏浚，所以我们精心组织，科学统筹，统一安排。请经验丰富的职业恋爱者开设讲座，帮助大伙儿树立正确的恋爱观，先由渴望谈恋爱的学员提出申请，然后由后勤部逐一分配，尽量做到门当户对，皆大欢喜。

书院西侧的那片密林是恋爱的指定场所，有不少学生坐在排椅上谈情说爱。只是男生一律眼蒙黑布，戴着镣铐，被一根小铁链拴在大树上。铁面校长解释说，谁也无法保证每个女生都是美女，所以无法保证每个男生都满意，遂干脆把男生的眼睛蒙上。不得已动用到锁链，是为了防止失望过度的男生自尽，实践证明，蒙着眼睛拖着镣铐去谈恋爱比较容易得到幸福感。铁面校长忍不住发出笑声。我心下嘀咕，觉得这个理由恐怕无法成立，估计校方别有深意。我问道，为什么不把女生也拴上？铁面校长淡淡地说，很简单：1. 女生的思想觉悟普遍较高。2. 男生连眼带脸都蒙着黑布，看上去都差不多，女生就是觉悟低也不必逃跑，更不必寻短见。我隐隐然觉得有些不妥，但又不敢深究。据说，多年前就有人质疑过此一做法，已被开除出校。

三

光阴像一匹白马跑过了一座又一座山冈，转眼间数月过去。中段考的成绩出来了，我名列前茅，还写了几篇讴歌书院的豆腐块发表在杭州各媒体的报屁股上，赢得了小记者的光荣称号。东海书院强手如林，要脱颖而出也不容易，课堂上有老师表扬，平时有同学羡慕，我就有点飘飘然。不过老实讲，不光是我，任何一个学生都能体会到名牌书院的荣誉感，在社会上广受尊敬。我从乡村学校来到书院，顿时身价倍增，大有鱼跃龙门之感。我在书院得到的不仅是虚荣，还能得到最好的教学，享受到最好的服务。这一切，都是由书院的三大机构所提供和保障的。

我在乡下读书时，教学资源有限，师资力量薄弱，更谈不上有何管理，所以能掌握到的科学文化知识也极其有限。但在书院就不同了，老师都是百里挑一的精英，其中还不乏教育界的名宿，个个身怀绝技，讲起课来旁征博引，循循善诱，生动之至，让人听得如痴如醉。

与之相比，乡村学校教师的教学态度就很有问题，误人子弟乃不言而喻的事实。在上课的时候，有学生打瞌睡不管，有学生不交作业假装不知，总之对调皮捣蛋的学生睁一只眼闭一只眼。在我所就读的乡村学校，会聚了四邻八乡的农家少年，这里的学生从来没有想过去高一级的学校深造,他们的目的是在混够几年之后,拿到一纸毕业证书,去外地打长工时能够写好一封家书。事实上,该校近年来,除了我,没有人考上像东海书院这么好的学府,大多数同学都在升学考试时折戟沉沙了。那里的教师哪儿有心教书育人呢?不过,也难怪,大半年的工资发不出,人都快饿死了,还奢谈什么为朝廷的教育事业多做贡献。

好在这儿的教师都有本事把教学当成了副业,因为他们各自有谋生的绝技。譬如有个老师有一手写美术字的绝活儿,在州府大名鼎鼎,驿道旁,酒坊边,农村的泥墙,随处可见他用石灰浆刷写的美术大字,"道可道,非常道""半部论语治天下""为天地立心,为生民立命"诸如此类。有个老师则是出没江浙的猪崽贩子,他最看重的是猪栏里的小猪而不是我们。有一次,他猛然想起猪崽忘了喂食,把课本一扔就跑了,只丢下一句话:大家自习吧,可别乱跑!

文史科老师兼班主任刘美莲虽然连武则天是哪个王朝的女皇都说不清楚,但绝对是一个天才的裁缝师和杰出的推销员,因为她把生意理所当然地做到了我们班上:班上的十二名学生官,每人定做一套"官服",每位"官员"交十一吊钱。我不幸也做过学生官,我吞吞吐吐地说,我拿不出这笔钱,老师您把我解甲归田算了。

我觉得理工科老师赵云是我在该校所遇到的最有趣的老师。他整天都在想着搞发明,由于我的数理化不错,所以深受他的器重,成了他的得力助手。赵老师一生的发明真是不可胜数,譬如他用一块磁铁、几根铜丝以及竹筒塑料膜诸物,做了两个原始对讲机,他跟女朋友拍拖时,故意一人走到一个山头上去,大讲甜言蜜语,两人就像战场上的通信兵。其实,这种对讲机需要的技术并不高,我也会做,困难的是隔了两个山头还能接收不误。赵老师的这个发明本来并没有什么不好,但自从借给我们班主任刘美莲之后,我们就遭殃了。刘美莲老师自己拿了一只,另一只给班长,这样我们一有风吹草动,她都能了如指掌。顺便插一句,刘老师就是赵老师的女朋友。

赵老师有一天忽然心血来潮,要制造一架水车,以便解决全校师生的用水问题,这真是一个有益于社会人心的伟大之举,连校长都表示支持,愿意拨款三百贯铜钱以做经费之用。学校在山坡上,水井却在山脚下,我们要用水就得用水桶去山下挑。校长曾经叫我们利用劳动课在山顶上挖了一口井,但想在山顶上打井,恐怕要挖到地下二百米左右,才有井水冒出的可能。等我们挖到三十米时,校长终于知道自己是一个傻×,沮丧地说,算啦,别挖了。

赵老师做出来的水车是这样的:用木头做了一个长达五米的水槽,用牛皮带和木头制的齿轮来做牵引。一眼看上去,这架水车有点像龙舟,其实不然,这架水车汲取了本朝古典水车和现代机械的长处,用打通的竹管做水管,就可以把水从山脚引送上来。水车一造出来,我们不禁大为叹服,赵老师不愧是能工巧匠,手艺超群!但有一点重要补充:这架水车利用杠杆原理,是依靠人力来发动的,每次需要五个身强力壮的男生一齐用脚去踩才能把水送到山上去。老实说,如果不是经常派我去操作水车,这架水车也没有什么不好。我对赵老师说,能否把该水车改进一下,譬如利用山羊或黄牛来发动,这并非不可能,只要多装几个齿轮和链轨,就能提高效率,省下力气。但赵老师的兴趣已不在此,他已收拾行装,备足干粮，请了半个月假，准备上山去采伐木材，他打算研制一种空前绝后的机械：依靠风力来发动的木质滑翔机，以便有朝一日跟刘美莲老师举行空中婚礼。后来，赵老师因为搞发明出色被调入了东海书院，并终于将滑翔机成功研制。

在这样的学习环境之下，一个学生要想学有所成，就像学校里的理工科老师老梦想着制造滑翔机一样虚妄，真是比古代的岳家军直捣黄龙、收复北方还要艰难啊。但我下定决心要去考上一所名牌书院，从而脱离修补地球的噩运，结果我成功了。

来到东海书院，新旧对比，越发觉得书院的好处，而乡村学校的糟糕罄竹难书，真是感慨万分。书院的保卫部有力地保障了我们的安全以及教学秩序。在乡村学校，只有一个年过花甲的老头充当校警，他佝偻着脊背，戴着红袖章，坐在一把竹椅上守门，瞪着昏花的老眼，死死地盯着每一个进出校门的人。他有时又提着一根小铁棍跑到一口铁钟下当当地敲击，他的主要任务是守门和敲钟，但要指望他来保护我们，那就是一个笑话。经常有一些流氓地痞翻过围墙进入校园，偷摘花生和瓜果，甚至公然搂着女学生招摇过市，简直不将老校警放在眼里，老头也只好睁一只眼闭一只眼，假装不知。

在书院就不同了，我们大可高枕无忧。曾有小偷潜入书院偷东西，结果被忠于职守、勇猛无比的昆仑奴（这都是供职于书院各部门的杂役，负责治安的，说好听点是保安，其实就是打手）抓住了，抓住时还是生龙活虎的一条大汉，但放出去时就像一条残缺不全的死狗。尽管只关了一天，但昆仑奴将十多种刑具几乎用了一个遍，包括如烙铁之类的人造刑具和虎狼之类的天然刑具。消息传出去，不是活腻了的小偷，也就等闲不敢靠近书院方圆五里。

书院的后勤部负责我们的一切起居饮食，甚至还分配恋人。这样的待遇，也算不枉了我们这些未来的栋梁之材，在为朝廷做出贡献之前，已经享受到了朝廷的特殊待遇。当然天底下也没有免费的午餐，我们都是要交钱的，没有钱那饿死也没人可怜你。但我以前在乡下学校读书，也同样要花钱，有钱还找不到东西吃，整天为了吃饭而发愁。学校周围的小吃店菜烧得差，又不讲卫生，常有因吃四季豆和蘑菇中毒的消息传来。在书院就不会有这样的后顾之忧，在吃饭机面前，人人可以吃饱喝足，滋味不错，营养也丰富。

　　让人欢欣鼓舞的是，书院不仅允许谈恋爱，而且还予以帮助，人人都有机会。换言之，后勤部的人除了做好后勤，有空还为荷尔蒙过剩的学生穿针引线，做一做月老。这在乡村学校真是不可思议之事，校方说早恋不利于学生成长，大家正处于长身体和学文化的时候，不宜过早陷入儿女私情，总之要胸怀大志，努力学习。那时我对女人和性爱有点朦朦胧胧的渴望，都二十来岁了，这又有什么稀奇！我不明白的是胸怀大志跟谈恋爱有什么矛盾。当然，霍去病是说过"匈奴未灭，何以家为"的豪言壮语，但岳武穆就不会等收复了燕云十六州才恋爱结婚。还是杨家将有先见之明，什么叫有远见？娶妻生子跟上沙场杀敌并没有矛盾。要不何来十二寡妇征西？

　　书院的好处真是三天三夜也说不完，我灵感勃发，奋笔疾书，写了一篇《古往今来最伟大的书院与古往今来最伟大的老师》刊登在报纸上，文章极尽阿谀奉承之能事，满纸皆是溢美之词，发表后深受好评，我遂跻身书院的风云人物之列。有了这么好的学习环境，有这么好的老师，我决定要好好学习，争取在毕业时被评为优等生，拿到那块小银牌做的证书，这就是我今后谋生的营业执照。

银做的小牌跟铜的小牌当然有天壤之别，会直观而生动地反映出一个人的价值。虽然我成绩不错，文章也过得去，但要拿到银牌也不容易，因为学生的觉悟普遍很高，而银牌的数量很有限，竞争异常激烈。同学们八仙过海，各显神通，认真读书的认真读书，巴结老师的巴结老师。但实践证明，认真读书的效果稍逊于给老师送礼或请老师去吃饭。

书院的学生大多拥有自己的恋人，我自然不甘人后。我在入学三周之后就递交了恋爱申请，接着通过了后勤部组织的培训学习，然后就是填表登记，并得到两个老牌恋爱人士的介绍。这一切说起来烦琐，其实后勤部的效率很高，我很快就得到一个后勤部分配的恋爱伴侣。

我的恋人姓名不详，只有一个编号：N-3721。此编号亦只为我而设。我叫她李蕙心。她性情温顺，声音清脆如出谷黄莺，人也温柔得像驯服的小绵羊。我们相处得很好，很快就如胶似漆，双方都对后勤部的分配表示满意。我们发展得飞快，前十天还停留在拉手的阶段，但十天之后她就用温润的嘴唇解开了我的纽扣。尽管我不知道她的长相如何，但我想她应该是一个美人吧。我能感觉到她的肌肤如羊脂美玉般细嫩滑腻，她的腰肢极为纤细而柔软，她的胸膛挺拔而富有弹性。由此可见，她年纪不大，却已发育成熟。我虽然看不到，但可以通过一双手来感知，有时也可以用嘴。尤其是当她躺在我的怀中，她橘花般的体香混杂于空气中，我能感觉到她战栗的身体犹如水流在轻微地波动。啊，真是一个水做的人儿，她在我怀里犹如泉水在粗糙陶罐中晃动。这样的一个女子，有什么理由不美丽。

其实,她美不美不重要,不管什么样的女人,其结果对我来说都是一样的,反正我也看不到。重要的是她的身体,给我带来了一种怀抱珍宝的感觉。如此尤物,毫无疑问是一件稀世之珍。不管我看不看得见,都无损于她作为一个女人的魅力。

李蕙心是一个头脑单纯的人,每天除了学习,就只知道爱与被爱,我能感觉到她对我全心全意的爱。但要问我对她的爱情,却说不出什么原因。也许世上的一切爱情,都是无法说出理由的,说来便来,说去便去,无从捉摸。它具有类似于诗歌的神秘性,是无法用酒精灯、坩埚和蒸馏瓶来分析其化学成分与物理性质的。我只清楚一点,我对李蕙心没有什么不满意。既然后勤部将李蕙心分配给我,那我们肯定是天生的一对,这是毫无疑问的。事实上,我对书院的所有决策从不怀疑。当我需要一个女朋友,我就有了一个女朋友,仅此而已。

四

粉郎君听说"紫衫神捕"顾盼要来抓他,决定逃亡。

粉郎君是江浙一带臭名昭著的采花贼,毁了几十个黄花闺女的清白。他狡诈如狐,擅长易容术和飞刀绝技,又懂得许多奇门遁甲之类的妖术。侠客们围剿了他多次都是无功而返。

同伙听说顾盼要来抓他,纷纷对他说,嘿嘿,这不是自投罗网吗?你不要跟她客气啦,这小贱人还没有嫁人,说不定还是雏儿哩。粉郎君也认为大伙儿说得有道理,但他还是决定去逃亡。因为他不想自己的脑袋被竹竿挑着挂在城头上。顾盼是捉贼的专家,手段高强,他可不敢冒这个险。在逃亡之前,大伙儿在杭州最大的青楼为他设宴饯行,请来了本城最好的歌舞团,隆重举行了一场丰富多彩的文艺晚会。粉郎君向狐朋狗党发表了一场长达半个时辰的告别演讲,声泪俱下,听者无不动容。其演讲记录如下(此处有删节):

女士们,先生们,晚上好!(掌声)首先要感谢大家给了我这么一个学习和表现的机会。我演讲的题目是《一个玉树临风英俊潇洒的江湖美男子是如何被官府鹰犬逼得家破人亡走投无路的》,我粉郎君跟大伙儿相见恨晚,互相勾结,志同道合,狼狈为奸,采尽天下沉鱼落雁,偷遍人间环肥燕瘦,何等的逍遥快活!(热烈的掌声)但如今不得不隐姓埋名远走高飞了。我可能跑到喜马拉雅山挖一个山洞躲起来,每天靠研究佛经消磨光阴,做一个得道高僧;可能逃到东海的一个荒岛上去隐姓埋名,像鲁滨孙一样渴饮朝露饥摘野果,性压抑而死;也有可能哪儿都不去,就躲在杭州的市肆之中,先用硫酸毁容,再去农贸市场租一个档口来卖豆腐,娶一个黄脸婆了此残生(男士咯咯的咬牙切齿声和女士嘤嘤的啜泣声)。总之什么可能都有,顾盼这鹰爪孙太可怕了!该小贱人比沙漠中的蜥蜴更能受苦,比八卦炉中的猴头更能忍耐,比吕雉还要毒辣,比骊姬还要奸狡,比苏妲己那个狐狸精还要阴险,为了不泄露行踪,所以请大家不要去找我,找也找不到。也不要给我写信,收到我也不会回信。我要强调的是,万一我不幸失手被擒,也请大家万万不要去营救我,以免造成过多无谓的牺牲,留得青山在,不怕无柴

烧！……（此处略去三千五百字）最后祝大家身体健康，生活愉快，我的演讲完了，谢谢大家！（雷鸣般的掌声）

就在晚会进入高潮的时候，"紫衫神捕"顾盼突然杀到！

晚会的高潮是化装舞会，只见舞厅上烟雾缭绕，灯光闪烁，来宾们个个戴着面具，群魔乱舞，根本就认不出谁是粉郎君。敌暗我明，一不小心就会有因公殉职的危险，顾盼当机立断，一伸手就夺了一个面具戴在脸上。顾盼整日办案，难得上一次舞厅，现在看来是无法找到粉郎君的啦，索性大跳特跳从西域传来的肚皮舞！一曲未了，忽听得场中响起了狗吠，好端端的一个文艺晚会竟响了刺耳的狗叫声，真是怪异之至！刹那间，舞厅中的灯光忽然一齐熄灭，黑暗之中，只听得暗器破空之声大作，此起彼伏。好在顾盼也是老江湖，在灯光熄灭的一瞬间躲入了门后。

等她点亮火折子一看，空荡荡的大厅只剩下她一个人，而粉郎君及其同伙早已逃得无影无踪，倒是袖箭、飞刀、燕尾镖之类的暗器落了一地，在舞厅上闪着微光。

那粉郎君狡诈如狐，顾盼一击不中，想再抓他就不容易了。顾盼找来找去，再也找不到任何线索，不禁痛恨上次急于现身，打草惊蛇。顾盼无计可施，只好向心上人高唱请教，她承认江湖中下三烂的东西不如他懂得多一些，因为他以前就是一个下三烂的小贼。高唱献计说："粉郎君是一个好色之徒，跑到哪儿都离不开女人。如今你追捕得这么紧，风声鹤唳，他就是色胆包天也不敢顶风作案，但不等于他没有女人。"她心悦诚服地问："然则，他会跑到哪儿去啊？"高唱反问："世上最多女人的地方是哪里？"顾盼傻乎乎地乱猜："尼姑庵？修道院？新式女子学堂？听说保姆市场也有不少女人……"高唱斥道:"蠢笨如牛!本城青衣巷!"

青衣巷是该城的红灯区,青楼林立,美女如云,整日价莺歌燕舞,好不热闹。顾盼脸红到了脖子根,啐道:"俺是一个四海闻名的清白女孩,又怎会想到这等肮脏之地?"她眉头一皱,心生一计说,"不如你扮成嫖客去青衣巷帮我调查如何?一有线索马上飞鸽传书!"高唱推三阻四,说:"青衣巷我是非常乐意去的,但我正在攻读武术功学院散打专业的函授本科,过几天就要考试——"顾盼怒道:"你不去是不是?那好,等本姑娘浓妆艳抹去青衣巷做生意,那厮一定慕名而来——"高唱无奈之下,只好答应顾盼,明天一早就去青衣巷明察暗访。

高唱为了帮顾盼抓贼,只好去青楼调查。顾盼怕他假公济私,趁机浑水摸鱼,遂跟他约法三章,不管有没有发现粉郎君的行踪,每隔半个时辰就要向她汇报一次。彼时,最有效的通信手段是飞鸽传书。任何邮递方式都有遗失邮件的可能,飞鸽传书也不会例外。倘若碰上一个神箭手,不要说书信,就是鸽子都有被架上烧烤炉的危险。高唱晃着折扇,提着鸟笼,看上去像一个从衙门退休的老伯。幸好他头上戴着一朵大红花,还挺人模狗样的。头戴红花是本朝壮士最流行的时尚,好比宋元时代的文学青年,胸襟上挂着三支湖州毛笔;又如盛唐时长安街头的摩登女郎,颈项挂着一个拇指大的玉坠,用以填补乳沟上的空白。

青衣巷最大的妓院是怡红院,高唱遂直奔主题。鸨母把高唱迎入,手一挥,屏风后鱼贯走出一队三陪小姐。鸨母满脸堆欢,说:"本院货源充足,品种齐全,物美价廉,丰俭由人。公子看这些如何?都是精挑细选的精品,毫无瑕疵,你瞧,手腕上还拴着合格证哪！"凭良心讲，这些女郎都很迷人，但高唱是君子，所以他犹如得道老僧，不为所动，说："我想找这样一位先生——约莫二十五六岁，身高一米七上下，眉心有一颗红痣，长得像一位梨园名伶。"鸨母一撇嘴说："原来你有这个嗜好，可惜本院没有这项业务。"高唱为免别人生疑，胡乱点了一个叫米白的小姐，那鸨母脸上露出了神秘的笑容，掩门而去。

该小姐搔首弄姿，就要宽衣解带，高唱及时阻止了她，要跟她谈论人生和艺术。孰料这正中小姐下怀，她的手袋就放着一本某散文名家的《精神苦旅》，但高唱对散文不感兴趣，大谈胡乐和律诗。谈了一会儿米白恳求说："你去给我买一根绳子可好？"高唱愕然问："买绳子做什么？"米白答："供上吊之用！"高唱只好闭嘴，以免闹出人命。半个时辰转眼就到，该向顾盼汇报工作了，高唱写道：正在向三陪女了解情况。不小心谈及摇滚和诗歌，差点把她吓死，完毕！

很快，顾盼回信了：以何种方式了解？有没有新发现？盼答！完毕！不料，鸽子飞入飞出，引起米白的警觉，她马上小嘴一噘，呼哨示警，冷笑道："果然是鹰爪孙！想找粉郎君的晦气，先过了我这关再说！"只见她双手挖眼，飞腿撩阴，十分狠辣！看来粉郎君确在此处，米白分明便是他的朋党！

高唱本待三拳两脚把那米白打倒在地，好去追捕粉郎君，不料那米白并非等闲之辈，邪招迭出，拼命缠斗，高唱武功虽然较她为高，但有些怜香惜玉，不忍使出杀手，竟一时难以将她制伏。顾盼见高唱久不复信，又放了一只信鸽来催：情况如何，赶快回答！眼看高唱已占了上风，但女朋友的信不能不看，高唱建议：中场稍做休息！米白马上同意，这就给了她一个喘息之机。高唱看完了信，一边瞅着米白的动静，一边飞快地磨墨，铺开信纸手执狼毫，要给顾盼写回信。米白岂容他去搬取救兵？马上发动攻击！这次，她拔出了两把鸳鸯刀，如暴风骤雨般向高唱攻去，更是威力大增！

高唱好不容易渐占上风，顾盼的信鸽又来了，信上还贴着一根鸡毛，以示万分火急之意，其实还是那句废话：情况如何，赶快回答！高唱只好停下来看信，米白趁机休息，还喝光了两杯酸梅汤，愈加精神抖擞，继续大战！如此反复多次，依然相持不下，顾盼一共放来了十二只信鸽。十二只鸽子立在高唱的肩头，咕咕叫着，场面壮观！

米白扔掉双刀，笑得直不起腰肢，说："不打了，我投降啦。瞧瞧你像什么？养鸽专业户！"

高唱无地自容，一脚踢开窗户，羞愧而去。

高唱一回来，顾盼就忍不住埋怨他："我一连十二道命令召你，你却无动于衷，何解？难道你当时有极为重要的事要做，忙得连写信的时间都没有吗？"她不说还好，一说高唱再也按捺不住，怒道："都是你的错！还十二道命令哪，就算你当自己是宋高宗，我也不是岳飞！你且听我说——"顾盼一听，汗如浆出，羞愧万分，马上去唰唰唰写了一份检讨书，然后主动洗碗，以示将功赎罪。由于高唱失业在家，虽然美其名曰自由撰稿人，其实没有什么收入，故平时忍辱负重，自觉包揽了所有家务。

高唱去反复研究追捕粉郎君的通缉令，他忽然用橡皮擦掉肖像上的那颗红痣，如梦初醒说："啊，鸨母就是那厮扮的！"原来，粉郎君眉心上的红痣是用油漆画上去的，在逃亡的时候就洗掉，所以别人就是见面也未必认得出来。顾盼老是盯着眉心有红痣的男子，如何能找到他呢？顾盼暗呼惭愧，洗完了碗，连大气也不敢出，又奋勇去买菜做饭，还给高唱买了一坛女儿红，把他服侍得舒服之至，只望他灵机一动，想出把粉郎君一举擒获的妙计。

妙计也不是一想就有的，高唱想了三天三夜，依然一筹莫展，反而用脑过度，病倒在床上。顾盼心疼至极，给他拿来一瓶健脑药，说，这是梨园有名的花旦巩大妈特别推介的，疗效如神。你且宽心休息，既然粉郎君在怡红院，且待我调兵遣将，去将他缉拿归案！高唱生气地说："你知道猪是怎么死的吗？笨死的！那粉郎君既然泄露了行踪，他还会傻乎乎地等你去上门抓他吗？"

顾盼气得发疯，说："难道就任由他逍遥法外不成？"

高唱献计道："这也未必。那粉郎君并非等闲之辈，对付他不能死抠兵法，必须出奇制胜才行。老话说得好，最危险的地方就是最安全的地方，你赶快回衙门看看，他说不定混进了你的老巢呢。"

顾盼一听，心服口服，她回到衙门后细心留意，甚至连守门的老头都不放过，还真给她发现了蛛丝马迹。那守门的老头是新招聘的，上班还没几天。他约莫六十岁上下，头发鬓白，但顾盼发现他双眼炯炯有神，神光内敛，脚步沉稳，腰板又挺得笔直，左右两侧的太阳穴更是微微坟起，仿佛是一位内家高手，这就引起了顾盼的怀疑。顾盼决定去试探他，跑过去跟他闲聊，还笑吟吟地跟他握手道别。顾盼借握手之机仔细观察他的手，只见他的右手修长，苍劲有力，食指和拇指之间更是长着一层厚茧，这样的手岂非很适合用来发射飞刀？那老头竟对答如流，滴水不漏。顾盼差点忍不住要伸手去摸一下他的脸，看有没有用了易容膏或人皮面具什么的，但又觉得一个大姑娘无缘无故去抚摸一个老人家,成何体统?

顾盼无计可施,只好回来求教于高唱,谁叫他老是吹嘘自己是智多星呢。他果然不负所望,笑道:"要知道该老头是不是粉郎君,至少有三十六种方法,其中最有效的两种是:1. 花重金礼聘全城最迷人的美女来勾引他;2. 捉毒蛇来咬他。"顾盼权衡了一下,说:"我没有多少办案经费,恐怕请不动美女。虽然经费不足,但也不是买不起一条蛇!"于是,她去蛇餐馆买了一条生猛的肥蛇,办完正事后还可以打火锅,这就是女人的精打细算。

第二天上班,顾盼提着一只竹篓,来到那老头面前,开门见山地问:"老伯,你是粉郎君吗?"老头一副摸不着头脑的样子,惘然答道:"漂亮的女神捕啊,我不知道你在说什么!"顾盼微笑说:"让眼镜蛇咬你一口好吗?"

那老头一听,脸色发绿。但他马上恢复了镇定,还问了一句很奇怪的话:"你见过穿山甲钻洞吗?"顾盼愕然摇头。他说:"你今天可以大饱眼福啦!"话刚落音,只见他双腿一沉,全身没入了泥土之中,转瞬已不见踪影!顾盼大惊,她在峨眉山学艺时听师父讲过,从前有个叫土行孙的人会在地下行走,不想今日得以目睹。那粉郎君精通奇门遁甲之术,这次,他是借土遁逃的。

杭州知府风鸡大人捋着鼠须对顾盼奸笑,说:"粉郎君武功高强,你还是放手算啦,免得连你也搭了进去。"一个上司说出这样的话,真是叫人生气,顾盼马上反驳:"我知道尊夫人长得跟猪八戒可有一拼,但也不能这样不负责任!"她的言外之意是,粉郎君一天不除,天下的美女不得安生,当然他的夫人除外!风鸡干笑道:"你是不可能抓住他的,你又不懂奇门遁甲!"顾盼说:"连买彩票都有人中了五百万,这世上还有什么不可能?属下不解,大人为何怕我去抓他,莫非他跟大人有亲?"风鸡脸色铁青,拂袖而去。

五

这一天,天气很好,阳光灿烂,我们都将午饭后四分之一个时辰的个人活动时间用来散步。像平时一样,一台音乐机器放着威武而雄壮的《校园进行曲》,数以百计的学生身着灰白色的校服,脖子上系着蓝丝巾,四人一排,组成了一个整整齐齐的方队在林荫道上有节奏地走着。我们齐喊口号,操着正步,犹如一架方头方脑的庞大机械在路上移动,我们四人一排,脸上洋溢着欢欣和狂热的表情,那是一张张思想纯正、胸无杂念的面孔。我们的眼睛清澈而空洞,像水晶,不染一丝尘埃;像天上的白云,除了清澈的水滴,不会有别的东西。

音乐机器是一个庞大的音箱,外观跟马车相仿佛,全身漆黑,四面封闭的木板上开着一排小孔,嘹亮而激越的旋律从小孔里飘出来,在校园的上空回荡。我们听到的都是原汁原味的音乐,换言之,也就是现场直播。我不说你也知道,音箱里有一支乐队,或蹲或坐,有人击鼓,有人敲磬,有人拉胡琴,有人吹箫,忙得不亦乐乎。

在我的左边,是一个男同学,身材瘦削,身躯挺得笔直,像一只曲项向天歌的公鹅。而右边是三个脸若葵花、胸部高耸、腰细腿长的女孩子,像这样的女孩子,四肢发达、头脑单纯,书院真是数不胜数。在这些女孩子里面,其中一个就是李蕙心,但我不知道是哪一个。我的女朋友在人群之中,就像一滴水隐藏在汪洋大海之中,像一粒米掉进了米缸里。哪一个都有可能,哪一个都不重要,重要的是我可以在恋爱林抱着她,得到她的爱情。

天空亮得像少女明镜般的乳房,阳光像情人温软的小手落在肩头,每一个人都脸带微笑,精神抖擞,脸庞向着前方,犹如葵花向着太阳,目光闪烁着一种奇特而明亮的光芒,这仿佛是一种来自慈爱的、光辉的、质地细致的物质。我们的步履整齐划一,富有节奏,暗中契合着音乐箱里的旋律,与其说我们在散步,毋宁说我们在舞蹈。是的,我们心情舒畅,脚步轻快,而心灵正在体内翩然起舞。我举目四望,只见校园多么美丽,宽阔平整的校道通向校区各处,花园里的奇花异卉在散发着脉脉清香;阳光融入水中,建在水上的教学楼在绿树掩映中影影绰绰;还有那四方形的灰白色的队列,十分整齐而和谐。

我在图书馆看到一本古籍,书上说古人的校园异常简陋,只有数间茅舍,几株树木,同学们课间只能在草地上或躺或卧,自由散漫,比不上我们集体散步的整齐美观,简直是丑态百出,不堪入目,毫无秩序可言。他们一方面没有那么好的条件,另一方面是管理上缺乏精密而完美的规章制度。作为一个现代学生,我充分体会到时代进步给我们带来的好处。

我们组成了一架严格执行某种指令的机械,而每一个人都是其中的一个零件。当我想到自己成了一个教师所希冀的齿轮、螺丝钉或"没有花香没有树高的"小草,我的胸口被一股巨大的幸福感所盈满,因为无论钉子还是小草,都是我的人生目标。能将自己铆上一架庞大而精密的机器,镶嵌在一个机械需要我的合适的位置;或生长在大地上跟别的小草共同编织成为一张绿油油的、生机勃勃的地毯,此生夫复何求!

但突然,我的头脑闪过了一个奇怪的念头,像闪电一样划过我惊慌的心。我发现人们脖子上的蓝丝巾,无论从纵向还是横向来看,都构成一条打着一个个死结的绳索,而在两条绳子的交叉之处紧勒着我们的脖颈儿。我们的每一个步履都显得训练有素,整齐划一,无可挑剔,我忽然感到了一种滑稽和荒诞。这些人仿佛不是如花似玉的少女或风华正茂的男子,而是渔夫身上的一串串小鱼,它们被一根细绳穿过鳃部而连接起来,或是一群囚犯被一条无形而粗大的铁链所连接并捆绑。队伍中那道蓝色的绳索乃由人们脖子上的蓝丝巾所组成,牢牢地规范着我们的每一个行动。每一个都成了提线木偶,操纵着我们行动的那根纱线被牢牢地掌握在教师手中。我这种想法是不对的。我吓出了一身冷汗,像一个小偷,飞快地瞥了一眼四周,我感到背部汗涔涔的。但我眼眸中的悲伤和惶恐已像火花那样一闪而过。

我大声喊着口号,目光中燃烧着激情,仿佛在天上看见了明亮、光辉的珍宝。这是一种不可抑止的幸福和陶醉。

"严肃、紧张、活泼的书院万岁!"

"教书育人,光耀千秋!"

"向辛勤批改作业到深夜的园丁致敬!"

同学们举着手臂,高喊着口号,我就是喊得最起劲的一个。我是多么幸福啊,我生逢其时,求学的地方是一个实力雄厚的书院。我就像一株生长在春天原野上的小草,沐浴着阳光和雨露,尽管我只是那密密麻麻的小草中之一棵,跟别的小草没有两样,但谁能否认那张碧绿柔软、无边无际、一直铺向天边的绿毯是伟大的呢？我们三生有幸，茁壮成长。

我的眼睛充满了激情的光芒，光辉的理想就像明灯那样将我指引，我仿佛看见我毕业后在工作岗位忘我劳动、积极奉献并赢得百姓一致好评的情景。我的嘴角不经意间露出了微笑，甚至发出笑声。

突然，我像听到了回声一般，我听到后排也传来了轻轻的笑声。我扭头一看，这是一个极美的女子，盘在头上的云鬓又黑又亮，细细的刘海儿覆盖着光洁的前额，一张俏脸粉妆玉琢，小刀似的眉毛、轻抿的嘴角又带着勃勃英姿。她的眼睛宛若钻石，又清亮又耀眼。天啊，这么美的女子，简直是杀人的利器、见血封喉的毒药！我仅是看了一眼，胸口就如受锤击，不禁一阵晕眩。我有片刻几乎失去了理智。

啊，对不起，亲爱的韩同学，我打扰你了。但我是多么高兴啊，我为生活在这个伟大的年代而陶醉，我相信你也跟我有同感，不是吗？女子说，我只要想起将来的幸福时光，就忍不住欢呼，忍不住舞蹈，甚至因幸福而哭泣。但事实上，没有任何一种舞蹈比我们这种有秩序的集体散步更能表达内心的喜悦。她是在跟我说话吗？是的，她甚至在称呼我。我好不容易从恍惚的状态中恢复理智，我接受教育多年，在任何情况下也不能失去理智。而我竟然在一个女子面前如此狼狈，真是滑天下之大稽！我暗暗责骂自己。一面回答，啊啊，那是自然。我想，她说的跟我想的大同小异。不过，这有什么奇怪呢，我们每天接受的都是同样的教诲，本来就不应该有什么不同的想法。

队伍在继续前进，嚓嚓嚓，鞋子踏在地上的节奏响亮而齐整。

我忍不住又回头看了她一眼，这次我看清了她别着的胸卡，这是一面黄铜做成的小牌，赫然写着她的姓名：龙舌兰。每一个学生都有这样的胸卡，刻着本人的姓名。这是一个陌生的姓名，我以前不认识她。

惊鸿一瞥间，我又吃了一惊。龙舌兰的脸在一刹那间起了惊人的变化，她微翘的嘴角犹如一个冰冷的嘲讽，她的双眼已不像耀眼的钻石，而像两盏灯笼暗淡下来。而她的瞳孔像灯笼里的火苗在飘动，跳动的火光犹如拆解着一个秘密。她的目光显得幽怨、悲伤而孤独，是的，正是那孤独，仿佛那也是我藏匿在心底犹如野兽般蛰伏着的孤寂。她的双眼，她那两个古人说的"心灵的窗口"，仿佛泄露的不是她的内心，而像小镜子那样清晰而逼真地反映着我的内心世界。换言之，我在她的眼眸读到了自己的隐秘内心。我此惊非同小可。我承认我常有一些与众不同的想法，这本身就是不可饶恕的罪行，如果泄露后果不堪设想。莫非她也跟我一样有着那些危险的念头，犹如猛兽潜伏于草莽林泽中？好在，她很快就恢复了正常，她的异常只持续了四分之一秒甚至更短，她这样做是为了给我一个信号。她确认我收到了，微微一笑。莫非这就是眉目传情？然而，我是有女朋友的人了。校规告诉我，我除了对李蕙心一个人好，休要再有什么痴心妄想。

队伍在继续前进，嚓嚓嚓，我们一边前进一边高呼着口号。龙舌兰在后排低声说，明天上午在演讲大厅有一个关于爱情的讲座，中间会穿插戏曲，你过来吧。我说，我没有收到听讲座的门票。在我们书院，没收到通知是不能随便去的，而一旦收到就不可缺席。她说，你晚上会收到的。

四分之一个时辰很快就过去了,散步结束了,同学们也作鸟兽散。龙舌兰在临走前深深地望了我一眼,我又看见了眼眸里的两盏灯笼,仿佛有熊熊的烛火在发光。我的心乱了。

第三章　戴着镣铐相爱

一

且说"紫衫神捕"顾盼发誓要缉拿采花贼粉郎君。粉郎君急急如丧家之犬,整日东窜西逃,惶惶不可终日,有好几次还差点被她抓住了。有一次,她把粉郎君逼到了钱塘江边,当时江水涨潮,浪头咆哮,她得意地说:"这次看你往哪里逃!"但他退入了江水之中,问:"你知道世界上第一个横渡英吉利海峡的人是谁吗?"她怒道:"本姑娘不关心国际新闻!"他大笑:"看来你连国内新闻也不关心,那个人就是我,当时还上了报纸头条!"话音刚落,他一纵身就跳入了滔滔的江水之中。顾盼读小学时是校运会的游泳冠军,但也没有胆量跳入涨潮的钱塘江,只好眼睁睁地看着他像一尾大鱼那样踏浪而去。这次,粉郎君是借水遁逃的。

有一次,顾盼把粉郎君逼入了一片原始森林。这片森林的毒蛇猛兽很多,还有一些吃人的植物,恐怖至极。她知道他轻功高明,遂准备了一张结实的网,就是要生擒一只飞鸟也是举手之劳。她自以为胜券在握,咬着牙说:"这次教你插翼难逃!"谁知他一迈腿就走入了一棵大树之中,仅在树干上露出一张脸,问:"你有没有见过会走路的树?"顾盼不答,一剑刺过去,要把这张脸从树上削下来,但这棵树忽然像疯狗一样狂奔,一转眼就没入了密林之中!

这次,粉郎君是借木遁逃的,顾盼还是不能将他绳之以法。

顾盼追捕粉郎君,怎奈他狡诈如狐,又精通奇门遁甲之类的妖术,每次都是功亏一篑,闹得灰头土脸,心中好生郁闷。男朋友高唱认真听了她追捕中的细节之后,总结经验教训说:"如果他不是仗着一身妖术,早已被你抓住啦——"顾盼很不耐烦:"你就不能少说一句废话?"他不肯停嘴:"我虽然小学未毕业,但也知道要破这种妖术不费吹灰之力!"他说完这句话,马上闭嘴。她转嗔为喜:"快教我破敌之法!"他眼睛一瞪:"有这样请教别人的吗?"她忍气吞声,忙敛衽施礼,媚笑道:"奴家该死,千错万错都是奴家的错!"高唱当头棒喝:"你可听过'狗血淋头'之说?"

一语惊醒梦中人,顾盼笑逐颜开,精神抖擞,准备了两大羊皮袋狗血,买了几把喷农药用的竹子喷枪,雇了两个民工帮忙(本来顾盼贵为捕头,手下也有几名公差使唤的,但全被杭州知府风鸡大人派去郊区的出租屋查户口了),卷土重来,气势汹汹。据线人密报,那粉郎君就躲在雁荡山的一个山洞之中,但洞中人任由顾盼叫骂,只是装聋作哑,毫不理睬。顾盼眉头一皱,计上心头,不禁娇笑:"对付此等鼠辈,火攻最妙!"遂率领两名民工割来大堆柴草,堆在洞口,放火生烟!

俄顷,洞内传来了阵阵咳嗽之声,顾盼大喜,更是抡起一把芭蕉大扇,拼命扇风,正是风助火势,滚滚浓烟直扑洞内!洞中人沉不住气了,黔驴技穷,只好出手,但听得劲风起处,十二把飞刀从洞中激射而出！飞刀本来也是粉郎君的一绝，但被顾盼在举手投足之间就破了，她冷笑道："米粒之珠，也放光华？"只管指挥两个农民工放火熏去。

洞中人终于忍耐不住，掠出了洞口，看那身形相貌，却不是粉郎君是谁？只见他沉腰坐马，稳如泰山，双手如镰，上护脸，下护裆，形如螳螂，攻守兼备，赫然摆出了一副螳螂拳的架势，要跟顾盼决一死战！顾盼冷笑说："就算你是真的螳螂也挡不住我的'黑旋风'牌狗血！"她一声令下，两名民工举起吸满狗血的喷枪一阵急射！粉郎君措手不及，早被喷得一身腥臭，他又惊又怒，拼命反扑。顾盼运剑如风，招招抢攻，畅快至极，数月来的怨气一扫而空。才拆得十来二十招，已将粉郎君拿下。她有点奇怪：这厮为何功力平平？但一想到狗血之功，不禁释然。

顾盼从山洞中揪出采花大盗粉郎君，将其押入杭州看守所，且待知府风鸡大人审过，即可秋后问斩。风鸡马上来青衣巷怡红院找粉郎君的姘头米白。知府大人日理万机，案牍劳顿，偶尔找找按摩小姐也不是什么新鲜事。奇怪的是知府大人享受了全套服务之后，说了一句话："粉郎君被捕了，快想法子救他出来吧，要不等到押上刑场就死定啦！"米白一点也不奇怪，他俩狼狈为奸的事虽是秘密，但她也略有所闻。

于是，米白纠集了一帮虾兵蟹将，趁着月黑风高杀到看守所营救粉郎君。当天，风鸡早已下令：今晚大家全都去郊区的出租屋查户口搞创收，倘发现没办暂住证的外地民工，狠狠地罚他娘！顾盼建议说："要不要留下两名狱卒严加看守淫贼？"风鸡不悦说："把他放入狗笼，再加上两把大铁锁就行啦！"米白一伙得风鸡大人里应外合，长驱直入，但她一瞧见粉郎君，就带着人马掉头离去。原来，米白熟悉粉郎君的体温和气味，她一走近就知道这是一个冒牌货。她在撤退时还掩饰不住脸上的欣喜，吐出了一口长气："谢天谢地！"孰知螳螂捕蝉，黄雀在后，这一切全落入了高唱的法眼。原来，顾盼心细如发，她觉得知府大人近来的举止似有些不妥，上次她去雁荡山抓人，故意调她的手下去查户口，这次又是查户口，恐怕其中另有文章！所以她请高唱出马去看守所监视，果然大有收获。

她千方百计捉住了粉郎君，结果抓了一个假冒的，心下好生气恼！马上提审那个人："你是谁？"那人支吾："我……我是粉郎君！"顾盼冷笑，马上捉出了一条眼镜蛇，嗞嗞吐着蛇信。她自从得到高唱指点捉蛇逼供之法，此后屡试不爽，真是放之四海而皆准。那人吓得双腿抖如筛糠，说："我是冒充的，粉郎君给了我一千两纹银安家费……"

原来，粉郎君被顾盼追捕得走投无路，焦头烂额，心想，这样下去早晚会丢了性命。他想出了一个调包之计，花重金找了一个替罪羊代他受过，然后金蝉脱壳，远走高飞，只道那假货被处死之后，便可一劳永逸。不料，狗头米白情深义重，结果坏了他的大计，不禁把他气得吐血如泉涌！他在告别演讲时早已再三强调：万一失手被擒，万万不可前来救他，谁知他们竟是如此讲交情！于是，粉郎君只好继续逃亡，顾盼依然穷追不舍！

顾盼追捕粉郎君，来到塞外一个名叫青羊的小镇，镇上只有一家客栈，朔风呼呼，黄沙满天，门前的旗杆挂着一盏八角风灯和一面酒旗。酒旗绣着"蛇门客栈"的字样，在风中猎猎作响。她眼看天色已晚，遂入栈投宿。传闻这儿是一个不简单的地方，老板娘麦鱼也是一个不简单的人。但顾盼竟似有恃无恐，一推门就走了进去！

谁知她一脚踩空，竟然跌入了地窖之中，"嘭"的一声，一道石门已牢牢关上。那石门沉重至极，顾盼奋力去推，竟是纹丝不动。外面有人狞笑道："老板娘好漂亮的手段！"这不是粉郎君却是谁？顾盼破口大骂道："有本事放姑奶奶出去大战三百回合！"一个女人媚笑说："休要理她！且狠狠饿她几天再说，哪怕她是穆桂英再世，到时还不是任你摆布！"

原来粉郎君被顾盼追得走投无路，苦不堪言，狗被逼急了也会咬人，他决定反扑，要雇人暗杀她。要找杀手并不难，"水晶宫"就是一个神秘可怕的杀手集团，据说杀人从不失手，但价钱很高，像顾盼这样的名人，杀一个恐怕要三五千两白银。这样的价钱让粉郎君感到为难，他宁愿找一家便宜点的。他感慨地说："干这一行真是比卖盗版书还好赚，你们招不招工？"水晶宫的人冷笑："我们这里不缺打扫厕所的，别的职务你又干不了。"言外之意是说他不够资格。粉郎君找来找去，找上了蛇门客栈，双方讨价还价，以五百两白银成交。这样的价钱不算太高，但并不等于他们杀人就不专业。他们主要经营旅游业和餐饮业，也经常承接一些各式各样的特殊业务。简言之，这是一家类似十字坡酒店的客栈，老板娘麦鱼也是孙二娘一类的母大虫。

过了七天，麦鱼说："人是铁饭是钢，那小贱人饿了这么久，想来不会比一根煮熟的面条更硬了。如果你要她的人头，我马上叫伙计去取……"粉郎君奸笑道："不必急着取人头，她可是一个大美人呢，嘿嘿……"麦鱼会意，带着他从秘道进去，笑着说："你自己进去吧。"粉郎君推门入去，孰料一脚踩空，双脚震得生痛，头上却响起铁门合拢的声音。等灯火亮起，他才发现走入去的是一个大铁笼，此惊非同小可！麦鱼微笑道："江湖上的秘密有很多，譬如顾盼是我的师妹，我想知道的人肯定没有几个。"原来，这一切都是顾盼和麦鱼预先设下的计策。粉郎君终于落网了！

粉郎君原本是诡计多端的奸诈之徒，但他做梦也想不到"蛇门客栈"的老板娘麦鱼竟是"紫衫神捕"顾盼的师姐，结果上当受骗，被诱入了一个大铁笼。该铁笼的空间很大，在黑暗中看去就像一间小房子，粉郎君一直走到笼子深处才觉得不妥，他觉得自己像在走钢丝。他终于幡然醒悟：他正在踩着的似乎不是地板，因为世上不会有绳子这样纤细的地板。事实证明他是对的：等到灯光亮起，他看见刚才走着的是构成笼子的铁链。但已经迟了，笼子上的铁门已经牢牢关上。由于大铁笼在地上滚动，他为了保持平衡，只好四肢贴在笼子上，看上去就像一只八爪乱舞的蜘蛛精。

如果把这一切缩小，粉郎君就像一只关在笼子里的大老鼠。但只要看一看他的样子，就知道这个比方不够恰当。世上没有一只老鼠会捶胸顿足地骂娘，更不会咬牙切齿地绝食。粉郎君给了麦鱼五百两银子，麦鱼却帮顾盼把他关入了笼子，骂娘也在情理之中，只是顾盼不明白他为何要绝食。粉郎君昂首不答，一副宁死不屈的样子。顾盼笑道："看来你是宁愿饿死也不肯跟我回杭州了。好，不吃就算了，看你能挨到几时？"

顾盼想早点把粉郎君押回杭州，以免夜长梦多。但那个笼子太大了，世上没有一辆马车可以放得下这样的笼子。顾盼决定给他换一个小点的，但又不敢随便放他出来，因为他精通奇门遁甲之类的妖术，一不小心就会给他跑了。顾盼跟他约法三章说："请你走出这个大铁笼，等我做好了新笼子再让你进去——但你不准乱跑！"粉郎君苦笑，如果一个人的脖子上套着一具二十五斤重的木枷，还戴着加起来超过二十斤重的手铐和脚镣，就是想乱跑也跑不了。顾盼用原来大铁笼三十分之一的材料做了一个小笼子。编织也是一门工艺，由于出自女人的手笔，该笼子显得格外温馨雅致，笼门上还镌刻着精致的花纹，原来她借鉴了刺绣和针织的技术。

但是粉郎君不喜欢这个笼子。该笼子太小了，幸好粉郎君懂得缩骨功，否则恐怕难以完整地进去。与其说这是一个笼子，毋宁说这是一件铁打的紧身衣。顾盼安慰他说："这个笼子的空间小是小了一点，但你依然可以呼吸到同样多的空气！"她以为他眷恋原来的大笼子，其实不是的，没有谁喜欢被别人关在笼子里。

粉郎君绝食了三天，忽然主动要求进食。顾盼正在高兴，但她马上缴获了一封书信：请吃饭，保持体力，我随时会救你！这是粉郎君老相好米白给他的飞鸽传书，虽然简短得像一份电报，却表述得非常清楚。从塞外到杭州，千里迢迢，顾盼要押解粉郎君回去，真是路途凶险，困难重重。但她也不是一盏省油的灯，马上准备了硬弓、利箭和一根牛筋绳。弓箭用来射人，绳子用来捆人，总之，她发誓要让胆敢来犯的敌人有来无回！

顾盼押着粉郎君上路了。她把他搬上鸡公车，雇了一个民工推车，自己则骑着一匹胭脂马，背挎弓箭，腰挂长剑，显得英姿勃勃，意气风发。鸡公车的效率虽然不高，却有省钱的好处。当然她也可以雇一辆马车，但她解释说，马车太过颠簸，不利于犯人休息。天黑了，顾盼押着犯人来到一片树林，常言道：逢林莫入。她正在踌躇，树林中烟雾弥漫，冉冉出现了一个女鬼！

该女鬼披着白衣，脸色惨白，长长吐着舌头，伸着鬼爪，走路脚不沾地。顾盼一眼就看出这个鬼是米白扮成的，斜睨了她一眼，冷笑："就凭你一个人也想劫囚车？"这个鬼不好意思地说："试试看嘛。本来我也有不少战友的，但他们在半路开小差跑掉了。"米白率领的虾兵蟹将走到中途，纷纷请假。有的说老妈生病了，正在医馆急救；有的说老婆就要生小孩了，得赶去看看；有的就更加离谱，说家里发生了火灾，要马上救火……原来，米白知道武功比不上顾盼，所以想靠装神弄鬼把她吓跑，谁知被她一眼就识破了，羞愧之下，赶紧道歉："本人经验不足，争取下次扮好一点。"顾盼斥道："还有下次？"一箭射去，正中她的左臂，她痛得大叫一声，落荒而逃。

第二天，顾盼看到路上有一只老虎，它的脖子上挂着一个牌子，上书一行大字：本大虫以吃人为生！该老虎张着血盆大口，作势欲扑，样子十分凶猛，只是左前肢一瘸一拐的，显得滑稽可笑。顾盼哈哈大笑："这样的老虎我就是赤手空拳也能收拾！"该老虎见她毫无惧色，反而向它扑过来，大惊之下，只好人立起来跟她对打；打又打不过，结果被顾盼用牛筋绳四脚攒蹄捆成一堆，扔上了鸡公车。顾盼笑道："没空做笼子，只给你带了一根绳子，请见谅！"该老虎也是米白扮成的。后来，顾盼终于把犯人顺利押回了杭州。

二

傍晚，火烧云像一朵朵硕大的鸡冠花插在天上，但这仅是一瞬，鸡冠花又变成了奔跑的马群或停止的水罐——云朵在不停地聚拢和飘散，大自然从不吝惜它的神奇和美，简直在挥霍这一切！我背着一个鼓鼓囊囊的布袋向女生宿舍走去，要去跟李蕙心幽会。她住在女生楼上，此刻，想必她正站在窗边，将一面小团扇卷成望远镜状，往外观望。她看见我背上的布袋，想必忍不住莞尔。我布袋里的东西都是谈恋爱必须的法宝，但不是玫瑰花和葡萄酒，而是黑布、镣铐和锁链，黑布用来蒙我的眼睛，镣铐用来锁我的双腿，而锁链将把我拴在一棵树上。这可不敢违反，否则女友是校方配给的，也随时有权收回去。她肯定能看见我，但我看不见她。这是我们的恋爱规则。

我来到了她的宿舍，笃笃笃地敲门。她说，你整好了吗？我脸上一热，赶紧打开布袋，蒙上黑布，套上脚镣和手铐，准备将钥匙交给她保管。锁链在我的脖子上哐啷作响，我对这种声音习以为常，一股铁锈味冲上鼻孔，但我感到一股幸福感犹如气浪将我推了一个趔趄，这就是爱情的声音和滋味。起初我完成这些程序，甚为耗时费劲，有时还要请后勤部的昆仑奴帮忙，但很快就熟能生巧，做得干净利落。等我披挂停当，她才走出来，伸手执着锁链，犹如牵着一头水牛或别的什么兽物，往恋爱林走去。

李蕙心让我坐在长椅上，将我用锁链拴在树上。她说，我俩是拴在一根绳子上的两只蚂蚱，没有这根锁链就没有我们的爱情，你姑且当它是项链好了，粗是粗了一点，倒也有些好处。我问有什么好处？她说，如果不慎掉在草丛中，还会容易找回来。她咯咯大笑，我皱了皱眉头。但她不管我的不快，抱着我亲吻。她的头部和腰肢随着嘴的移动而扭个不停，而我披镣戴铐，不得自由，貌似很老实。我戴着的手铐材料很好，又薄又轻，手艺精湛，看上去有点像手镯，只是连着一根细链子。这样，就不妨碍我的手活动自如，当冰凉而坚硬的手铐轻柔地擦过她柔软而滚烫的乳房，她不禁战栗并喘息。我问她感觉如何？她怒道，要摸就赶快摸，不可耍流氓！所谓耍流氓就是发出轻薄之词。她自命为大家闺秀，就是情不自禁，也要拼命保持淑女风范。我只好闭嘴，兴味索然，她却越来越兴奋。

忽然，耳畔传来三记急促而尖厉的钟声，该分别了。她说，我看了自制的小沙漏，还差一百粒沙戌时才过，书院的钟快了两分钟！戌时就是晚上七点至九点。时间一到，不管你在干什么都要终止，并迅速离开现场。否则昆仑奴就会突然冲过来，强行将恋人拉开。她恋恋不舍，但还是牵着我回去了。在遵守校纪方面，她堪称全校学生的楷模。

她将我送到宿舍门口，将镣铐和锁链的钥匙还给我，径自走了。马上有两个昆仑奴过来，扯开蒙住我双眼的黑布，解开我身上的镣铐和锁链，并将其放入我背上的布袋。至此，镣具从布袋中取出，又放回布袋中去，中途经过我的身躯，恋爱步骤算是宣告完成。概言之，要想跟情人幽会，就必须失去自由；要想重获自由，就必须离开恋人。自由和爱情，于我来说，犹如鱼与熊掌不可兼得。我想起铁面校长的奸笑，其中肯定寓有深意。每次李蕙心跟我离别，都唉声叹气，意犹未尽。但我们都是好学生，绝不会因儿女情长而违反校规。

其实，对我们这样仍处于恋爱初级阶段的人来讲，按时分离不算什么，而进入高级阶段的恋人就比较麻烦。恋爱林分布着数以百计的木头长椅，可供恋人使用。在树林深处，有一排红砖绿瓦的精舍，八只红灯笼挂在屋檐上，散发着红光，这就是书院的"玫瑰小筑"，感情成熟的人，就可以凭相关证书及银子入住。何为感情成熟呢？自己串通了说不算，还得通过考试，进入爱情高级阶段，拿到一纸粉红色的证书，获得跟恋人亲热的资格。但每次通过的人不多，不少人垂头丧气地走出考场说，唉，比考举人还要难！规定的恋爱时间对大家一视同仁，并不因为拿到证书就可以拖三拉四，只要钟声一响，就必须离开。

有一对恋人违反了纪律，马上有两个昆仑奴从床底下幽灵般冒出来，将赤条条的男生从女友的身体上拉开，一人揪住一边胳膊架出去。男生即使在亲热，也是眼蒙黑布、披枷带锁的，当然可以宽衣解带。如果有女子想偷梁换柱就有机可乘，恐怕身边的男友也不得而知。但这种丑陋行为极少发生，就是有，也不可能瞒过神通广大的昆仑奴，会受到严惩。

我跟李蕙心感情不错，但我对她所知甚少，譬如我除了知道她的声音很好听、肌肤很滑腻、乳房很有弹性，根本就不知道她长的是何模样。与其说是我熟悉她，毋宁说是我的手熟悉她的身体，我的嘴和鼻子熟悉她的气味和体温。我有过一睹她芳容的念头，尤其是看一看她的眼睛，我对女孩子的眼睛尤为在意，我多么希望她有一双清澈而明亮的大眼睛，有长长的睫毛，盈满秋水般的眼波。但我被这个疯狂的念头吓坏了，这分明是对校方的不信任。我赶紧写了一份检讨书交给了后勤部,狠挖思想根源,承认了自己异想天开的有毒和可怕,并信誓旦旦地保证下次不会再犯类似的错误。

我连她的真实姓名也不知道,每一个女学生都有义务向男朋友保密,这不唯独我们书院所有,而是我们这个时代莘莘学子的恋爱规则。她被分配到我手上时,连名字也是我给她起的,她只有一个叫N-3721的号码。但这有什么要紧呢,姓名只不过是一个符号,并不会影响到我们坚贞而伟大的爱情,正如我嫌她的号码不好听,大可给她起一个我喜欢的姓名,而我还有着"甜心""芒果""不穿裤子的小猫""香喷喷的油煎堆"之类一连串的昵称。无论我叫哪一个,其实都是在呼唤爱情,我在她的身上得到了爱情,这才是最重要的。

但我也有着不可告人的烦恼,就像一切追求上进的人那样,会因内心不断泛起的卑劣和罪恶感而惶恐不安。譬如,当我听到她甜美的声音时,就不禁想到她的嘴唇,这是一张怎样甜蜜、小巧而丰润的乐器呢,当她朱唇微启,那美如天籁的声音就像泉水似的涌现;当我摸索并猜想着她双乳的弧线,我的头脑马上涌现出了这对珍宝的大小和形状,无数次猜想都不可能让我接近真实,我心中生起了亲窥一眼的渴望;当我在耳边听到她的呼吸,鼻孔里闻到她的体香,手上触摸到她的体温,就不禁涌现出她的身体,从头到脚,无一遮掩。除去那块该死的黑布,让我一览无余,这该是一个多么丰富而神奇的宝藏啊,取之不尽,用之不竭!但随即我就被心中生起的羞耻和惶恐所笼罩,这样的思想无疑是极为有害的。我的老师苏珊教导说,一个人要想得到思想上的净化和升华,从而成为一个对黎民百姓有用的人,就必须抛弃心中那些龌龊和丑陋的想法。我决定第二天向后勤部上交一份思想汇报,并接受后勤部的批评教育。

我回到宿舍,发觉桌上压着一张听讲座的通知,时间是巳时,地点是水帘洞演讲厅,我的座位号是前排七排九号,位置甚佳。演讲的题目是:《往昔爱情与今日爱情不同之比较研究》,由著名青年学者、驻校小说家、爱情研究专家苏珊小姐主讲。我很乐意去听讲,这样的内容是颇吸引人的。苏珊老师上课又妙语连珠,况且,我心里还隐约有一种不足为外人道的期待。

三

水帘洞演讲厅,顾名思义就是一个山洞,洞口流泻着一道水瀑。类似这样的水帘洞,全国不知有多少,当然花果山上的最有名。这是一个石灰岩溶洞,洞厅宽敞,摆着排椅,可以坐数百人。洞中点燃了数以十计的牛油火把和数以百计的青铜烛台,亮如白昼。洞厅中央就是讲坛,也是一个小型剧场,除了供老师开讲座之外,还经常上演小型戏剧和实验舞蹈。讲坛呈方形,横直逾数丈,用汉白玉大理石砌就,为一座四角小亭所覆盖。亭子下面用鹅卵石砌成了一个太极图,被一条妩媚的曲线隔开,半边黑,半边白,这就是所谓的阴阳鱼。讲演者坐在亭子中讲话,声音洪亮,并在洞壁中产生回声,这样大家都能听得见。讲演厅设在溶洞,讲坛是一个亭子,亭子下面筑着一个太极图,这也是这个时代的普遍做法。

你却道是为何?原来当时的扩音设备仍停留在原始阶段,人一多了,就不容易保证听讲的质量,所以除了给演讲者提供扩音器之外，还要做一些行之有效的辅助措施。譬如在讲坛上建造太极亭和在演讲大厅建造回音壁，这样就能更好地保证每一个学生听讲。建造太极亭在哪儿都行，但若论回音的效果之佳，毫无疑问当首推溶洞。我不明白太极亭为什么会有这样的效果，但人的声音变得更响亮、浑厚而充满磁性，但这却是事实。这种有扩音效果的建筑在社会上已得到广泛应用，譬如不少道观都建有这样的小亭，只不过书院的演讲厅更为完美而已。这就是本朝在建筑艺术上的精湛和奇妙之处，看起来虽然神秘，却异常实用。

我很早就来到了演讲厅，对号入座，发现来的人很多。我举目四望，但没有发现龙舌兰。我只好正襟危坐，像一具雕像。这是每一个同学的姿势，没有一个人东张西望。整个大厅鸦雀无声，只有火把在燃烧时发出的微响，以及烛台上烛泪掉落的声音。

演讲的时间还没到，后勤部的人正在抓紧布置会场，在讲坛上铺一块红地毯，在讲桌上铺一张红色的绸布，桌上放着一杯热茶，放着一个海螺，海螺的屁股后面连接着一根电线。这也是例行公事，会场上的布置千篇一律。只是今天的讲桌上放着一个花瓶，瓶中插着几株白玉兰。苏珊老师喜欢这种花的香气。

只见八个虎背熊腰的昆仑奴抬着四个很大的木柜摆在大厅的四角，一个昆仑奴又将海螺上的电线插入木柜，并对准海螺煞有介事地"喂喂"叫了两声，整个大厅都回荡着他的声音。他似乎很满意地放下了海螺，海螺当然不是活的，而是一只掏空内脏的螺壳，这是一种常见的乐器，经过能工巧匠之手，就成了一只麦克风，而那四只庞大的木柜就是本朝科技工作者研制出来的扩音器。大厅的角落摆着一个浴缸似的木桶，装满盐酸，里面插着两块绕着铜线的铁片,这就是电源,那些铜线源源不断地将电力输送到扩音器上去。

考虑到看这本书的人可能是后世的读者,又有可能翻译成外语给番邦的人看,所以有必要就本朝的扩音器再补充两句。但我也讲不出多少东西,我对科技之类懵然无知,那些齿轮电线什么的,尽管只有言情杂剧的内涵,却有着先锋小说的结构和朦胧诗的外观,把人搞得头昏脑涨。

我听说扩音器的原理来自八音盒。众所周知,八音盒乃由洋人发明,倘若追根溯源,扩音器就不是本朝的发明,但若是如此,那文明古国之颜面何存?于是,本朝的每一本教科书上都赫然写着,扩音器乃我国古人发明的,可能出自鲁班之手,后由诸葛亮加以改良并完善。不仅扩音器是我们发明的,连电也是我们发明的。那个持着铁皮风筝捕捉闪电的不是美国人富兰克林,而是我们一位叫墨子的老祖宗;那个用铜线绕在磁铁上发明电流的不是法国人法拉第,而是我们一个叫张三丰的小道士。

我需要补充的是,尽管有了代表着古老文明的太极亭、代表着先进科技的扩音器,还有四周的隔音壁,但扩音的效果并不理想。不是说不够响亮,相反声音太大,而且洞壁的回音太强,老师每讲一句话,都在大厅中回荡,久久不散。所以,有时候我们觉得不是一个老师在讲,而是有无数个相同的老师在讲,前一句又跟后一句重叠在一起,如果听讲不认真,就难以分辨老师要讲的内容。

苏珊老师出场了,她迈步走上讲坛。同学们起立,鞠躬,山呼"老师好",而她则扬手示意,回应以"同学们好",同学们方才落座。她穿着一件灰黄色长袍,料子很好,只是设计得很奇特,自颈部以下,将全身包得严严实实,看上去像一只崭新的木桶。而她一脸严肃,面无表情,整个头部就像木桶上放着的石膏像。这样我们就看不到她身材的曲线,更看不到她高耸的胸部,坦白说就是很难看,却平添了不少威严。苏珊老师是如此美貌的女人,却穿上这样的一身衣服。这显然不是我们的愿望,甚至也不是如花似玉的苏珊老师之所愿,但这是学校的规定。这就是教师的工作服,男女都一样。律师要戴假发,妓女要挂红灯,文人要拿折扇,原本这就是行规。记得前朝有个小说家说过,宗教靠木偶泥胎愚弄人,老师靠装神弄鬼吓唬人。结果该小说家被处以火刑,活活烧死,死后还不准别人提他的名字,凡是在反面教材上出现,都一律以撒旦代之。

苏珊拿起海螺开始讲课,本来她朱唇微启,脸上的表情立马生动起来,显得很好看,但那个大海螺遮住了她的大半边脸。这样,她就像站在一只木桶里面,仅露出头部,脸上却戴着一只猪嘴形状的防毒面具。当然,这都是我的想法,却不敢在脸上泄露出来。

苏珊老师的讲座这么受欢迎,不仅是课讲得好,还在于形式活泼,善于运用多媒体教学。只见苏珊老师说,在正式开始讲座之前,我想先让大家看一段皮影戏。马上有人搬出一架庞大的机器,机器由铁皮和木头做成,正面是一个很大的镜框,只是空空如也,而机器旁侧有一个"7"字形摇手,有点像风柜上的摇柄,其实都是辘轳的衍生之物。苏珊老师从长袍中伸出玉手,往手柄上摇了几下,镜框上出现一个画面:在旷野之中,有一个乳房饱满的少女上身裸露,下身穿着树叶裙,双手攀着两根藤条,在快活地荡着秋千。而秋千架下面有两个披散着长发、裹着兽皮的原始人,双手持着石斧在厮杀,犹如野兽一般。旁边注着一行小字:野蛮时代的爱情,充斥着冲突和流血,让人惊悚!

该画乃出自本朝知名丹青之手,以工笔技法绘之,人物惟妙惟肖,场景栩栩如生。同学们哄然大笑。我也笑了,蒙昧时代的人太可笑了,竟然有人会为了女人而拼命!

苏珊老师说,大家不要笑,诗和爱情,都是人类最愚顽不灵的东西,它们构成了野蛮时代最本质的黑暗,所以,人类要幸福,就必须要解决诗和爱情的问题。然而,在古代,有谁会去思考并试图解决这些问题呢?在彼时,诗以言志,文以载道,百家争鸣,妖言惑众,遂使世风沦丧,人心向恶。诗的唯一出路以及终极目标是成为口号,这个伟大而艰巨的任务一直到今天才告完成,我作为书院重大科研项目的提出者和承担者,尤感荣幸!我只是在学术上迈出了一小步,人类却在幸福的道路上迈出了一大步。爱情的问题又比诗歌更复杂和神秘,我经过呕心沥血的研究,终于发现并通过论证,自由乃爱情之大敌,只要世上仍有自由恋爱存在之一日,人类就不可能有终极幸福之可言!当然,这并非我一人之所得,这是人类数百年以来无数学者、教授集体的智慧结晶,我只不过是站在巨人的肩膀上看得更远一点罢了。概言之,只要有自由,爱情就不会得到保障;要消除爱情的悲剧以及随之而来的仇杀、阴谋和战争,唯一的办法就是取消自由!

苏珊老师不愧是书院中年轻老师的领军人物,如此深奥的道理却讲得深入浅出,我顿有茅塞顿开之感。其他同学也在认真听讲,脸上浮现出了如痴如醉的表情。苏珊继续摇动手柄,第一个画面消失了,第二个转了出来:两个古代学生在学校的林荫小道上勾肩搭背,甚至公然拥抱并亲吻,另一些学生则在食堂给女朋友喂饭。旁边注着一行小字:野蛮时代的爱情,毫无教养,有辱斯文!

同学们这次又是捧腹大笑。这样的场面，在我们的时代，只有在三级杂剧或黄色话本上才能偶尔见到，当然，这一切都在违禁之列。我摇了摇头，太不像话了，如此伤风败俗之举，居然会在校园这一方净土中出现。

　　苏珊娓娓而谈：这幅画讲述的是梁山伯和祝英台的故事，这对狗男女在人类恋爱史上臭名昭著，他们的出现，使人类文明倒退了至少五百年，他们将被永远钉在历史的耻辱柱上。诸君亦看到了，丑态无人指责，丑行无人干涉，长此以往，人跟兽类有何异哉？世风随之沦涣矣，人亦不复为人！为什么学校会发生这样的情况呢？一言以蔽之，实乃因古时候的学校管理无方、制度不全之所至也。

　　苏珊老师讲得太好了，同学们越听越起劲，点头如鸡啄米，掌声雷鸣般轰响，此起彼伏。苏珊老师扬了扬手，示意同学们停止鼓掌。

　　第三个画面出来，我脸上一热，这种下流的东西，即使在《肉蒲团》之类的禁书中也是罕见。这幅图绘着一对男女在亲热，画面又分成数格，两人搂抱成一团，一丝不挂，只是时间和地点各不相同。有时在深夜，有时在清晨，有时在午后；时而在闺房中，时而在马车上，有时甚至在茅草丛中。更令人发指的是，又摆出种种淫荡姿态，不堪入目。旁边又注着一行小字：野蛮时代的爱情，无异于禽兽，让人发指！

　　这真是太荒谬了！简直像禽兽，这样的事情怎会发生在人类身上呢？我愤愤地想，那行注解倒是点睛之笔！这对男女之荒谬就在于，他们苟合时竟然不分时间和地点，那个男的双眼既没蒙黑布，手脚又没套着镣铐，想来他们也不会去领亲热证书，就是领到也没去有关部门登记，这简直是滑天下之大稽！擅自行房，在我们书院可是严重违纪之事。当下群情汹涌,马上有同学举手要求发言,纷纷严厉谴责这种禽兽行径,有的说非拉去浸猪笼不可,有的说必须押上断头机,有的说大伙儿不妨公车上书,建议皇上诛其九族。

苏珊老师说,这对狗男女就是人类恋爱史上令人发指、禽兽不如的红拂和李靖,他们的出现使人类文明倒退了至少一千年!红拂夜奔,此是人类罪恶史上划时代的、具有里程碑意义的典型案例,因为她置祖宗礼法于不顾,开了女人旗帜鲜明地追求男人之先河。倘若说梁祝尚有所顾忌,在恋爱时遮遮掩掩,祝英台女扮男装乃掩人耳目之做法,而红拂则色胆包天,肆无忌惮。从此,洪水猛兽,轰然而至,人类开始经历了一段暗无天日的漫长时期,直至坠入万劫不复之地。在这对狗男女之后,就是潘金莲和西门庆、崔莺莺和张生。如果没有西门庆,潘金莲跟武大郎是幸福的;如果没有张生,崔莺莺跟任何一个男人都是幸福的,但这种幸福却被红拂女之流所倡导的自由恋爱之毒剂所摧毁。这一切不幸,均肇始于自由恋爱也。

这一次,热烈的掌声持续了更长时间。苏珊老师稍为歇息,开始了下一个环节。她右手高举,捏着拳头,有力地挥动了两下,厉声说,幸好那黑暗的岁月已经过去,光明世纪已经来临!请诸位看一看今天的恋人是何等幸福!

我以为又有图片可看,谁知那架手动放映机早已搬走,却摆上了一张排椅,太极亭垂下一块布幕,背景是一片树林。大家一看似曾相识,原来它就取材于书院西侧的"恋爱林"。只听得锣鼓敲响,丝竹声动,一个女子穿着灰白色的校服从幕后款款出场,腰细腿长,一张脸粉妆玉琢,一双妙目犹如钻石,熠熠生辉,赫然便是龙舌兰。她手上牵着一条锁链，锁链的另一头连着一个男子的脖子。我不说你也知道，那个男子整张脸被黑布罩得严严实实，脚上戴着脚镣，手腕戴着手铐。他像一个瞎子，在龙舌兰的牵引下坐到椅子上，龙舌兰一屁股就坐在他的大腿上。二人一语不发，却互相拥抱和抚摸，与其说在演出，不如说在展览，两人就像两件爱情的道具。

同学们都兴奋起来，看实物展览当然比看图片更加刺激，更有艺术感染力。我平时也跟李蕙心在恋爱林中亲热，却不知道是如此一种情形。我不知道那个蒙着脸的男子是谁，但我觉得他就像我自己。因为情人林中的每一个男子，都是千篇一律的样子，看上去也没什么分别。舞台上的那个男子，他永远都不会知道怀抱中的女朋友是谁。也许，对于他来说，每一个女子都没什么分别，反正他也看不到。作为观众或旁观者，我们当然知道她是谁，但是我们绝不会说。因为我们不想被昆仑奴抓住，连踢带打地押入石室中去，跟那些饥肠辘辘的猎犬搏斗。

苏珊老师解说道，这是我们书院的一对模范恋人，也是这个年代最杰出的一对恋人。应女主人公的申请，我们为她配了男主人公；同样，应男主人公的申请，我们为他配了女主人公。你看，他们尽管素不相识，但相处得何等幸福美满，可见这均符合双方的情感和意愿——这就是爱情配给制所取得的重大胜利！爱情配给制是人类有史以来最伟大最具天才的发明，它将人类最变化多端最顽固不化的洪水猛兽般的情感——爱情——纳入了机械理性的管理机制之中，我们将其写入了条文，作为一种制度固定下来，以有力的校规来维护其神圣不可侵犯之权威性。换言之，就是使泛滥成灾的洪水通过堤坝的形式将其牢牢钳制，而将人类内心凶猛的狮子和老虎用铁笼子囚禁起来。这样，天下就太平了。爱情实行配给制，看起来似乎过于草率和随意，其实不然。因为我们是在结合申请者上交的有关材料，经过专家小组的周密调查和综合分析，再三论证之后才做出配对的决定，能确保万无一失。因为没有任何人比我们对爱情有更深入的研究，也没有任何人比我们对每一个学生有更多的了解。实践证明，凡是被我们配对的人，都过着美满的生活，从来没有出现过失恋、偷情乃至家暴之类的悲剧。

苏珊老师略做停顿，又取出一沓锦旗说，这都是老百姓自发献给我们的——按照本朝法律，被配对者必须白头偕老、生死与共，任何一方不可心生异志，也就是俗话说的不求同年同月同日生，但求同年同月同日死。既然这样，古代社会那种卖淫、包二奶、离婚等现象随之消除，而第三者插足、一夜情、红杏出墙等丑闻更是销声匿迹。你看现场的两位，自从他们开始恋爱以来，多么幸福，多么甜蜜。他们心心相印，如胶似漆，你瞧，最激动人心的一幕就要出现了——

音乐变得急促起来，舞台上的这对恋人也从矜持变得亢奋起来。龙舌兰脸色酡红，眼波欲滴，娇喘连声，犹如醉酒一般，看上去无比陶醉。其合法男友由于蒙着脸，就看不清是什么表情，但从他生动丰富的肢体语言来看，对龙舌兰显然无可挑剔。像龙舌兰这样的绝色美女，不是什么时候都能遇到的，倘能摸着她的乳房，吻着她的香唇，就是看不到又有什么要紧！不要说仅是蒙着眼睛，就是双眼全瞎也值得啊。只可惜该男人未能目睹她的美艳。我也觉得李蕙心的肌肤很细嫩，乳房很有弹性，想来应该也是一个美人，但未能亲眼观看，总是憾事一桩。

一个昆仑奴走上台去，唰地打开一面黄色条幅，上面用金色丝线绣着一行隶书（女主人公肺腑之言）：情哥哥啊，山无棱，江水为竭，乃敢与君绝！下一辈子我还要做你的女人！另一个昆仑奴也打开了一面条幅，上面写着（男主人公内心告白）：好妹妹呀，即使我买彩票中了五百万也不变心，即使江南霹雳堂的火药弹劈头掷下也誓不分离！这两句话都写得够肉麻，但只要看一看男女主人公的陶醉和疯狂，就无人怀疑这两句话的真实性，甚至语言尚未表达出事实之万一。

舞台上，音乐的旋律越来越高昂，龙舌兰两人的动作也越来越快。大家都屏住了呼吸，演讲大厅静得连一根针掉下来都听得见。连一向滔滔不绝的苏珊老师也闭了嘴。此刻，一切语言都是多余的，这就是所谓的无声胜有声。终于，古琴"铮"的一声，所有的音乐戛然而止。龙舌兰两人也倏地分开，站起来向观众鞠躬致意！大伙儿欢声雷动，掌声如潮水般响起。凭良心讲，龙舌兰两人表演得甚佳，因为这就是他们的生活，故而举重若轻，游刃有余。苏珊这次的讲座也到了尾声。

我跟着大伙儿欢呼和鼓掌，心里却感到一阵阵椎痛，仿佛有一把呼啸的小锯在胸膈间来回拉动。但是我抑制着自己的情感，我深知，无论在何种情况之下，都不能在大庭广众之下泄露内心的秘密。我这是怎么了？龙舌兰是人家的女朋友，跟人家亲热天经地义，平时就在情人林里卿卿我我哩，只不过今天搬上舞台而已。而我在情人林的时候一律被蒙着眼睛，也不可能瞧见旁人。

苏珊老师的讲座结束了，她对这样的效果很满意。她临走时似有意无意地瞥了我一眼,我不知道她到底是什么意思。她的目光似乎看透我的内心,又似乎并未注意到我。但愿她看的不是我,就算是也没什么意见。我不知道为何对她有一种说不出的恐惧,这是不应该的,学生应该爱戴老师,而不是惊惧。更何况是这样一位年轻貌美、才华横溢的女老师。

同学们纷纷向演讲厅的门口涌去,龙舌兰牵着男朋友在我的面前走过,她飞快地瞅了我一眼,又倏地移开,牵着男朋友头也不回地走了。她的目光大概只在我的脸上停留了四分之一秒甚至更短的时间,但我还是看到了她的眼睛,看到了她眼中深深的悲伤、凄惨和绝望——那是一种比海水还要幽深和咸涩的孤寂,比珠穆朗玛峰上的积雪还要寒冷和恒久的悲伤。在那极短的时间中,她明亮如钻石的双眼犹如两盏灯笼暗淡下来,她的瞳孔先是像两小团火苗倏地跳动,又猛地熄灭了。那是一种完全的熄灭,完全的黑暗,但她在刹那间又恢复了正常。我读懂了她的目光。我透过她的目光看到了她的心海,在平静而湛蓝的水面上,潜伏着暗礁般黑暗、尖锐而坚硬的痛苦。

我的脚步并没有停留,我不能在众目睽睽之下有任何异常之举。无孔不入的昆仑奴具有狄仁杰般的侦探头脑,又有张献忠式的暴戾凶恶,就算我豁出去,也不能连累龙舌兰。但我知道在行走的仅是我的四肢,而真实的"我"呆若木鸡,一颗心被铰成了碎片,纷飞如蝶。

四

这是一个阳光如细雪的春日午后,"紫衫神捕"顾盼走在街上,满面春风。她不是在巡逻,而是在逛街购物,所以心情很好。男朋友高唱提着大包小包小跑跟着,他手上的东西种类繁多,五花八门,但也无非是时装、化妆品、唐三彩、布娃娃诸如此类。东西当然是顾盼的,花的却是高唱的钱。

高唱说过一句名言:男人有义务为女人花钱。这句话虽然说得豪迈,但并不等于他毫无怨言,所以他说了另一句名言:女人多嘴起来很让人讨厌,但贪心比多嘴更让人讨厌!不幸的是,顾盼在这两方面都出类拔萃:1.她的一张嘴顶得上一百只叽叽喳喳的麻雀;2.她只有一双脚,却有五十双鞋。高唱苦笑,幸好她不是蜈蚣。别看高唱一脸义愤填膺,顾盼并不怕他,因为知道他并不是真的气愤。如果一个女孩子拥有了杨玉环的容貌、李清照的文采和穆桂英的武术,她就有资格无视身上的任何缺点。尤为难得的是,顾盼不仅是这样的女孩子,还很善解人意。她觉得高唱陪了她一天,劳苦功高,理应得到奖赏,决定去珠宝店给他买一块水晶,用以替代镶嵌在帽子上的玳瑁壳。玳瑁是一种类似于乌龟的爬行动物,它的甲壳也是一种饰物,可惜跟草鞋上的铜扣相仿佛,都是穷光蛋的象征。

水晶是一种天然的宝石,它唯一的用途就是做饰物,并且是历代最名贵的饰物之一,只有大款和公仆才用得起(譬如杭州知府风鸡的夫人就全身挂满了水晶饰物,如果摘下来恐怕可以放满一箩筐。顾盼虽然是吃朝廷俸禄的,但买这块水晶也花了两个月收入。由此可见,她比较清廉,但也舍得花钱)。如果你坚持说水晶还可以用来制造光学仪器和无线电器材,我也无法反对。但那是后来的事情,跟这个故事无关。因为当时还没有无线电,也没有什么光学仪器,连单筒望远镜都要过好多年才被人们发明出来。当然,这也说明水晶的一些用途还有待挖掘。世上的事物往往是这样的,开始的时候好像没什么用,但后来就渐渐应用得让人瞠目结舌。当法拉第用一根磁铁和几圈铜丝发明电流的时候,他恐怕想不到别人除了制造出电灯之外,还制造出了电鞭和电椅。顾盼也做梦都想不到,如此美丽的水晶,一经别人的臭嘴说出,竟然变成了人世间最恶毒的诅咒,给这条街带来了杀戮和血腥!

顾盼和高唱去"惊艳"珠宝店买了一块水晶,一走出店门,就听到有人说了"水晶"两个字,然后就看见了死人和流血!

"惊艳"珠宝店位于杭州最繁华的十字大街,街上的死人一共有十九个,他们的坐骑也倒在了血泊之中,街上一片狼藉,血像溪水在流淌。那为首者身形魁梧,凤眼长眉,赫然是名闻天下的"长眉大侠"马平原。另外的十八人头包黄巾,身披大红斗篷,看来便是马平原手下的"旋风十八骑"了。

作为一位有经验的捕快,顾盼在进入珠宝店之前,早已眼观六路,耳听八方,并没有发现四周有什么可疑之处。街上人来人往,熙熙攘攘,有一个瘦老头在街边摆着小铁锅卖臭豆腐,有一个老太婆挎着篮子叫卖糖炒栗子,有一个小贩在路边摆地摊卖盗版书。珠宝店斜对面的一间大排档,还有两个做苦力的民工在剥着花生喝酒,两根扁担就倚放在墙上。大排档旁边的巷口,还停放着一辆马车,一个车夫躺在车上打盹,脸上盖着一顶草帽,让人无法看清其面目。

马平原一行十九骑一进入大街，有人就说了"水晶"那两个字，攻击马上开始！那辆马车旋风般奔驰过来，把马平原一行拦腰切成两截，首尾不能相顾。那两个正在喝酒的民工把酒碗一掷，从扁担里抽出两杆雪亮的银枪，抖起碗大的枪花迎面杀去！那卖盗版书的小贩和卖臭豆腐的老头拔出藏在衣袍内的长剑，剑如毒蛇，左右夹攻！可怜马平原英雄一世，这次被敌人杀了一个措手不及，腰上的宝刀还来不及拔出，就遭到了敌人的毒手！杀手撤退的计划，几乎也跟进攻一样周密。那个卖糖炒栗子的老太婆一见得手，马上抓起一把栗子，往街上一掷！这些栗子其实是江南霹雳堂的火器，只听得爆炸声响起，绵延不绝。街上的人群大惊失色，互相践踏，乱成了一锅粥，杀手已趁乱在人群中消失了。这一切看得顾盼目瞪口呆，根本就来不及制止！

"长眉大侠"马平原是江湖上德高望重的大侠，据说他出身于江湖上昙花一现的正派"七星门"，平生疾恶如仇，以降妖伏魔为己任，折在他手下的魔头不计其数，黑道妖邪视他为眼中钉肉中刺，欲拔之而后快。这七星门，曾盛极一时，却又不知何故突然销声匿迹。传闻，马平原正在调查江湖上最神秘最可怕的杀手集团"水晶宫"，不料今日竟命丧于此。

高唱叹道："水晶宫杀人的手段，果然名不虚传！"顾盼咬牙说："我不把水晶宫连根拔除，誓不为人！这次请你一定要帮我！"

"长眉大侠"马平原被杀害的消息很快就传遍了江湖。对人们来说，这是一个坏消息。但也不能一概而论，黑道上的魔头获知了这个消息，马上放了三天鞭炮，敲锣打鼓，载歌载舞，以示庆祝。七天之后，又一个消息传遍了江湖：采花贼粉郎君不但成功越狱,而且在越狱之前奋起神威,一飞刀结果了"紫衫神捕"顾盼的小命!老百姓捶胸顿足,痛哭流涕,大骂老天爷不长眼睛!魔头们欣喜若狂,有人说,这一次怎么庆祝都不会过分!杀手集团"水晶宫"却大呼可惜,他们认为像顾盼这样的名人应当由他们来杀,并领取一笔不菲的劳务费。对所有杀手来说,江湖上的成名侠客都值钱得很,死一个就少了一次发财的机会。粉郎君杀掉了顾盼,就像砸碎了一块价值连城的宝物,损失之大,不可估量!

高唱却知道这个消息是假的,因为消息就是他散布出去的。真正的粉郎君早就被秘密处死了,他的脸皮也被完整剥下来制成了人皮面具,此刻正戴在他的脸上。换言之,正在逃亡的粉郎君是由高唱扮成的。这是顾盼的主意,她想让高唱找机会接近水晶宫,揭开这个杀手集团的秘密,然后把他们一网打尽!

这次,高唱倒是没有推辞,因为他知道要做卧底潜入水晶宫,放眼天下,除了他还真找不到合适的人选。但这句话她不爱听,真是不害羞!他忙改口说:"为民除害是每一个普通侠客的职责,能跟公差大人合作是一件光荣的事情,小民荣幸至极!"这样的话每一个公差都很爱听。高唱收道:"你总是非要我说假话不可!"顾盼喝道:"废话少说!今儿过后你就是'粉郎君'了,可要好好用心去逃亡,别给公差捉住或打死了,别人可不知道你是冒牌的!"顾盼既然"死"了,自然不能再抛头露面,但她也没有闲着,女扮男装,加入了追捕"粉郎君"的浩荡队伍之中。

水晶宫对于"粉郎君"来说是一个谜,找不到一点头绪。他们在作案的时候干手净脚,不会留下任何蛛丝马迹。要消灭水晶宫只有两个办法,一个是设法将其巢穴找出来一网打尽,另一个是设法让其找上门来自投罗网。

高唱他们遂兵分两路,一路由顾盼在江湖上展开地毯式的搜索,一路由高唱设法打入水晶宫内部。且说高唱这一路,只见高唱在马屁股上贴了一张纸条,上面用隶书写着:粉郎君专用之坐骑。但是,他还没有引来水晶宫的人,反倒惹来了无数好汉的围追堵截,江湖中人奔走相告:臭名昭著的粉郎君在江南出现了!这是成名的天赐良机啊,大伙儿还不赶快磨利刀枪去建功立业?

高唱扮成粉郎君在路上逃窜,他首先要做的事情,就是让人们认为他是真的粉郎君。尽管他戴着人皮面具,表面看上去跟粉郎君一模一样,但如果平时像去西天取经的唐僧,不近女色,连蚂蚁都不肯踩死一个,别人恐怕会生疑。相反,他应当像真的粉郎君一样无恶不作,以奸淫妇女为生,有空还得杀一两个人,杀的人最好是公差和侠客。

这让高唱十分为难,顾盼晓之以理,动之以情,说:"水晶宫一天不除,江湖就一天不得安宁。为了人民群众生命和财产的安全,你就是牺牲一下又何妨?做人要有点舍己为人的奉献精神!"她又强调说,"杀杀人就行了,不要真的去碰女人!"高唱答应了,但有一个条件:只杀该死的人!但到底谁才是该死的人,两人却难以取得一致的意见。根据顾盼提供的名单,有一百名公差可杀,还有五十名侠客做候补。她的理由是,这些公差都是坏蛋,贪生怕死,见利忘义,平时还对她顾大神捕很不服气!

高唱承认她说的都是事实,但坚持说:"这些人虽然讨厌,但也罪不至死,我不能随便杀人!倒是那五十名侠客,满口仁义道德,其实骨子里男盗女娼,暗地里杀人越货坏事做绝,真是死有余辜。"饶是如此,等他真的杀了一个"该死"的人,还是忍不住呕吐了一夜。他觉得他无权杀任何人,他不是刽子手,只有刽子手才拥有法律赋予的这种特权。

五

自从上次去听演讲,我一连好几天都魂不守舍。我想起了龙舌兰。我想起了她明亮如钻石的双眼宛若两盏灯笼瞬即暗淡下来。她眼眸中深深的悲伤、凄惨和绝望,让我永生难忘。我常想起龙舌兰,我跟她有了一个共同秘密。要么我们将这个秘密扩大,要么将其窒息,在两者之间,我必须有所抉择。如果是前者,那么意味着风险和牺牲,我将要付出难以想象的代价;如果是后者,那么就意味着我是一个懦夫,不仅背叛龙舌兰的信任,而且也背叛自己内心的秘密。无论是哪一个选择,都何其艰难。

此时此刻,我不得不承认那个撰写《古往今来最伟大的书院与古往今来最伟大的老师》的人,并不是真实的我,而只是我的躯壳,是我的一个面具。在那极尽阿谀奉承、溜须拍马的嘴脸之下,掩盖着我的良知。我是身在曹营心在汉。换言之,书院接二连三的讲座,并没有将我的想法摧毁,我的内心依然顽强地残留着精神独立和思想自由的渴望。

我的脑海不断浮现出龙舌兰和男朋友表演的一幕,我嫉恨交加,心中难受。虽然该男子蒙着脸,我认不出来,但观其长身玉立、膀大腰圆,料想也是一个英姿勃发的伟丈夫。我在恋爱林中倒是没见过他,但即使遇见我也不知道,因为我也是黑布蒙眼。很快,我就知道了他是谁,居然是书院百年难得一遇的诗歌奇才旷星野。他不仅诗写得好,还是书院中公认的美男子,玉树临风,丰神俊秀。很多女孩子做梦都想跟他配对,但这是不可能之事,因为他早已被校方安排给了龙舌兰。不仅是两人表现出众,理应得到这样的优待,而且也是男才女貌,按理乃天作之合。只是,龙舌兰就未必这样认为,但是她的意见不重要,况且她根本就没有发表意见的机会。

旷星野的大名在书院如雷贯耳,我自然听说过,但以前不怎么留意。虽然他号称百年难得一遇的诗歌奇才,但我是百年难得一遇的小说奇才,这也是书院贴了榜文公示并得到公认的,我未必就输给了他。重要的是,这已不是诗歌的年代了。在过去,只要你诗写得好,就可以呼风唤雨,乃至鸡犬升天。柳三变在世时,诗除了是艺术品,还可以做嫖资之用。但一切俱往矣。现在真正吃香的是小说,像我的老师苏珊,虽然年纪轻轻,但因为写出了三卷本旷世名著《草叶与荒原》,就成了著名学者、驻校小说家,功名利禄,应有尽有,荣华富贵,享之不尽。所以我有理由不将他放在眼里。

唯一惭愧的是,我虽然被誉为小说奇才,但处女作《江湖档案——一个理想主义者的一生》尚未杀青,而旷星野发表了不少杰作,并且进入了书院组织撰写的文学史。他的代表作《像哈巴狗一样俯首帖耳》是举世公认的杰出诗篇,先后获得七种重要奖项,并被翻译成九种外国文字。书院将这首诗搬上了舞台,并由理工科老师制成了诗歌模型,以便让后来者学习观摩,可谓红极一时。但那也毕竟只能在小范围内流传,无法跟波及社会各阶层的小说相比。

他的确不简单，虽是成名人物，但依然没有放松学习。每天早上，晨曦初现，他已跟着诗歌教练在树林中大声诵读，苦练诗艺；每天夜晚，星坠河汉，则在月夜下推敲着森严的平仄和对仗（当然，跟龙舌兰去恋爱林时例外）——于是技艺日益精湛，诗名远播，直追李杜。他跟龙舌兰是书院的模范情人，被苏珊老师誉为"这个年代最杰出的一对恋人"，他们肯定少不了翻云覆雨，如胶似漆。一念及此，我的心就隐隐作痛，仿佛被毒蛇咬噬了一口。按照校方的规定，旷星野是不能知道恋人是谁的，我不禁为这条校规而额手称庆。只是，他真的不知道吗？我又对此表示怀疑。这些事情，乃种种烦恼之根源，就像马蜂在我的头脑里嘤嗡作鸣，让我不得安宁。

　　李蕙心也注意到了我的异常，当然她是在恋爱林跟我亲热时注意到的，平时我们没有机会接触。我蒙着脸，她看不清我的表情，但是我的每一个细微之处都难以逃脱她的感觉。这真是一个感觉细腻的女孩。

　　有时，我觉得郁郁寡欢，无精打采，对李蕙心的拥抱深感厌倦，草草敷衍了事。那是因为我想起了龙舌兰，不禁兴味索然。有时则激情勃发，兴致倍增，李蕙心在我的抚摸之下，兴奋得大声呻吟，欲仙欲死。这也是因为我想起了龙舌兰。我将怀中人当成了她，当然这是我的幻想。如果一个人脸上蒙着黑布，怀中是他从来没有见过面的女孩，那么该女孩被当成任何人都有可能。如果我亢奋的原因被她知晓，她肯定伤心欲绝。幸好，她对我的内心一无所知。

　　每天午后都有一个时辰自由活动，那就是酉时。通常，女生可以扑蝶，男生可以蹴鞠，当然，无论男生还是女生，都可以做些纯属个人喜好的事情。譬如我就经常爬上那棵大树，仰面坐在浓荫遮掩的树杈上发傻，或者单独拿着一根钓竿去河滨钓鱼。当你想独处而又不必担心女朋友唠叨，你才会感到书院的爱情配给制度是何等的科学和完善。所谓自由活动，顾名思义就是你可以做一切事情，当然前提是不要违反学校的规章制度。但要完全避免这一点，却也不是容易的事。因为扑蝶也可能扑错，蹴鞠也可能犯规，甚至连钓鱼都有可能出问题。

有一次，我钓起了一尾鲫鱼，一个昆仑奴马上从水底钻出来，揪住了我。我争辩说我没有违反校规，只有规定说不准捕杀国家二级保护两栖野生动物娃娃鱼或虎蚊蛙，但没有规定说不准钓鲫鱼。昆仑奴冷笑，说没有规定那就现在补上，你再嚷嚷我就立马给你加上一条罪名。我赶紧闭嘴。

那一次，由于我素来表现甚佳，保卫部又念我是初犯，所以网开一面，从轻发落。所谓从轻发落的意思，就是无须动用皮鞭、水火棍、三角烙铁等任何一种刑具。但我的滋味也不好受，我必须将那一尾三四两重的鲫鱼活生生吞下肚了去。连好几天，我都满嘴腥臭，犹如茅坑。我跟李蕙心接吻时，尽管我的脸隔着一块黑布，她仍唯恐而避之不及。她说如果一定要亲嘴，你不妨戴上一个十二层的口罩。我讲述这些的意思，是说即使在自由活动的时候，也不要随心所欲肆无忌惮，否则就有可能吃苦头。

这是一棵奇特的树。没有人知道它是什么树，没有人说得出它生长了多少年。它又高又挺，直插云霄。它的枝叶亭亭如盖，几乎覆盖了整个山坡，就像一把巨伞那样遮挡了半个湖水。它的躯干惊人的粗壮，估计需要三五十人才能环抱过来。它的躯干洁白如玉，还长着极为精致的青色花纹。每到秋天，它会像蛇一样蜕皮，那美丽的树皮像美女褪下来的罗衫。树干的表面光滑细腻如处女的肌肤。它的枝丫难以计数，互相交织，枝条上则布满了密密匝匝的叶片。它的叶子异常宽大，看上去犹如长着长柄的芭蕉扇，苍翠欲滴。每到春天，树上就开出奇特的大红花，犹如振翅长唳的火鸟。它结出的果实大如南瓜，在成熟的秋季，每到晚上就发出耀眼的亮光，满挂枝头犹如街上的路灯。树叶类似芭蕉扇的树木，我知道的仅有角栌木一种。但我可以肯定这棵树绝对不是角栌木，因为角栌木在春天只会绽开一些败絮似的小花，也没有香味，在秋天连一个小果也没有。这棵奇特的树，长着柠檬桉般的躯干，却长着芭蕉似的叶子。

这样的树木，我还是第一次见到。这么庞大的躯干，在我的印象之中，也绝无仅有。看它的气根和躯干的形状，有点像榕树，但榕树的叶子不是这样的，而且榕树的表面黝黑而粗糙，也不会像它这么清洁和光滑。它表面有点光滑，但并不难爬。我顺着它巨大的躯干爬上去，感觉像在斜坡上行走，只要我愿意，我可以顺着它的躯干一直走向树巅。事实上，我经常在树上爬上爬下，就仿佛在跟它嬉戏。它就像一条宽敞的大路铺向天空，身上的枝条就像数不清的小路为大路所连接，它仿佛就是连接大地和天空的唯一通道。与其说它是一条伸向天空的道路，毋宁说它是一把架在半空中的梯子。

我在树身上攀登，一直走上去就是树冠，每一根枝条都指向新的歧路，每一根枝条都蘖生新的枝条。我在一根枝丫前略为踌躇，后来我隐入了浓密的叶丛之中，我从树身走到一根粗大的枝丫，然后又从这根枝丫走到一根细小的枝丫，终于走到了这棵大树的顶端。往下的路跟上升的路是同一条道路。我抱住一根细小的枝丫往下滑，到达一根较大的枝丫中，就这样一直滑行到树干，再从树干滑行到地面，这棵大树犹如一架巨大的滑梯。我行走于大树之中，犹如猴子和飞鸟一样迅捷。

这一棵既像道路又像梯子的大树，它茂盛而碧绿的叶子覆盖着我的寂寞。那些苍翠的叶子，那些火红的花朵，那些闪光的果实，也许像我渴求的东西，但我不知道那又是什么东西。这是一棵独木成林的大树。倘若考虑到树上的动物，那么它就像一座小型的动物园，树上生活着猴子三十九只、树熊九只、松鼠一百多只，还有为数不少的鸟巢和马蜂窝，以及其他各式各样的昆虫无数。这棵树太大了，这些动物占据着各自的地盘，倒也相安无事。一眼看去，这棵大树像一位美妇人，有说不出的迷人风韵。它是如此巨大，当然就像巨人国的美妇人，树干像细软的腰肢，树枝像修长的手指，叶子像青翠的指甲。它的表皮洁白如玉，让人想入非非。由于我跟这棵树很亲近，决定给它起一个名字，就叫它"桤木王"吧，称之为木王，它可是当之无愧。这个名字，是我喜欢的一本番邦小说的名称，至于什么叫桤木，我至今仍没见过。

今天又到了自由活动的时间，在桤木王上我决定去看新发现的那一窝小鸟。有一个鸟巢，上个星期孵出了一窝小鸟，一共四只。小鸟张着黄嘴角，翅膀上稀疏地长着几根茸毛。我在鸟窝发现了一张素帛，上面写着一行娟秀的小字：明天酉时废煤矿见。下面注着一个"兰"字。啊，这是龙舌兰给我的留言。我又惊又喜，将素帛攥在手心，心头禁不住一阵狂跳，差点从树上一个倒栽葱掉下来。我坐在树杈上，等了好久，等心神安定，才缓缓地从树上滑下。

第四章 水晶宫主

一

次日上午,我又有一次去水帘洞听演讲的机会,我在会场看见了龙舌兰,她不动声色。但是当我蕴含着探询的目光扫过去时,她低眉颔首,给了我一个明确无疑的答复。主讲者是一个干巴瘦小的老教师,他在讲台上声嘶力竭,其间间或还响起同学们的掌声,但我一句也听不进去。我心里快活异常,恨不得时间过得快一些。

酉时到了,我装作若无其事的样子,漫不经心地绕过书院西侧的那片密林,沿着林间的小径一直走向密林深处。这片密林就是书院指定的恋爱林,林中分布着一排排木头长椅,以供情侣促膝谈心。一到傍晚,此处莺声燕浪,此起彼伏,乃书院最热闹的场所。由于恋爱时间还没到,这里显得很冷清。我偷睨两旁,并没发现可疑迹象,又故意借着绑鞋带之机,目光越过裤裆,飞快地往后瞥了一眼,也没有发现什么。保卫部的昆仑奴神出鬼没,我万万不能掉以轻心。

我终于来到了煤矿的旁边,这是座废弃已久的小煤矿,听说曾因塌方砸死了十几个人,至今还有人埋在里面。我瞅着它黑乎乎的洞口,犹如猛兽的咽喉,仿佛要搏人而噬,不禁双腿战栗。我听到洞中有人低呼,还不快进来?我方才留意到洞口垂着一根细小的绳梯,赶紧顺着绳梯攀爬下去。

一下去,马上有个人抱住了我,她身上的热量犹如火焰,隔着衣裳传遍我的全身。借着洞口微弱的光线,我看清了她就是龙舌兰,她身上还背着一个包袱。她的脸庞在幽暗中闪光,眼角扑闪着泪花,她几乎要喜极而泣了。然而她放开了我,嘴里说,现在还不行,你跟我来。她飞快地收起了绳梯,拉着我在矿井中摸索着前行。矿井并不深,她又带着我拐进了一个坑道。坑道异常狭小,漆黑一团,勉强可以容身。龙舌兰说,现在安全了。她取下背上的包袱,将一张油布铺在凹凸不平的矿渣上,然后在上面铺了张缎子,我们坐了下来。别看那个包袱不大,装的东西倒不少,龙舌兰取出一个小酒壶和两只锡杯,还有一只烧鸡。坑道中伸手不见五指,我只能看到酒壶发出的微光,以及她猫眼般淡蓝色的眸子。她打亮火折子,正要将一对小红烛点燃,但是她稍一犹豫,又将火折子吹熄。她解释说火光会引起注意。在刹那间,我看清了她酡红的脸,焕发着惊人的美丽。她说你看清我了吗?可别连我是谁都不知道。

我爱你,龙舌兰在黑暗中说,在这个世界上我只能爱你。我捉住了她的手。我贴着她的粉颊轻吻了一口。啊,她的脸颊是如此清香柔软。我们互相勾着手臂,饮过了交杯酒,就算是互托终身了。韩潮,我好开心啊。龙舌兰竟嘤嘤地哭了,但她随即破涕为笑,说我们有近一个时辰可以在一起。她脱光了衣服,用力抱紧我。

这一次,我身上没有什么束缚,手脚没戴镣铐,双眼没蒙黑布。尽管地上坑坑洼洼,空气沉闷,身上沾满矿渣,但跟朝思暮想的女子在一起,我已知足。她的身体柔软而光洁。天啊,脸上去掉了那块该死的黑布,亲吻的感觉真是美妙。我们在黑暗中疯狂地相互给予和索取。但这种疯狂是灵魂的,或者说是身体内部的,我们小心翼翼,谨小慎微,即使在地道般的废煤矿之中,也不敢得意忘形。我们小心地翻动,尽量不让身体发出声音,绝不可惊动这黑暗以外的一切。

我们在漆黑的坑道完成这一切,尽管我没有蒙着黑布,但依然看不到爱人的胴体。但我毕竟知道她就是龙舌兰,我清楚地看到了她的脸。这与跟李蕙心在树林爱抚是不可同日而语的。我知道,从这一刻起,我的身体,我的心,都会只属于一个人,她就是龙舌兰。没有谁可以将她从我的心里夺走,同样也没有人可以将我从她的心里夺走。

龙舌兰仍沉浸在方才的激情之中,她大胆而周详的谋划取得了预期中的成功,但她没有被胜利冲昏头脑。这需要怎样的勇敢和机智啊,她真是一个冷静、睿智而大胆的女子。她说,这是一个安全的地方,但也不能常来。通常来说,一个地方在来过三次之后,就变得危险了。下次什么时候见,你等我的安排。我不禁幽幽地叹了口气。龙舌兰问我,你怎么啦。你担心什么?我说我没什么好担心的。龙舌兰喜悦地说,我也是,世上没有任何一个人任何一种力量可以将我们分开,可以将我们的爱情分开。

自从跟龙舌兰有了肌肤之亲,我就对李蕙心有了一种说不出的厌倦。其实李蕙心也非常迷人,尽管我看不见,但相信我的手不会骗我,她身上的气味也非常好闻。我承认她的身体对我也有吸引之处,但我对她的拒斥是心理上的,我觉得既然跟龙舌兰订下白头之约,誓不分离,就应该终生践守,即使是山崩地裂海枯石烂也不可背信弃义。因此,每次跟李蕙心在恋爱林中的约会,对我来说都不亚一种折磨。我内心激情全无,唯余一副躯壳。倒是李蕙心越来越主动,反客为主,乐此不疲,每次都弄得娇喘连声。我纹丝不动,就像一段木头那样,任由她抚摸和亲吻。我交给她的只是我的身体,一颗心却另有所属。

这段时间,李蕙心愈加意乱情迷。终于,她说,我们的感情突飞猛进,已到了瓜熟蒂落水到渠成的地步,没有必要再停留在搂搂抱抱之类的小打小闹上了,赶紧去考个证书,到玫瑰小筑坏一坏吧。

我一声不吭。李蕙心用拳头轻捶着我,说你倒是说话呀。难道你不想要我吗?我说只怕咱们通不过后勤部组织的爱情考试——李蕙心大怒,说这又有何难,莫非你对我的爱情没有信心?我赶紧说怎么会!她咄咄逼人,说那是你不爱我?我很生气,说你不要无理取闹好不好?后勤部将她分配给我,我当然要爱,而至于我跟龙舌兰之间,那可是致命的秘密,是打死也不能说出来的。但李蕙心不肯善罢甘休,继续在唠唠叨叨。我没有办法,说你让我好好想一想吧,就算要考你也得让我准备准备嘛。

我们不欢而散。在牵我回去的路上,李蕙心将套在我脖子上的锁链抖得哗哗乱响,以显示她对我的权威。我想我肯定像她手上牵着的一只狗。但即使我是一只狗,也不可能再去爱她了。我不禁感到歉然。李蕙心也是一个好女孩,但是我不愿意蒙着双眼去爱一个从没见过的女子，在认识了龙舌兰之后，我就更不愿意了。然而，蒙着脸去恋爱是我们这个时代的风尚，甚至是一种法典。像我这样的人，真是他妈的活错了时代。

后来，龙舌兰又约了我几次。她每一次行动每一个步骤无不经过深思熟虑，只有这样才能确保万无一失。她约我的方法多种多样，层出不穷，总之绝无重复，让人匪夷所思。譬如她有时在我的面前突然脚下一滑，摔倒在地，等我伸手去扶她的时候趁机将一张纸条塞入我的掌心，当然，纸条上简短地写着我们幽会的时间和地点。有一次，我钓上了一尾鱼，而鱼嘴竟然塞着一张纸条，看来这尾鱼是龙舌兰潜入水中挂上我的钓钩的，当然这尾鱼被她做过了手脚。

我们幽会的地方更是隐秘而古怪，每一次都让我意料不及，瞠目结舌。我们在废弃的盐井中幽会，在砖窑中幽会，在下水道中幽会。每一个地方，我们都不会超过三次，这都是为了安全起见。

有一次，龙舌兰竟想出了一个在水底幽会的绝妙办法。我们一丝不挂，静静地躺卧在水底，互相拥抱并缠绕。在水底就无法睁开眼睛，更无法亲吻，嘴巴有更重要的用途，我们每人嘴里都叼着一根芦苇管，芦苇管高出水面约有半尺，此乃我们赖以呼吸的管道。龙舌兰的肌肤摸上去光滑而冰凉，犹如大鱼的表面，我想她的胴体也像一尾雪白的大鱼吧。在水中，我们倒真是两尾幸福的鱼了，但我们终究要回到岸上去。

上述种种见面，我们不是在地底就是在水底，就像两只可怜的老鼠，过着暗无天日的日子。老实讲，我还没有机会见到一次龙舌兰的身体。机会终于来了，这一天，我又爬上了经常去的那棵大树，随着日子的推移，鸟巢完好无缺，甚至更牢固了，这真是一个完美的巢穴。我想，鸟儿也有着物种遗传的智慧呢。那几只雏鸟已长出羽毛，翅膀变硬，远走高飞。只有两只老鸟仍住这个鸟巢中。那是一对羽毛灰黑的野鸽。

我坐在树上，不禁羡慕起鸟儿来。在鸟的王国，雄鸟向雌鸟求爱，脖子不会套着锁链，脸上也不会蒙着黑布。它们又有翅膀，想飞到哪儿就飞到哪儿去。哪里像我们拖着沉重的躯体，东躲西藏，无处容身。

我正在浮想联翩之际，一只野鸽子咄啾着飞过来，立在我的手臂上。我看见它的脚丫上拴着一个小圆筒，而里面藏着一张纸条。好个龙舌兰！竟然将野鸽子也驯服成了信鸽。我展开纸条一看，上面写着：酉时，芦苇荡。这件密函简短之至，但我领会了其中的含意。酉时是我们唯一可以自由行动的时间，而芦苇荡则位于书院东侧纵横交错的河汊中，听说该处常有鳄鱼出没，乃危险之地，平素无人光顾。但芦苇荡前头数十丈的水面开阔处，却矗立着一幢幢教学楼，我觉得要避人眼目到芦苇荡中去，只有一个方法，那就是潜水而过。

我顺利地到了，时令正值夏季，芦花还没白头，苇秆依然挺拔，而苇叶生机勃勃，郁郁葱葱，异常茂密。芦苇丛又柔软又细密，我刚坐下来，就听到簌簌的声响，只见一只鳄鱼张着两排锯齿般的獠牙拨开水中的芦苇。我吃了一惊，想不到关于鳄鱼的传说，倒也并非虚妄。只听得一声轻笑，该鳄鱼竟直立起来，鳄鱼肚子钻出一个身子半裸、只穿着粉红色亵衣的女子来。原来龙舌兰不知从哪儿弄来了一具鳄鱼皮，披在身上游了过来。我们穿入了茂密的芦苇丛中，这一次，我终于看到了龙舌兰完美无缺的胴体，肤色如雪,曲线动人,乳房又白皙又饱满,乳头嫣红而小巧。在满目青翠的芦苇丛中,龙舌兰玉体横陈,犹如一块绿缎子上摆着的一尊白玉雕像。她简直是一尊女神,让人顿生不可亵渎之念。

我们渐入忘我之境,忽然龙舌兰一把将我推开,吓得全身抖如筛糠。我知龙舌兰素来胆大,寻常事情焉能吓得着她?我头脑中闪过一道白光,莫非是保卫部的人来了?如此一想,不禁心中一沉,如坠冰窟。我四下一望,只见茅草吹拂,四野荒寂,不见有任何人的身影,这才松了一口气。而龙舌兰蜷缩着身体,一面瑟瑟发抖,又丝毫不敢动弹。我奇道,到底是怎么回事?龙舌兰的脸庞几乎因惊骇而扭曲,她指着地下说,蟑螂,该死的蟑螂,你快将它赶跑!她吓得连声音都变得颤抖。我一看,啊,原来是一只黑不溜秋的小蟑螂,正在她的大腿附近爬动。我哈哈大笑,将它扔入了远处的草丛之中,说道,一只小小的蟑螂,竟然将你吓成这个样子!龙舌兰惊魂稍定,将头枕在我的肩上,扬起粉拳轻捶了我两下,说道,不许笑!我平生天不怕地不怕,但最怕的就是这种该死的昆虫!

李蕙心既然动了考爱情证书的念头,自是不肯轻易放弃。但是我被龙舌兰步步牵引,越陷越深,一颗心已不放在李蕙心的身上。每次跟她去恋爱林,都是敷衍了事,无半点热情。她不吭声还好,但每次都要喋喋不休,让人愈加厌烦。

我们吵了一架,李蕙心哭了,她说你肯定有了别的女人,我当然否认。她又说我闻到你身上有别的女人的气味。我大吃一惊,人们都说女人的鼻子像猎狗一样灵敏,果然不假!但是此等无凭无据的事情,我哪里肯承认?李蕙心气哼哼地拿起我的手,放在她的胸脯上,说我哪儿不如别人?我说你不要胡思乱想啦,你今天净说些莫名其妙的话。我心里隐生不安，李蕙心如此单纯，我这算移情别恋吗？在龙舌兰出现之前，我们相安无事。但如今我……唉，李蕙心是如此单纯的一个姑娘，罢罢罢，今生算是我对不起她啦。

二

我的小说一度停滞不前，倒也不是我才思枯竭，不夸张地说，我可是渐入佳境，写得越来越顺手了呢。只是除了日常功课，还得周旋在三个女人之间，左支右绌，力不从心，颇有焦头烂额之感。这三个女人便是李蕙心、龙舌兰和苏珊。李蕙心是我的法定情人，不得不见。龙舌兰是我的命根，虽然不可告人，却无时不在挂念。苏珊是我的小说导师，经常以辅导写作的名义召我过去。这样，我正常创作的时间便难以保证，但更要命的是心烦意乱。

在此之前，我一直在虚度光阴，了无生趣。我犹如蝙蝠生活在漆黑而潮湿的洞穴中，不知道天地间原来有如此强烈和温暖的阳光。是龙舌兰唤醒我身体的火焰，点亮我意识的明灯，让我看清自己，原来也是有血有肉的人。龙舌兰就像一团猛烈的火球，从天而降，火焰呼啸，我一时无法适应，不知所措。在平时，我常常想起她，想她聪慧的心、灵巧的手和滚烫的身体。当我一铺开稿纸，纸上的每一个方格仿佛都有她的身影，或巧笑倩兮，或娇嗔薄怒，或狂野地抱紧我……我在心里构思好的故事还没化成文字，就被她挤对得无容身之地，烟消云散。在夜晚，我常常沮丧地扔下秃笔，一声叹息。

我除了放纵地幻想龙舌兰的笑靥和身影，别无良策。其实，我能见到她的机会并不少，我们都是书院的积极分子，在公共集会常不期而遇。然而，相见不如不见，我们绝对不能露出蛛丝马迹，否则将会坠入万劫不复之境。她不露声色，冷若冰霜。她不会跟我搭讪，即使非得跟我说话不可，也是一副公事公办的样子，毫无破绽。但我的定力就大不如她，有时我实在无法忍受，就偷偷盯着她看，我的目光犹如凸透镜的焦点，几乎要将目睹的一切化为灰烬。然而，她的眼睛仿佛笼罩着一层薄雪，而被牙齿咬紧的嘴唇则充满了恼怒，我知道她在向我传递这样的一种信息：快别这样，你不要命啦！

苏珊对我小说完成的部分倒是表示了肯定，流露出难得的欣赏。她一边看一边说，有趣，有趣！她乐不可支，捧腹大笑，说，好一个女中豪杰！女主人公的形象正在逐步确立，再丰满些便不错啦，倒是男主人公除了油腔滑调，却显不出多少本事。顾盼既然是英雄人物，她看中的人又岂能是等闲之辈？你不是说他做过几件为民除害的侠义之举吗？在下来的篇幅里，倒不妨突出他如何行侠仗义。不过，这个男人很会讨女孩子喜欢，甚得我心！你呀，却是一个不可救药的呆子！

苏珊说着，伸出纤纤玉指戳着我的额头，似嗔似怒，吓得我大气也不敢出。不过，我的小说得到了她的肯定，倒让我如释重负，心中欢喜。而她的意见，自然是一针见血。接下来，我要多花点篇幅在高唱身上。

苏珊是在一辆马车里指导我的。这是暮春里的一天，阳光灿烂，但珠帘垂挂，车厢内一片阴凉，倒是苏珊细瓷般的脸庞在闪着微光。苏珊要到城里签名售书，支走了丫鬟，却叫我陪伴，她的理由是这些书搬上搬下的，丫鬟体弱力薄，不如叫个男生。她还可以顺便指导我的小说。车厢堆满她的著作，显得就有点逼仄，苏珊说到兴起处，脸色潮红，手舞足蹈，咯咯娇笑，几欲跟我耳鬓厮磨。我正襟危坐，唯恐触及于她。苏珊吐气如兰，阵阵幽香扑鼻而来，让人脸红耳热，颇感难受。

车把式老周端坐辕上，纹丝不动，就像木偶似的，一路上也没听他说过一句话，倒是手上的马鞭不时挥动。拉车的健马四蹄翻飞，舒缓而行。我耳畔只听得马蹄嘚嘚，渐行渐远，倒也不觉得颠簸。

这辆马车，乃出自书院的能工巧匠之手，构造甚佳，巧夺天工，而车把式老周又是千锤百炼的好手，乘客遂感平稳舒适。说到书院的能工巧匠，我们的理工科老师个个身怀绝技，但要论发明之广、技艺之精，还是非赵云老师莫属。他是从我以前读过的一所乡村学校调入书院的。他制造的水车，曾解决了不少师生的用水问题。而他借鉴诸葛武侯遗留图纸制造的木马，更是让人匪夷所思，能跑能跳，除了不吃草，看上去就像真的一样。很多老师的专车都爱使用这种木马。免了喂养看护之苦，自是大受欢迎。但苏珊很讨厌那种怪里怪气的木马，她宁愿挑一匹真正的马。她跟我说，木马虽能跑，但没有生命。

最让人拍案叫绝的还是赵云研制成功的木质滑翔机，这种空前绝后的机械状如大鸟，利用风力发动，顺风时迅若飞鸟，数十里路顷刻即到。在机械研制成功之日，赵云跟刘美莲老师喜结连理，并用滑翔机举行了空中婚礼，当时万人空巷，一时传为美谈。由于该机械省时省力，有师生出差办事，每受青睐。我就很奇怪苏珊进城为何舍滑翔机而取马车，这岂不是历史倒退？苏珊笑吟吟地说，暮春出游，心旷神怡，乃何等浪漫之举！我何必闹得匆匆忙忙、鸡飞狗跳？难道你不喜欢这样吗？

宝马香车，又有美人作伴，本来何等美妙，但我每次跟苏珊单独相处，都感到浑身不自在，仿佛有一个小虫子在脊背爬来爬去，到底是什么原因，又一下子说不上来。我想，也许是男女授受不亲，又或她是老师的缘故。

苏珊老师虽然是小说名家，但依我看更像一个诗人。她伤春悲秋，心思之细腻，脆弱到了无以复加的地步，其良善悲悯又让人肃然起敬。她从不愿在辰时之前起床，而宁愿窝在床上睡到日上三竿。她的理由是见不得草叶上噗噗破碎的露珠，露珠也是有生命的，可惜阳光一出，就烟消云散了。然后她就大发古人之幽思，慨叹人生之苦短、命运之无常。当然，这并不妨碍她性格开朗，嬉笑怒骂，随心所欲，在书院每次举行的篝火晚会，尽情地载歌载舞，不甘人后。她也不愿目睹夕阳坠落山冈，觉得太过伤感，总是让她掩面而泣。总之，如果是她不愿意做的事，没有人可以让她去做。这次随她出行，才知道她的习惯如此之多，有的更是匪夷所思，让人打破头也想不到。

路到半途时，苏珊忽然命令车夫老周停下。原来她看到泥尘滚滚的黄土路上，有一只黄玉似的螳螂举起两把锯齿似的前肢，俨然是螳臂当车之势。

苏珊款步下车，用纤指捏起那只螳螂，叹了口气，说，我倒真不知说你愚昧还是勇敢好呢。然而，那只螳螂并不领情，爪子闪电般划过苏珊的指头，一股血丝涌流出来。苏珊痛得哎哟一声，忙将螳螂弃于草丛。她将流血的指头含入嘴中,目光中尽是惊疑和委屈,仿佛不敢相信似的。螳螂事件让她仅是不开心了一阵,很快又破涕为笑了。因为我讲了一个故事:有一天,有个渔夫看到山崖有个人往大海里跳,说时迟,那时快,他赶紧用渔网兜住了他,救回了他的一命。谁知他并不领情,还责怪渔夫破坏了他的计划。渔夫奇怪地问他有什么计划。他说,我是全国最好的田径运动员,我的纪录已经有十年无人打破,我想试试我能否跳过大海——渔夫大笑,说原来我救了一个傻子。我认识苏珊这么久,只要她不高兴,我就说笑话,屡试不爽。

苏珊笑得花枝乱颤,说,看来我也是多管闲事了。我说,虫豸如此,不足为奇,只是人为万物之灵,如果像螳螂一样不知好歹,那倒不应该了。苏珊的双眼刹那间蒙上一层水雾,说看来你是分得清好歹的了。

我不敢看她的脸,拉起珠帘,往窗外望去,驿路通向远方,尘土飞扬,而马走得不紧不慢,让人好不耐烦。老周扬手一鞭,马嘶叫一声,奔跑起来。但苏珊顺着我的视线往外一瞧,恰巧见到马背上的一道红肿,立马脸色发青,杏眼圆睁,怒道,停车!车夫刹车,苏珊掀起衣裙跳下车来,但见她抱住马头,眼泪像断线的珠子,簌簌而落,伤心得连话也讲不出来了。这一下出乎我的意料,一时不知所措。而老周吓得脸色煞白,更是不知如何是好。苏珊悲恸欲绝,她索性放声大哭起来。那匹马怔怔地望着她,眼眶里似乎也闪着晶莹的东西。

良久,苏珊才止住悲恸,夺过老周手上的马鞭扔在路边,斥道:你怎能如此残忍?老周大汗淋漓,不敢回嘴。苏珊说,就罚你代马拉车好了,也好叫你知道马平日之艰辛!那老周竟如释重负,诺诺连声,赶紧将马的缰绳从车辕上解下来,拴在车尾,让马跟着车走,而他倒拉起马车来。毕竟大车沉重,老周纵使出尽吃奶的力气,依然慢如蜗牛爬行。这样拉法,何时方能入城?而我年轻力壮,坐在人拉的马车上,心中很不舒服。但苏珊似乎很满意,又绽开了笑颜。

忽然,一片绛红色的花瓣随着微风飘入车内,就贴在苏珊的脸上,然后又缓缓地滑落。苏珊拈起那片花瓣,竟似痴了。原来,车子经过一片桃花林。道路从林子穿过,时近暮春,桃花凋零,一阵轻风吹过,花瓣随风吹送,纷纷扬扬,连马车上也飘落了几朵,而地上更是铺了密密匝匝的一层。这次,苏珊又命老周停车,她跪在地上,双手抱了一堆落花,脸上不禁涌起悲恸之色。我皱了皱眉头,心说,这真是让人伤透脑筋!她哪儿有平日为人师表的尊严?分明是一个多愁善感的弱女子。而她收集落花,仿佛拥抱着同类。她幽幽地说,每一朵落花,可都是一个女孩的魂灵呢。饶是光天化日之下,我也仿佛处身于鬼蜮,激灵地打了一个冷战。

结果,在苏珊的指挥之下,我们收集了一马车落花,而将车上的书籍全扔在路边。苏珊说,比起这些花瓣,我的著作何足挂齿!我心说,莫非要将这些花瓣签名售予读者不成?倒是可惜了白石堂的精美刻印。而沉重的书籍换成了轻飘飘的落花,老周减轻了负担,倒是心里偷着乐。

经过一路上的折腾,眼看红日西斜,天色快黑了,苏珊也有点心神不宁。忽然,路边一声呼哨,斜刺里冲出两骑,骑士身材魁梧,脸上蒙着黑巾。我们未及反应,两把明晃晃的钢刀早已架在脖子上,来人厉声说道:要命的就乖乖地别动!来人用牛筋绳将我跟苏珊捆得严严实实,一脚踢落路边,我觉得半边身子一阵剧痛,动弹不得。车夫老周大受惊吓,瘫软在车辙上,犹如一堆烂泥似的,谁也没有理他。

贼人在车厢上双手乱扒,东翻西找,绛红色的花瓣像羽毛般纷飞,花香弥漫,连空气中都是花的香味。贼人"咦"了一声,似乎大感意外。他们一无所获,面面相觑,一时不知如何是好。一个贼人说,哪里有啊。另一个说,莫非情报有误?两个贼人低头嘀咕了一阵,忽然向苏珊走来,脸上露出邪恶的笑容。他们敢情想搜苏珊的身呢,女子冰清玉洁的身体,岂容贼人染指,我不禁大是惶急。说时迟,那时快,两个贼人忽然大喊一声,仰面倒在尘埃里。

这时老周方才颤巍巍地站起来身来,苏珊喝道,没用的东西,还不赶紧将绳索解开!老周拔出一把尖刀,唰唰割掉了我们身上的束缚。我定睛一瞧,只见两个贼人咽喉上各中一支袖箭,竟是一招致命,好厉害的箭法!我依稀听到苏珊叹了一口气,犹如落花在飘降。只是她全身被缚,哪里能发箭伤敌?但见她巧笑倩兮,轻抚罗衫,分明是一个弱不禁风的女子。但我觉得今日之事,似乎一切早有安排,这个弱女子似乎也不简单。

只见苏珊夸张地掩了掩胸口,说差点吓死我了。而我在此刻看到了一颗鸡心坠,一颗由上好翡翠做成的链坠从她白玉般的胸脯里"嗖"地荡出,犹如一只受惊的小青蛙跃出来,在苏珊的前襟上晃个不停。苏珊赶紧挺起身体,然后快速地将它捉住并塞回亵衣里。苏珊忽然说:料想这便是七星门的人了。我大吃一惊。传说东海书院里隐藏着七星门的总舵,其任务是要将东海书院取而代之,这个门派活动了好几年，只是一直没有得逞，但书院终究也无法将其连根拔起。

老周将那两具尸体抛入草丛中，然后掏出一个小瓶子，往尸体上撒了一些药粉，两具尸体竟化成一摊水渍，瞬间即被草丛吸收，不留一丝痕迹。我看得触目惊心，毛骨悚然。苏珊盯着我说，不要跟任何人说起今天的事！

天色已晚，落日滑过山冈。苏珊对我说，呆子，你不要胡思乱想啦，好好写你的小说。我点了点头，说老师，那我们今天怎么办？苏珊说，不进城了，打道回府！这次，那个倒霉的车夫终于坐上马车，重新套上骏马，车夫打马如飞，马车风驰电掣地往回路赶去。我百思不得其解，瞥了一眼苏珊，只见她星眸微闭，仿若熟睡，根本就没有谈话的欲望。

三

上次陪苏珊进城中途折返，我受到很大惊吓，夜间老从噩梦中惊醒。我的脑海总是浮现出蒙面人凶神恶煞的样子，以及明晃晃的钢刀。最让人恐惧的是老周处理尸体的情景，两条彪形大汉竟在空气中消失，只剩下草丛中的一摊水渍。这是我第一次看到有人被杀，尽管我不知道杀人的是谁，也许苏珊知道，但她不会告诉我。因此，这些景象让我又惊惧又疑惑，日夜受其折磨。

最让人震惊的，莫过于苏珊口中吐出的"七星门"三个字。这个传说中的七星门真的存在，而那两个蒙面人就是其成员。据说，如今七星门的老大哥孙惊涛是一个大恶人,他就隐藏于我们中间,组织策划了一次次破坏活动。他狡诈如狐,异常隐蔽,从没人见过他的真面目,更不知道他隐身于何处。有人说他就在杭州城中,利用飞鸽传书遥控书院的破坏活动,害得保卫部的人,一见可疑的鸽子就放箭射杀,只是从没人发现过可疑的情报。有人说他其实隐藏在书院里,书院中的任何一个人都可能是他,即使是德高望重的老师、乳臭未干的学生、保卫部中的昆仑奴甚至伙房的厨工也无法排除,但他到底是怎么隐藏的,却又无法得出一个靠谱的结论。

据说,以前的七星门本是名门正派,后来却自甘堕落,纵火、绑架、杀人等恐怖活动层出不穷,甚为猖獗,但近年来又有些销声匿迹了。个中原因是书院加大了打击力度,其实七星门的活动转入了地下,变得更加隐蔽,更加可怕。也有人说,孙惊涛已寿终正寝或被秘密处决,该门派树倒猢狲散,已不成气候。但有关七星门的传闻,始终是一道阴影,笼罩在每一个人的心头。

跟李蕙心约会的时候,我跟她说起了蒙面人以及七星门的事,但她心不在焉,好不耐烦。她没好气地说,时间如此宝贵,你不多说些好听话儿来哄我,却去说这些无聊的事!你若有闲情,不如去考个红色本子!红色本子就是做爱执照,她一言及此,我不禁头大如斗,只好闭嘴。李蕙心将我从身上推开,恼怒地说,好端端的偏要去说劳什子的恐怖分子,弄得我什么兴致都没有了。我警告你,你可不要到处乱说,被保卫部的人听到可吃不了兜着走!众所周知,书院有很多消息是不好谈论或评价的,孙惊涛及七星门之类自然在封锁之列。

我想,这个消息,龙舌兰肯定会关心。这个孙惊涛也忒大胆,竟敢跟书院作对。我们也算是偷偷违反了一点书院的纪律，但哪里敢大张旗鼓？如果七星门真的隐藏于书院当中，那么这些人真是胆大包天。我是胆子小，但老实说还真有点佩服他们。

尽管我心存疑惧，但日子还得过下去。每天上课下课，偶尔参加广场集会，每周见三次李蕙心，说是"见"，其实我根本就不知道她的模样。我整张脸上蒙着黑布，双手戴着镣铐。有一次，我甚至忍不住想扯掉脸上的黑布，目睹李蕙心到底是何模样。那个念头只是一闪即逝，但我已经吓得冷汗直冒。尽管我胆大妄为，但还不至于发疯，如果我真的做了这件事，就是大罗金仙也救不了我。曾经就有过这样的人，被抓去施以车裂的酷刑，最后被分成五个部分扔入鲨鱼的大嘴，可谓死无葬身之地。

我想，真要知道李蕙心是谁，其实也不难。等于我下次见到龙舌兰就好办了。书院的制度虽然密如铁桶，滴水不漏，龙舌兰却很有办法，她就像桶壁的一道裂缝，使我的生命出现了多种可能。她既能在保卫部的眼皮底下筑起我们的爱巢，自然有办法知道李蕙心的真实面目。须知"李蕙心"这姓名还是我给她起的，而她在现实中当然不是这个名字。

"粉郎君"击毙顾盼的事迹很快就传遍了江湖，终于引起了水晶宫的注意。在水晶宫看来，粉郎君不仅是一个臭名昭著的采花贼，也是一件富有效率的杀人工具。如果掌握得当，这样的工具就会变成一架铸造钱币的机器，带来滚滚财源。所以，水晶宫派来一个叫青狼的人找上了"粉郎君"，要聘请他出任杀手。青狼身穿青袍，一顶斗笠低低地压住眉眼，脸上有一道深深的刀疤，眨着死鱼肚似的眼白，阴森至极。青狼给"粉郎君"的待遇是每月底薪五十两银子，外加奖金，每完成一项任务可提成酬金的百分之二十，这个价钱已经是杀手行业中最高的。粉郎君无恶不作，人神共愤，在江湖上已经无法立足，也需要找一个强大的靠山，青狼认为他没有拒绝的理由。

"粉郎君"自是求之不得，但是他还有一个条件：要求水晶宫把他调入并解决住房等问题，享受正式职工的一切待遇。他觉得如果做合同工，还不如做一个自由职业者。青狼冷笑说："要正式调入也不难，那要看你是不是真的有本事！"

"粉郎君"反问："怎样才算有本事？"

青狼说："水晶宫在购买一件工具之前，当然会去测试它的性能和效率！"

青狼把"粉郎君"带到了一间小石屋，说："进去吧，你在测试室里待上十二个时辰，如果还能活着出来的话，就算测试合格了！""粉郎君"问："里面难道有毒蛇猛兽不成？"青狼回答："没有，但会有人找你，真正的高手比毒蛇猛兽更加可怕！"

小石屋只有一间，就筑在树林间、溪水旁。现在还是白天，天空高远，阳光灿烂，树林中有鸟雀在啁啾。屋内几乎没有光亮，小屋连窗子也没有，小屋的设计者不希望屋中人在睡熟的时候，有一件淬毒的暗器从窗口中飞入，无声地钉入他的喉咙。无论谁要进来杀人，都必须通过那扇唯一的木门。

高唱扮成的粉郎君当然不喜欢杀人，但今天非杀不可，因为他不杀人，别人就会杀他。这就是江湖人的命运。他刚躺上床，本想美美地睡一个午觉，但他知道已是一个妄想。他已听到了脚步声，四个人的脚步,脚步声在距离小石屋二十丈的地方突然停止。来人的脚步沉稳、矫健、轻捷,显然都是轻功中的高手。尤其是前面的一人,落地无声,赫然是辽西"鹞子门"中的高手。

只听得一个人说道:"粉郎君就在里面,他虽然沉湎于风月场中,手上的功夫并没有搁下,敢瞧不起他的人都已被他的利剑刺穿了咽喉。大家大意不得。三十二号,你上!"

这个人的话音刚落,只听得"砰"的一声,木门已被一脚踢开。屋里多了一个年轻人,一张铁青色的脸,非常英俊,非常骄傲。他瞪着一双锋锐明亮而充满血丝的眼睛,哑声喝道:"我叫吕青,我要杀了你!赶快滚起来,让我杀了你!"

"粉郎君"微笑,依然躺在床上,懒得翻一下身。像这样的年轻人他见过不少,精力充沛,杀气冲天,每个人都有理由认为,今日之江湖已是他们的天下。但吕青比谁都要冲动,比谁都更沉不住气。他的手因激动而发抖,已无法控制心中的怒火,他拔出了背上的长剑,就像猛兽那样扑过去。但他只跨出了一步,身形就已停顿,一股鲜血从他的咽喉间飙出来,"粉郎君"已闪电般折断了吕青手上的剑尖,刺入他的咽喉!他一直到死也没有看清敌人的出手。

吕青已倒了下去,"粉郎君"依然躺在床上,甚至连门也再次掩上。

小屋寂静,没有任何声响。

良久,外面又发出了一道命令:"宫主要做的事,就一定要完成。三十二号做不成,现在只有十六号接着去做!"

于是,"粉郎君"就听到了一阵缓缓的脚步声,步履显得谨慎而缓慢,缓慢得让他几乎不能忍受,几乎忍不住要冲出来决一死战。这段距离只有二十来丈，但那人竟然走了很久。

十六号并不像吕青那样冲动、那样着急，他杀人的经验十分丰富，当然懂得怎样才不被别人杀掉。他的脚步虽然凝重，其实全身上下都充满戒备，随时都保持着一种战斗的姿态，绝不能给人有一点可乘之机。他的战术运用得很成功，但可惜对手是高唱扮成的粉郎君。无论多长的路也会有尽头，何况只有短短二十来丈的距离。他终于来到了门口。他竟然伸手去敲门，竟彬彬有礼地问道："有人在家吗？"

仿佛他不是来杀人，而是去朋友家里做客。连"粉郎君"都不能不回答："这里有一个死人，一个活人。阁下不妨进来凑凑热闹！"

于是，门被轻轻推开，"粉郎君"便见到了一位双鬓微白的中年人。一身普普通通的衣裳，一张平平凡凡的脸，这样的中年人走到哪里都不会引起别人的注意。只有高唱知道他杀人的迅速、毒辣与准确。他手中的"五虎断门刀"，早已是江湖上最可怕的十把快刀之一，年岁的增长，丝毫没有影响他的出手，只会日益丰富他杀人的技巧与经验。

中年人一步一步地跨入了屋子，他每走一步，都在地上留下一个淡淡的脚印。他凝聚了全身功力，全神戒备，仿佛一张已拉满了的弓。他一直把自己控制得很好，但他在高唱面前已没法保持镇定，他的手甚至因为紧张已泛起了青筋。

"粉郎君"冷笑，他依然躺在床上，甚至连姿势都没有改变一下。

中年人在"粉郎君"冷冰冰的目光下，竟然像一位被剥光了衣服的小姑娘那样感到心虚和难堪。他感到这间没有窗子的石屋，空气滞闷而凝重,他再也无法忍耐。何况他已紧绷如一张硬弓,箭在弦上,不得不发!

中年人出刀,刀光笼罩了整间房子!"粉郎君"长笑,长剑斜伸,竟是后发先至,如果中年人的快刀是一条毒蛇,他的剑无疑像一颗钉子那样钉死了它的七寸。一刹那间,满室的刀光消散,中年人已倒下。"粉郎君"叹道:"你就是江湖上人称'旋风刀'的彭雪虎?"可惜那人已倒下,已永远不能开口。

小石屋又恢复了寂静,一种可怕的寂静。

这次,外面等得更久,居然传来叹息声。终于,有人说道:"你去!"这次他发出的命令更加简短,更加直接,因为他知道在这个人的面前,任何一个多余的字都是废话。那个人没有回答,他的行动就是回答。

小石屋依然保持寂静,这间小屋竟仿佛潜伏着一头洪荒时代的怪兽,正在等着搏人而噬。那个人的两个同伴就像两颗泥丸投入水井,无声无息。他当然知道两位同伴的手段,但他毫不迟疑,更不会退缩。这个人竟然是一个干瘪瘦削而驼背的糟老头子,他的双眼似已蒙眬,他颌下的胡子已花白。他身上也看不见有任何兵刃。

"粉郎君"的瞳孔忽然收缩!传说江湖上有一位比骆驼更能忍耐、比豺狼还要凶狠、比毒蛇还要毒辣的老魔头,据说他杀人的方法至少有三百六十种,堪称杀人的专家。只要他高兴,他的身上随时可以飞出一条毒蛇、七把夺命的飞刀外加一蓬淬毒的牛芒细针。老头的双眼忽然露出针尖般的锋芒,说:"你知道我是谁?"

"粉郎君"微笑:"昆仑山星宿海上的赤练老妖,一向横行江湖,百无禁忌,杀人如割草,在下自是久仰!"

老头咧嘴一笑，露出一口黄板牙，森然道："老仙自十四岁起杀人，距今已逾五十载，你可知道我杀了多少人？"

"粉郎君"摇头。

老头说："我也不知道。因为我无法计算清楚，我只知道我杀过的人当中，一派宗师或一帮之主有八人，镖客十六人，号称'大侠'的有三十二人，还有初涉江湖、不知天高地厚的小王八不计其数！"

"粉郎君"微笑："你可以过来杀我了！"

老头眯缝着眼睛，没有吭声。他发现"粉郎君"躺卧在木床上，身上盖着一袭棉被，竟似有恃无恐，全无破绽。老头心中一凛，双脚不丁不八，桩子步，阴阳鱼，凝聚了全身功力，只防高唱暴起发难，一下子不敢随便出手。这可是他纵横江湖几十年来极少出现的事。"粉郎君"毫不理睬，竟闭上了眼睛，仿佛已经睡着了。老头是来杀人的，不是来看别人睡觉的，他全神戒备地站在那里，"粉郎君"却舒舒服服地在床上倒头大睡。他的涵养再好也按捺不住了，怒吼一声，双袖一扬，已打出了一蓬毒针！

"来得好！""粉郎君"大喝声中，人已鱼跃而起！他身上的锦被彩云般飞起，不仅裹住了飞芒般的毒针，还向着老头当头罩下。老头只觉得眼前一黑，情知不妙，正待奋力挣脱被子的束缚，"粉郎君"手中的利剑已毒蛇般穿透棉被刺入他的心脏。

就在这一刹那，石屋外面几乎同时响起了三记掌声，一句赞语："一击必杀，精彩绝伦！"

喝彩的人说："我不是来杀你的。我只不过想看看你杀人的本事。果然有杀人于无形之中的非常手段！"

"粉郎君"回答："进来吧，等我杀了你，你就清楚我是怎样杀人的了。"

那人说:"我用不着进去,我看东西根本就用不着眼睛,我是一个瞎子。"

"粉郎君"大吃一惊,几乎骇得跳了起来,大声说道:"阁下就是江湖上人称'飞天蝙蝠'的李慕黑。"

"我就是。"

"你仅用耳朵也能听出我是如何杀掉赤练老妖、彭雪虎和吕青的?"

"我能。"

"粉郎君"沉默半晌,说道:"我不信。"

李慕黑朗声说道:"你在杀吕青时,利用吕青心浮气躁的心理,激怒他抢先出手,然后施展'折梅手'的无双绝技,用吕青的剑尖把他刺于剑下。杀彭雪虎则以静制动,后发制人,然后以霹雳手段杀之。杀赤练老妖则尤为精彩,堪称经典,你以逸待劳,先诱他出手,然后以佛家的'袈裟功'破去他的'碧血神针',紧接上来的那一剑犹如点睛之笔——不动则已,一击必杀,不愧是杀手中的杀手!祝贺你,你已经顺利通过测试了!"

"粉郎君"默然,他忽然大声说道:"你明明知道这几个人不是我的对手,为何还要他们来送死?" 李慕黑淡淡地说:"因为宫主要我来看你杀人的手段,到底是否如江湖上传说的一样。别说死了区区三个杀手,如果有必要,就是牺牲三千子弟,宫主也不会放在心上。"他的声音仿佛一颗风干的果实掉落在枯萎的木头上,不带一丝感情。"粉郎君"却是心头大震,说:

"好大气魄的宫主!是哪里来的宫主?"

"东海之滨,碧螺岛上,水晶宫里的水晶宫主!"

"粉郎君"再也按捺不住,他从小石屋走了出来,马上看见了一位白衣人,只见他相貌清奇,白面微须,约莫在三十岁上下,只是一双眼睛呆滞而空洞,竟似不能视物,敢情他就是江湖上神出鬼没的"飞天蝙蝠"李慕黑!在他的身旁还停着一驾马车。他递给"粉郎君"一块黑布,冷冷地说:"先上车,再把眼睛蒙上,在得到我的命令之前,不要私自把黑布拿下,否则你只有死!"

"粉郎君"只好照办,只听得车轮滚滚,健马嘶鸣,一路上颇为颠簸,走了一程,忽听得水声潺潺,竟似在溪水间涉水而过。过了小溪,他忽感到全身阴凉,耳边听得鸟声啁啾,想来进入了一处密林。

四

一个多月后,龙舌兰终于跟我有了一次见面的机会。那是吃午餐的时候。龙舌兰勤工俭学,兼职做厨工,她将饭菜递给我时,还给了一只苹果。这天不是周末,所以我们无法享受那种一锅乱炖的营养大餐,饭菜就较为粗糙,保留着较为原始的样子,譬如鸡肉就是鸡肉,青菜就是青菜。我更向往这种伙食,但这种想法不宜泄露。而饭后送水果,只不过是书院无数福利之中微不足道的一个罢了。龙舌兰将苹果递入我的手心,使了个眼色,我心领神会。

我看着这只红通通的苹果,嘴角浮现出了笑意。我想起了那只伊甸园中的禁果,即使没有蛇,我们也有偷吃禁果的欲望。我一咬开苹果，就发现了里面的纸条。呵，这个小妮子真有一手！我将果皮和果核小心吐出来，装作若无其事的样子进了茅房。保卫部的人太厉害了，我千万不可掉以轻心。纸条大意是说，今天午后的自由活动时间，我们可以一聚。地点就是鲸鱼腹腔，可从尾部及腹部交界五米处进入。我不禁对龙舌兰大为佩服，她的聪明智慧，真是无人能及，有谁会想到将鲸鱼肚腹当成幽会的居所？

说起这头鲸鱼，乃前几天因搁浅在沙滩上无法回到大海而被阳光晒死的。这是一头硕大无比的蓝鲸，长逾二十米，恐怕有一百吨重。海浪在细沙上轻轻地拍荡，在它的身上溅出细小的水花，但根本就无力将它送回大海里去。它躺卧在海滩上，仿佛一座蓝色的岛屿，那耸起的脊背有一道优美的弧线，它曾经是大海中不可一世的霸王，如今却一命呜呼，它的表皮因阳光暴晒而融化，就像沥青似的流淌，但发出的恶臭比沥青更加难闻。

我是潜水从海中兜回进入鲸鱼肚腹中的，我潜近它的身旁，找到了入口，原来是一道厚重至极的肉门。我用力一推，早已进入鲸腹之中，而肉门马上自动合闭，竟赫然是一道自动门。这是龙舌兰用利刃切割而成的，想来她光是建造这个入口，恐怕已花了九牛二虎之力。

龙舌兰久候多时，她在大鲸的五脏庙中拾掇出一处难得的空间，在鱼腹中铺了一块油布，并点亮了一豆灯火。我们一见面，马上抱成一团。只是空隙也太过有限，只要稍一动作，不是头上碰到鱼肝，就是背部擦到鱼脏，光是滑腻腻的鱼肠就像粗大的瓦管盘匝环绕。这倒也罢了，要命的是鱼腹中腥臭无比，尽管龙舌兰早有防备，每人戴了三个十二层厚的口罩，依然无济于事。结果这天，我们什么都做不了，只是不停地呕吐，呕得天昏地暗，手脚发软。我说，再这样我快要熏死了。龙舌兰歉然说，对不起，这实在不是好地方。她为这个地方不尽如人意而歉疚。我说，这倒是安全得很，只是也待不了多久呀。龙舌兰眉头一皱，拔刀在鱼腹上切割，噘嘴将油灯吹灭，伸手往鱼腹上一推，马上有一道阳光斜斜地照射入来。她竟然开了一个小天窗。

外面的空气涌入，气味稍为改观。耳边依稀有人声喧响，透过小窗，还能看到一些人的衣角。料想，外面有不少人正在鲸鱼身上或附近玩耍嬉戏，煞是热闹。

我问龙舌兰，书院安排给我的女子到底是谁，但她也说不出来。她虽然每周要跟法定情人去三次恋爱林，但从没见过我或我女朋友的身影。我说，我蒙着脸，你就是见到也未必认得出来。龙舌兰肯定地说，如果你在林中，就是化成灰我也认得出来。我可以保证，你的确从没在林中出现过，所以我也就不知你说的"李蕙心"到底是谁。我笑了笑，不再吭声。我想，难道我每周三次跟李蕙心的幽会都是假的吗？这不可能吧。恐怕还是她没认出我来。我下次做个记号，她就知道哪个是我以及是谁跟我在一起了。

我跟她说了，我对李蕙心老是逼我去考"爱情证书"大感忧虑。我说，除了你，我不愿意接触任何一个女人的身体。龙舌兰没有吭声，但是她脸色马上发白，她跟情人是书院中的模范恋人，不用考试也拿到了这个证书。由此……我后悔说了这句话，我能了解她的痛苦。我再三坚持说，每周三次的约会，我无法公然拒绝，但是我绝不会跟李蕙心有肌肤之亲！龙舌兰轻声说，只要我们心是在一起的，其他不必耿耿于怀。

我终于说出了那天陪苏珊进城的事，当龙舌兰听到"七星门"的字眼，也不禁惊呼出声。她说，蒙面人死了吗？肯定是情报有误！我愕然不解地问，什么情报？龙舌兰摇了摇头，说，关于七星门的种种传闻是真是假，跟我们有何关系？休去管它。

随着日子的推移，我跟龙舌兰的感情日趋火热。一日不见如隔三秋，平时在公开场合遇见又不能一诉衷肠，反而是极大折磨。如果说第一次见面，是出于对肉欲的吸引，那么现在，她的腔调、呼吸和体温已深深楔入我的记忆和灵魂之中。在头脑稍为清醒时，我也想到倘若事败，后果将不堪设想。我的理智告诉我，这种幽会其实是愚蠢而危险的，我随时有可能被捕并遭受酷刑。我一闭上眼睛，总是浮现出人间地狱般的惨景，我知道书院对于叛逆者从不心慈手软。但是我无法拒绝龙舌兰完美无缺的身体，更无法抗拒她炽热得足以熔化钢铁的爱情。

在此之前，我像生活在漆黑地底下的虫豸，没有意识，没有生命，不知岁月流逝，不知老之将至，而她是我的第一丝阳光也是最后的太阳。她的出现，就是光明世纪的出现，她于刹那间照亮了我，并像镜子一样让我知道自己的模样。她挖掘出了我躯体残存的一丝意识和尊严，并用其将我武装起来。我承认我每天草木皆兵，但若让我重新选择，我还是愿意跟她在一起。她是我的最后一根稻草，我不去想那么多了。理论上说，爱情使人变得无畏，但我没有变得更勇敢。即使我深知爱情是最有力的一种情感，但依然无法消除内心的恐惧。

在这样的情况下，我渴望有一个相对固定而安全的场所，能让我们时常在一起。我呼吸着鲸鱼臭不可闻的内脏气味，有点赌气地说，这样的日子，我受不了啦。龙舌兰很不高兴，说，必须忍耐，忍耐才是唯一的出路。任何轻举妄动都可能招来灭顶之灾，我们只能采取这样的方式见面。我想了想，不再吭声。龙舌兰怜悯地摸着我的脑袋说，韩郎，我会想办法的，你等着我。

我想过跟龙舌兰的种种可能，觉得早晚会出事。其实我们有机会潜逃，先后逃跑或一起私奔都可以，我们平时还是有进城办事的机会的，有时还能借用赵老师制造的木质滑翔机，这样我们就可远走高飞，隐姓埋名。又或者这几年将感情偷偷藏在心里，待毕业离校时再相约聚首……但这一切都是白搭，无论我们去到哪儿，都不可能逃脱保卫部的无情追捕；而既然在校内有了恋人，就只能从一而终，至死方休。

我左思右想，均无万全之策，不禁一声长叹。我说，如果被抓住了，我们肯定吃不了兜着走。龙舌兰说，但直到今天我们还是安然无恙。她不同意一个人永无战胜一个集团的可能，她承认有一天，保卫部会将她抓去或被失踪。但是她又不肯放弃另一个想法，个人也可以建立并生活在一个秘密的小天地中，只要有足够的智慧和勇气，再加上一些必不可少的运气。我说，我指的不是躯体，但我的确害怕死亡或消逝。你现在是不怕，但总有一天会怕的，死亡不是一个活人可以抵挡的。我哭了，我一边呕吐，一边痛哭。

我痛苦地说，要不就到此为止吧，否则一切都晚了。龙舌兰说，我也想过，但是我根本无法做到。我说，我们的运气很好，没有被发现，但运气不会一直这么好的。她说，亲爱的，只要我们在一起，就没有任何力量可以把我们分开。我说，我们还能这样多久？五个月或者一年？只有天知道！但只要被他们发现，我们将完全失去力量。我们不能互通声气,更不能知道对方死活,无法互相帮助。假如我招供,你就会被杀死;而即使我不招供,你同样不能幸免,他们不会推迟处死你的一刻钟。她说,招供是不可避免的,在他们的酷刑之下,没有人可以不招供。我们可以供认,这并不要紧。重要的是,无论他们怎么穷凶极恶,却根本无法毁灭我们的爱情,所以他们实际上并不能把我们分开。只要我们的感情存在,那么我们就永远都在一起!

我沉思一会儿,说,我们可以这样吗?龙舌兰坚定地说,完全可以!近日来,我一直忧心忡忡。龙舌兰说得很明白,只是我无法肯定。这种怀疑是不应该出现在两个恋人身上的,尤其是我们这样生死与共的恋人。她将赤裸的身体贴紧我的胸口,我抱紧她。她饱满的乳房顶着我,仿佛那是明确无疑的答案。

我从鲸鱼腹中出来之后,大病了一场,我想是那些腥臭的气味让我生病。幸好,龙舌兰倒是无事。她是一个积极分子,在公共场所常能见到她的倩影,倒也聊慰相思。但这也是饮鸩止渴罢了,反而让人更难忍受。

之后,龙舌兰有很长的一段时间没有约我,但她还是给我传递了一次信息。她使用的是精练的古文,文字虽少,容量却大,翻译成现代语文的大意是:她告诉我说,她正在寻找或营造一个比较固定而安全的地方,等这个地方找到了,我们就找到了真正的天堂。在这段时间,她建议我尽量不要想她,而应该多想想我的小说。她可不想我因为她而耽搁了创作,旷星野已经写出了传世名作,而我的小说尚在襁褓之中,这样就说不过去。她让我少安毋躁,最后她引用了一句名言来激励我——总之面包会有的,牛奶也会有的。我不喜欢她将我跟旷星野做比较,但是也不禁为蜗牛爬行般的写作速度而汗颜,这部小说我都写了快一年啦。

龙舌兰传递信息之丰富多样、之变幻莫测、之神出鬼没,让人叹为观止。即使我是书院近百年来难得一遇的小说奇才,也无法猜想得到。你猜这次她是怎么传递的呢?她竟然驯服了一条眼镜蛇,将文字用白漆细细地描绘在蛇的肚腹下面。那条蛇来到我的面前,一开始还吓了我一跳,只见该蛇又是吐舌头,又是跳"8"字舞,我才发现蛇腹下面的玄机。那些文字笔画纤巧细腻,一眼看去就像白色的花纹,等闲也不容易发觉。至于她是何时学会驯蛇的,我就不得而知了。我想,她到底懂得多少我不知道的东西啊?事实上,我对她的了解又有多少呢。

五

且说"粉郎君"听从"飞天蝙蝠"李慕黑的安排,用黑布蒙上眼睛,在马车上走了两天。"粉郎君"暗自默认方向,他感到向南走了一段山路,又向西涉过了一道溪水,再往北经过了一处树林,之后像是路过了一处较平坦的田野,最终又向东走了半天,马车停了下来。俄顷,他觉得马车并没有行驶,自己却在前进,耳边听得波涛汹涌、风浪大作的声音,竟似是置身于汪洋大海之中。他把手放在脸上,几乎忍不住要把蒙在眼上的黑布扯掉。只听得李慕黑冷冷地说:"不要把黑布拿下,否则你只有死!"

"粉郎君"苦笑,只好垂下了手。又走了一程,终于到达了目的地,等到别人把他脸上的黑布拿开,只觉得眼前一直发黑,原来他就置身于一个漆黑的房间之中。李慕黑说:"不要走出这间房子,如果宫主要见你,到时自然会有人通知你!"

生命中重要的是方向,但"粉郎君"根本就找不到方向。生命中重要的是光亮,但如今他置身于伸手不见五指的房间中,见不到一丝光亮。如果说这就是"水晶宫",那么该水晶宫就跟人间地狱没有什么区别。置身于这样的地方,他有一种生命几陷于停顿的恐惧!上帝说,要有光,就有了光。笛卡尔说,我思故我在。野生思想家高唱也曾狗尾续貂:黑暗中唯一发光的是思想。当思想从平庸琐屑的事物中结晶而出,就会把黑暗变成光;当生命的意识开花——所有的黑暗就全部消失了!于是,"粉郎君"像一位哲学家一样开始思考存在与虚无的意义,思考人生无常和命运的乖谬,思考一个人如何才能抵达幸福、爱和欢笑……最后,他得出了一个结论:所谓生命的秘密,就是把更多的意识从黑暗中带出来的艺术,它要求一个人在每个片刻都要尽可能保持觉知。生命是充满狂喜、活泼、流动的。在那些美妙的片刻里,他听见体内传出泉水迸溅的声音。思考并没有带给他什么,相反搬走了他多余的东西:月亮永远挂在天上,你看不见是因为乌云把它掩盖了。洞穴早已存在于泥土里,只要把多余的泥土搬走,洞口便露出来——事情就是这样简单——每个人都是光源!是的,享受生命在何时何地都不需要理由,生命本身就是理由。

他想到这里,内心一片澄明,漆黑的房间变得一片雪亮,他在恍惚之中,竟然觉得四面墙壁都是由裁成长条方石的水晶砌成的!

高唱易容成粉郎君,在黑房子中开动脑筋,积极思考人生和命运，自以为大彻大悟，借助思想的力量破解了生命的奥秘，却在恍惚之中出现了幻象，迷迷糊糊之中看见了一间水晶砌成的房子。练武的人都知道，这是要走火入魔的迹象。他大骇之下，赶忙盘膝而坐，默诵了一段金刚经，好不容易才摆脱了魔障，不禁吓出了一身冷汗，暗说，好险，好险！他以前听人说过，西域有一种高明至极的摄心术，非常厉害，能迷乱人的本性，摧毁人的意志，教人任由摆布，无法抗拒，更无法掩饰心里的任何秘密。看来，他刚才遇到的就是这种邪术。如果"粉郎君"不是仗着内功深厚，机警异常，恐怕早已中招。

这时，黑暗之中响起了"飞天蝙蝠"李慕黑的声音："你看见了什么？"他的声音就像沙漠上吹过的风，不带任何情感。"粉郎君"回答："我看见了水晶。"

李慕黑说："请跟我来，你可以去见宫主了！"

刚才向"粉郎君"施摄心术的人敢情就是李慕黑，"粉郎君"决定将计就计，他听得漆黑之中响起李慕黑的脚步声，但看不到该人的身影，该人就像一只蝙蝠在黑夜中飞过的轨迹，几乎不存在。但他不假思索，马上跟了上去。他循着脚步声在黑暗之中行走，绕来绕去，拐弯抹角，脚下走着的可能是一道曲折的长廊，当然也有可能是一条地下甬道。他大约走了半盏茶的工夫，来到了一个宽敞的厅堂，忽然大有柳暗花明之感，眼前豁然开朗。

只见大厅布置得富丽堂皇，地上铺着红地毯，大厅的四角摆着硕大的青铜烛台，红烛呜咽，烛影摇红。墙角上燃着一炉檀香，尤其是厅中的七十二盏水晶灯把厅堂照得亮如白昼。大厅上摆着一张很大的水晶床，床上锦被凌乱，铺着一面猩红的床毯，床上竟然有着七个绝色佳人!

这七个美人或躺或卧,千姿百态,风情万种。这七个美人腰细腿长,丰乳肥臀,曲线毕露,有着魔鬼般的身材,性感得像最利的刀锋!让人啧啧称奇的是,这七个人的身材、肤色看上去一模一样,仿佛由其中任意一个克隆出来。她们都穿着紫色的罗裙,披着白色的轻纱,手腕上戴着一串水晶手镯,脸上却戴着水晶面具。这七个面具都雕刻着狰狞可怖的妖姬模样,看上去没有什么区别。

"粉郎君"眼睛一亮,他终于看见了水晶宫主——江湖上最可怕最神秘的杀手集团"水晶宫"的首领!他做梦也想不到杀人不眨眼的水晶宫主竟是女人。然而,看了也等于白看,因为这七个美人的脸上戴着一模一样的水晶面具,根本就看不到水晶宫主的真面目。现在,他的心里生出了一个疑问:莫非水晶宫主不是一个人,而是七个人?还是她装神弄鬼,故意找来六个替身在身旁,教来袭的敌人无所适从?

只听得李慕黑躬身施礼,说:"属下已把粉郎君带到,请宫主发落!"

床上的七个美人说:"你做得很好,可以退下去了。"这七人异口同声,说话的声音和腔调毫无二致,配合得天衣无缝。其配合之默契,就是久经训练的合唱团也望尘莫及,明明有七个人说话,听上去却仿佛只有一个声音。"粉郎君"几乎忍不住要扑上去,揭开她们脸上的面具,看她们是否也长得酷似如斯?

只听得水晶宫主说:"你就是粉郎君?"

"粉郎君"心中一凛,敌人以为自己正处于摄心术的控制之中,可一定得小心应答,以免露出破绽。摄心术其实就是催眠术中之一种,被施以摄心术的人迷失本性,神志不清,往往颠三倒四,答非所问,但每说的一句话都是真话,休想隐藏半点内心的秘密,所以他回答:"杭州的小捕快顾盼是我杀的,如果她的美丽及得上宫主的一半,我肯定不会杀她!只是我不知道,究竟哪一个宫主更美丽?"

水晶宫主咯咯娇笑,笑得花枝乱颤,说:"江湖上传闻粉郎君是风月场上的老手,油嘴滑舌,色胆包天,今日一见,果然名不虚传!"

水晶宫主一句话说完,忽然话锋一转,变得冷若冰霜,问:"你为什么要来水晶宫?"

"粉郎君"说:"我在应聘水晶宫的职务之前,向青狼提出了诸多条件,其中的一条是想成为贵单位的在编人员,享受正式职工的一切待遇。但想不到宫主竟是美貌如斯,看来我要修正我的条件了——如今我只有一个愿望,倘能一亲芳泽,别无他求!"

水晶宫主厉声道:"你可知说出这样的话,就已经是死罪!"

"粉郎君"的脸上浮现出了白痴般的神情,叹息着说:"牡丹花下死,做鬼也风流!"

床上的七个美人忽然一齐沉默。大厅一片沉寂,仿佛连空气也在凝固。"粉郎君"心中怦怦乱跳,他只怕在对答之中露出了破绽,不禁惶恐不安。

其实"粉郎君"多虑了。原来,水晶宫主觉得此人虽中了李慕黑的摄心术,却显得有点莫名其妙,让人捉摸不定,所以大感诧异。大凡中了摄心术的人,往往状如白痴,宛若夜游,根本就不知道自己正在做什么。但"粉郎君"虽双眼发直,脸如土色,一副白痴的样子,说起话来却是反应敏捷,思路清晰,看上去莫测高深。

水晶宫主忽然问道:"你一生中最大的梦想是什么?"

"粉郎君"哈哈大笑:"一个农民的梦想是种出最好的庄稼,一个工人的梦想是炼出最好的钢铁,一个诗人的梦想是写出最好的诗篇,你说一个采花贼的梦想还能是什么?"水晶宫主又问:"你一生中最爱的女人是谁?""粉郎君"冷笑:"我没有爱的女人,只有迷恋的肉体。然而,再美艳的红颜也会消逝,再迷人的肉体也会让人厌倦,所以我只好不断地去寻找新的女人。我只有在不断变换的女人身上才能持续我的激情和梦想!"水晶宫主点头,说:"果然是无耻之徒!你既然投入水晶宫,就是我的人了。你的一切都是属于我的,包括你的灵魂和生命!你还有什么放不下的吗?""粉郎君"摇了摇头,忽然问道:

"我只有一个问题,李慕黑真的是一个盲人吗?"

这一次,水晶宫主没有回答。大厅中忽然飘起了一阵乳白色的浓烟,等浓烟消散,那张硕大的水晶床和床上的七个美人已经消失,仿佛从来就没有在这个大厅存在过。"粉郎君"的耳畔听见暗器破风之声,三枚水晶锥往他的上三路激射而来!"粉郎君"拔剑出鞘,只见剑光美如旷野上独自怒放的野花,美如轻风中四处飘散的柔软花瓣。那一剑几乎没有花什么力气。它就像一棵树上生长出来的枝叶,犹如一位深闺的怨妇在等待远方归来的丈夫,是如此自然,又带着一股无法形容的深情——这是什么样的剑法?只听得叮当连声,水晶锥已被击落尘埃!

不知什么时候,李慕黑来到了"粉郎君"的身旁,而"粉郎君"根本就没有听到他的脚步声。李慕黑一双眼睛苍白浑浊,空洞而呆滞，无论怎样看也不像是一个可以视物的人。只见他的嘴角上露出了嘲讽的笑意，仿佛在讥诮"粉郎君"刚才问的那句话。

李慕黑默不作声，他像一个幽灵静静地站着，静静地"看"着"粉郎君"。明知李慕黑是一个瞎子，"粉郎君"却被他盯得好生不舒服，竟然产生了一种被注视的感觉。他马上反击，寸步不让，双眼瞪得溜圆，他的目光锋锐如出鞘的利刀！

李慕黑的脸色微微一悚，忽然开口赞道："好剑法！"

"粉郎君"朗声说道："你能看出我剑法的好处？"

李慕黑说："目中无人，心中有剑，剑出如花开，剑收如风吹，好剑！我虽然不能视物，但也知道这一剑乃神来之笔！江湖上盛传粉郎君以飞刀见长，想不到剑法也是如此了得！"

"粉郎君"淡淡地说："江湖上盛传李先生轻功高明，想不到连暗器功夫也是如此厉害，就是不长眼睛也能发出又狠又准的夺命利锥！"李慕黑皮笑肉不笑，打了一个哈哈，说："我那几手三脚猫的功夫倒是让你见笑了。你可以在岛上自由行动，但必须随时候命，一有任务就立刻出发！""粉郎君"说："我现在只关心一个问题，岛上有没有年轻貌美的女人？"李慕黑大笑，扬长而去，他的声音却在遥遥传来：

"看来我低估了你抵挡摄心术的定力！"

第五章　泼墨神刀

一

　　今天的休息日，我决定哪儿都不去，就在宿舍认真写作好了。但奇怪的是，平时甚少在宿舍的三位舍友都在，魏无极不知为何跟尚天乐大吵起来。他们的嗓门越来越大，震得我耳朵嗡嗡叫。但我认为即使是吵架，也比听尚天乐唱歌好。只听得魏无极破口大骂道，你这是什么破嗓子，还是音乐家呢？休要制造噪声。尚天乐反唇相讥，怒道，你的绘画也好不到哪儿去，简直是视觉毒针，就是看一眼也被刺瞎！两人一针见血，叮谓说出了我等的心声，所以我也就懒得理会。数学家计小时则充耳不闻，聚精会神地摆弄着木片削成的算筹。

　　两人吵得越来越凶，几乎就要互相揪着衣领打起来，这可就出格了。我正要起来相劝，只听得计小时将算筹一抛，宣布计算结果：艺术家骂人，果然是神仙放屁——不同凡响。请看，魏大师动用男性器官问候尚泰斗之母一百二十九次，声称要扭断尚泰斗的脖子三十六次，还有九十七次因使用的语言有失文明，不便复述；至于尚泰斗嘛，自然不甘示弱，针锋相对……大师或泰斗之称，是本舍同仁互相谑称之用，此刻由计小时那尖细似妇人的声音说出，竟别有味道，此言一出，魏、尚二人脸色一红，马上闭嘴。

但魏、尚二人略为停顿，又马上开战，而且不约而同将矛头指向计小时。魏无极怒目而视，说数学家算什么东西？就懂得数数。尚天乐阴阳怪气地说，山上的树木都被你砍光了，也没见证出什么定理来！计小时冷笑，立刻反击，说魏无极你画了一辈子，连一只鸡蛋也画不圆，还敢在这里撒野？尚天乐还天籁之声呢，瞧你那副破锣似的嗓子，不震碎天上的乌云就算你积了阴德！

三人唇枪舌剑，你来我往，搅成一团，争得面红耳赤，难分难解，看来一时半刻不会结束。我长叹一声，只好溜出门去，再不走恐怕连我都要搭进去。

我去看湖边的桤木王。它身上的猴子、树熊和鸟儿倒是热热闹闹的，但它孤零零地矗立在湖边，看上去很孤独。这也只是我的看法，我不是树木，我不能确定树木会不会感到孤独。它的旁边没什么树木，就算有也很不起眼。换了我是一棵树，我也不好意思在它的旁边生长。一棵树长成这个样子，恐怕需要一千年。而一棵树如果拥有一千年的寿命，恐怕它想长成什么样子都不成问题。它无疑是树木之王，作为树木中之一员，能长成这个样子，已经没什么值得遗憾的了。如果我在人世间活到一千年，不知道我还有什么要追求，会不会有活腻了的感觉？这就是高处不胜寒，就这样，我从心里认定了它是一棵孤独的树。

每次去看它，我都能得到放松和平静。我感觉它也是欢迎我的，仿佛我的到来减轻了它的寂寞。我顺着树干爬上去，坐在第一个树杈上。该树杈硕大无朋，就像一艘弯弯的木船。那只鸟巢就在第一个树杈旁边的一根小枝条上，巢中又有了几个白色的鸟蛋，老鸽倒是不知去向。

今天我有点心神恍惚，走在路上，老觉得有什么人跟着我。但等我猛回头一看，又没见到什么人。路边有一株向日葵在怒放，金光灿灿，异常耀眼。我觉得它太灿烂，仿佛有一股妖邪的味道。后来我想，也许是我疑心生暗鬼吧，向日葵原本就是如此。事后才想起来，这个葵花盘的诡异之处，怪就怪在它的花盘没向着太阳，而是对着我。不是说葵花朵朵向太阳的吗，可惜我当时没想到。

当我继续前行，那种背后有一双眼睛的感觉仍很强烈，但等我转过身去，路上依然没有一个人影，只看到一只色彩斑斓的老虎在慢悠悠地踱步，好在它对我没什么兴趣，很快就拖着尾巴没入了草丛。我大吃一惊，想不到学校北面的荒山果真有老虎，你瞧，都跑到学校里来了。莫非刚才就是它盯着我吗？

等我爬到树上去，那种被人偷窥的感觉仍无法消除，让人浑身不自在。我扭头一看，哦，原来是一只母猴子，就是它扑闪着眼睛看我。它身上的那对奶子很明显，如果不是长满了毛，跟女人的也没什么两样。它还咧嘴向我妩媚一笑。我不禁哑然失笑，瞧这个母猴，还目送秋波呢。该母猴也不怕人，它用前臂攀着树枝，一转眼之间就没入了浓密的树丛中。

忽然，头顶上响起飞鸟翅膀的扑棱声，猴子们也叽叽喳喳地叫着，跳上跳下，显得焦躁不安。只见远处有火光一闪，浓烟迅即弥漫了半边天空。我吃了一惊，显然是出了火灾！看情形还是学生宿舍这边呢。等我赶过去时，果然是女生宿舍失了火，无数学生和昆仑奴正在用木桶提水救火。在这种情况下，赵云老师的水车最能派上用场，但等大伙儿七手八脚地抬着该水车赶到时，大火已经扑灭了。火灾持续的时间并不长，蔓延地方也不算多，但不幸的是，有四个如花似玉的女学生被活活烧死在宿舍。死者的惨状就不要提了，连死者是谁都无法辨认。龙舌兰和李蕙心都不在附近，我稍松了一口气。有的女同学当场就哭了。我仔细观察了一下，只见门窗都被封死了，否则那四个女生说不定就可以逃生。

保卫部的人检查了现场，看到地上倾覆着一个煤油炉，马上下了结论：准是死者用煤油炉开小灶，结果不慎起火，逃生不及而被烧死，完全可以排除有人蓄意纵火！在宿舍煮东西，是校规所不许可的，但女孩子嘴馋，校方也是屡禁不止。这次，保卫部的人觉得教育学生的机会来了，遂出此言。但同学们不禁一片哗然，有人说，大门上的那把大铁锁如何解释？保卫部的人脸色铁青，一声不吭地走了。

第二天，公告栏贴出了一个文件，标题赫然是《女生宿舍纵火案告破》，内容大意是七星门潜伏已久，如今已蠢蠢欲动。这些恐怖分子丧心病狂，凶残无比，简直灭绝人性。这次的女生宿舍失火，就是七星门密谋策划并实施的，其用心之险恶毒辣，手段之残忍，令人发指！据可靠情报称，这仅是恐怖袭击的开始，更大的袭击还在后头。不将七星门彻底铲除，我校师生就一日不得安宁！校方呼吁，同学们要加倍团结起来，化悲愤为力量，擦亮眼睛，提高警惕，一遇到可疑情况立刻报告保卫部。同时，校方表示誓要反恐到底，决不向恐怖势力屈服，要坚决瓦解并铲除恐怖组织七星门，将其成员一网打尽！最后，校方发誓说，正在缉捕纵火分子，一定要让他们血债血偿!

孰料,两个时辰不到,校方的公告上就覆盖着一张大字报,上面写着几行大字:七星门乃正义之师,以替天行道为宗旨,以济危扶困为己任,焉会做出如此残忍暴虐之事?此乃书院故意杀害学生并诬陷本正义之师也。本正义之师不得不发表声明,以正视听,请广大同学动动脑筋,切勿中了书院之毒计!

保卫部的人一看,马上将该大字报撕掉,也贴上一张大字报,上书:此乃恐怖分子信口雌黄,颠倒黑白,但我院学生个个头脑清醒,心如明镜,岂能受此妖言所惑乎?该死的恐怖分子可是打错了如意算盘啦。如果不是尔等,可敢当面对质乎?保卫部一面撰写大字报反驳,一面布下天罗地网,只待恐怖分子一出现,马上将其乱棍打死,或生擒活捉。七星门的人当然不敢对质,甚至连大字报都不敢出来贴了。保卫部遂请知名写手做了一篇万言雄文,强烈谴责七星门之残暴行径,号召大伙儿行动起来,打一场全校师生的反恐战争,誓要将恐怖分子碎尸万段,以平民愤!

这篇万言雄文就是我写的,作为《东海书院校报》的记者和百年难得一遇的小说奇才,我有这个责任和义务,类似的文章一年不知要写多少篇!当然,我也能得到一点稿酬,但更大的动力来自那种被校方重视的感觉以及文章发表后的虚荣。我很乐意去做,且干得很漂亮。只有这一次,我是心乱如麻,马虎应付。我心里很难受,藏着一个莫大的疑团,女生宿舍肯定是人为纵火无疑,是谁却难以断定。

联想到上次遇劫,我只能确定一个事实,看来七星门的确存在无疑,而且他们的确在短期内会有所行动。当肯定了七星门的存在，我竟有点窃喜。我不是也违反过书院的纪律么。如此想来，就觉得七星门算是同道中人，不禁心生亲近。另有小道消息说，七星门最初是往届一个学生创立的武林门派，据说他还是被校方开除的，但不知所犯何事。此人天赋异禀，雄才大略，以侠义道自居，在江湖上做了不少轰轰烈烈的大事，不知为何却又销声匿迹了，连其首创的七星门也久无动静。但又有传说，七星门弟子潜入书院，宣称要替天行道，就是看不惯书院的严格管理，尤其是动不动就对学生严厉处罚，乃至喊打喊杀，誓要将受欺凌的学生解救于倒悬之中。但这种种传言都无法证实，谁都不好随便去说。说不定真是校方嫁祸于人，以激起学生对七星门的仇恨亦未可知。但我又为这些想法而深感不安。无论如何，我也不能怀疑是校方，按理说，他们又怎会残害自己的学生？

二

"粉郎君"走出那个金碧辉煌的大厅，只见阳光耀眼，脚下是一条长满青草和野花的小路，曲径通幽，花香扑鼻。小路的尽头有一座六角小亭，远处只听得海风呜咽，涛声拍岸。他在亭子坐了下来，不禁心乱如麻，头痛欲裂，这"水晶宫"真是一个庞大而可怕的组织，而他依然茫无头绪。

他越想越觉得该岛上的一切神秘莫测，难解之谜很多，譬如李慕黑是不是一个瞎子就很难说。擒贼擒王，要瓦解水晶宫，就要把水晶宫主一网成擒。但他连水晶宫主是一个人还是七个人都搞不清楚，当务之急是设法揭穿水晶宫主的庐山真面目。当然还有别的方案，譬如说，如果他能通知"紫衫神捕"顾盼，让她率领水师来攻打碧螺岛，把水晶宫连根拔除，谅那水晶宫主也是插翼难逃。但问题是，他根本就无法把这个重要的情报送出去。

他曾想过把情报写在纸上，装入酒坛子里，然后把坛子密封后放入海水任其漂流。但这并不能保证顾盼一定能及时看到，相反，如果给水晶宫的人看到了，恐怕性命难保。这个主意看上去很浪漫，却没有什么实际意义。

"粉郎君"又想，利用飞鸽传书传递情报倒是一个好主意，只是苦于手上没有一只信鸽。岛上连一只野鸽也没有，海鸥倒是有无数，他异想天开，想把海鸥训练成邮差，但海鸥根本就不买他的账，被捉到的海鸥不是绝食而亡，就是投海自尽。"粉郎君"思来想去，一筹莫展，看来一切都只有靠自己，没有人可以帮忙。他忽然一拍大腿，心说，好糊涂！等到自己被派去执行杀人任务的时候，不就可以跟顾盼联系上了吗？但他等了好几天，就是不见上头来吩咐任务。他坐不住了，找到李慕黑递上申请书，表示愿为水晶宫效犬马之劳！

李慕黑解释说："适逢生意淡季，杀人指标有限，杀手的奖金是跟工作量挂钩的。你又不是老牌杀手，几时轮到你？"

"粉郎君"不服气，说："那青狼也不见得比我高明，为何总是有干不完的活计？"

李慕黑笑而不答。

"粉郎君"去问青狼。青狼脸色尴尬，支吾不答。原来青狼是宫主的面首，不过也只是性奴隶而已，算不上是情人，否则宫主也不会老是派他去冒险杀人。但无论如何,吃软饭也不是一件光彩的事。但"粉郎君"不知内情,刨根问底。惹得青狼火起,立刻跟他决斗。决斗的结果是"粉郎君"伤,青狼死。李慕黑说:"你的运气来了,宫主要见你!"这次,"粉郎君"见到的宫主,居然只有一个人!

水晶宫主的仇敌多得不可胜数,但近年来,敢来行刺的人已被她抢先杀掉。她身旁有六个武功一流的替身,那六个人跟她寸步不离,甚至上茅厕也跟着她。她除了戴着水晶面具,还穿着一件据说来自波斯的金丝甲,刀枪不入。所以,如果不是她想接近别人,别人根本就近不了她的身,更别想要她的命。她唯一愿意接近的就是精壮的男人。只有在这种情况下,她手下的六大高手才不会守在身边,没有谁会这样不识趣。她身上的面具和金丝甲也会一一脱下来。在这样的情形下,她的身上通常不会有任何多余的东西,连一根纱线也不会有。

她侧卧在床上,宛如一尊水晶构成的雕像。后来这座水晶雕像仿佛在拆散、在软化、在流动。她一件件除掉了身上的衣袍,直至只剩下一块粉红色的肚兜。她没有言语,只有动作。她自信这种动作对所有男人来说都是致命的诱惑。多么美啊——他在叹息,可惜我不是真的粉郎君,而是高唱!只见他骈指如戟,一指封住了水晶宫主的麻穴。据说,高唱的惊神指法犹如一场梦幻,江湖上从无人可以抵挡。

在夏日的一个傍晚,我终于画上了小说《江湖档案——一个理想主义者的一生》最后一个句号。我对这部小说很满意,觉得故事很精彩，寓意也很深刻，还富有教育意义——譬如说邪不压正，公理永存，天网恢恢，疏而不漏；或者说一个人足够勤奋并加上适度的运气，他就能成就一番事业，还能抱得美人归。如果我的读者足够聪明，就会受到书中主人公的启发，不仅争当好人，而且是一个有作为的好人，这样天下就太平了。我相信自己写出了一部传世之作，作为小说家，我必须有这个自信。作为百年难得一遇的小说奇才，我就靠这样的自信支撑。

想到这里，我畅快之至，将笔一掷，仰天长啸。舍友们面面相觑，不知所为何事。魏无极停止了绘画，计小时放下算筹，倒是尚天乐不在室内，不知跑去了哪儿。我今天是有点反常，但没有办法，谁让我心花怒放呢。我的心里洋溢着快乐，需要发泄出来。

我也不管他们，纵身跳出窗外，就往桲木王奔去。此时此刻，我最想见的人，就是龙舌兰。我当然不会去找她。我虽然头脑发热，但也没热到拿自己性命开玩笑的地步。既然不能找龙舌兰，那么找什么人都没意思，还不如去找一棵树，我觉得那棵树比别人更能了解我。我全心全意爱过李蕙心，但龙舌兰一出现，我就将她抛到脑后。这样看来，我跟任何一个始乱终弃的人没什么两样，这样想让我有点不舒服。但一种爱可以改变，那就不是真正的爱，何况我连她的模样都不知道呢。既然如此，我就算不上贪新厌旧，这样一想，随之释然。一个人要为自己开脱，总会找到足够的理由。

晚风迎面吹来，但见弯月如钩，繁星如水，北方一颗星斗异常明亮，仿佛在遥相注视。星星当然不会看人，这纯粹是我的想象。我忽然发觉身后似乎有一双熠熠闪光的眼睛在注视我，扭头一看，没发现什么可疑的人，路边只有一只木桶，其实就是一只垃圾桶。

但奇怪的是，刚才盯着我的似乎就是它，但一只木桶又怎会有眼睛？莫非我是撞了鬼？这样一想，不禁毛骨悚然。

我绕着木桶走了一圈，左看右看，没发觉有什么异样。我抬腿就是一脚，只见它骨碌碌在地上滚着，扑通跌入了湖里。树上结满果子，等到秋天，这些奇特的果实会长到南瓜般大小，并在夜晚发出耀眼的亮光。现在，果子还小，也不会发光，在叶丛间悬挂着，在夜晚构成了黑暗之中最浓重的部分。我坐在树杈上发怔。近来老觉得有人在身后跟着，这不是什么好兆头。而龙舌兰又不来找我，我不禁心中焦躁。好端端一个晚上，就给这只木桶破坏了。也许木桶是无辜的，而是我在疑神疑鬼。风吹木叶，簌簌作响，仿佛大树在跟我窃窃私语。我心中一酸，连一个说话的人都找不到，只好来找一棵树。

忽然，我听到有人在树丛深处低声说，你上来呀。我又惊又喜，这居然是龙舌兰的声音！我循声望去，但没看到人，只见头顶上的一根枝丫上倒是坐着两只猴子，其中一只猴子眨着钻石似的眼睛，在黑暗中闪闪发亮，想必是龙舌兰无疑。她真是神龙见首不见尾，她每一次找我都让我意料不到。但另一只看来也不是真的猴子，他到底是谁呢。

我抓住那根树枝，用手一攀，轻轻一跃，翻了一个筋斗，早已到了头顶上的这根枝丫。龙舌兰转头对那只猴子说，你看看四周，可别给保卫部发现了。另一只猴子果然是人装扮的，只见他绕着树杈转了一圈，挥了挥手，以示安全。

龙舌兰牵着我的手，一步步往大树庞大的树冠深处走去。龙舌兰身手敏捷，她蹿高伏低，在枝丫上行走，竟然如履平地，丝毫不比我逊色。而另一只猴子依然守在第一道树杈上，就像哨兵一样支起耳朵。终于，我们到了一处最浓密的树丛。龙舌兰说，先歇一会儿吧。累倒是不累，但在仲夏夜经过这么一番折腾，倒是大汗淋漓。虽说有人放哨比较安全，但我有点不高兴。跟情人幽会，谁都不想有第三者在附近。

谁知，在我们歇脚的树杈上还蹲坐着一只猴子，这是一只肥硕如猪的猴子，恐怕体重不低于两百斤，粗大的树枝都被它压得咔嚓作响，几欲折断。我一眼就可断定它是人扮的。只是，谁都可以扮猴子，但一个重逾两百斤的胖子却应该例外，有谁见过这么胖的猴子呢？我不禁愠怒地对龙舌兰说，你要搞什么鬼？龙舌兰没有理我，而是向那只肥硕的猴子敛衽施礼，恭敬地说，属下将韩潮带来了。该肥猴点了点头，开口道，韩兄，我代表七星门欢迎你的到来！他一开口，我大吃一惊，脱口而出，原来是你！该肥猴缓缓将头上的猴形头套取下来，赫然露出一具猪头般的肥脸，竟然是我的舍友尚天乐！

我头脑"嗡"一声响，"七星门"三字，就像三块拍在头上的砖头，几乎把我打蒙了。我的舍友尚天乐居然是七星门的恐怖分子，而龙舌兰是他的属下，自然也是了……这太突然了，我一下子无法适应，欢迎我，欢迎我是什么意思？

尚天乐仿佛看穿了我的心思，缓缓地说，经过龙舌兰的介绍以及我们对你的考察，认为你完全符合我们的条件，你的胆略、智慧以及才干，皆是上上之选，尤其是你有正义之心，必行正义之举。所以，我现在代表本门正式批准你加入七星门。这个尚天乐，平时又肥又蠢，邋遢而猥琐，在我眼中乃猪狗般的人物，如今竟满脸皆是肃穆之色，目光如炬，不怒自威，跟平时判若两样。他平时的样子自然是伪装的了。莫非龙舌兰跟我好也是出于其他原因，而她那千般恩爱也是装出来的吗？

我想到这里，胸口如受锤击，不禁阵阵发痛。我冷笑道，好像我没有打算要加入贵门。尚天乐淡淡地说，不是谁都有资格加入七星门的，但七星门看中的人，就不会有选择的余地。我怒道，我就是不加入却又怎的？尚天乐说，那我只好杀了你。你是一个很好的人才，杀了你的确可惜，但我绝不容许泄露本门机密。我梗着脖子说，并不是谁都怕死的。

龙舌兰抱着我，说，我不要你死！如果有谁在黑夜中看到一只猴子抱住一个人，肯定会觉得很奇怪。我的心里也涌起一阵厌恶，忍不住要推开她，但她将我抱得更紧，说我无论如何也不会让你有事的。她的脸擦着我的脸，虽然毛茸茸的，但我还是感到满脸是泪。她显然哭了。我冷笑道，我还以为你是真的爱我，原来不过是要利用我罢了。

龙舌兰说，我是真的爱你。但我不能仅属于你，我还必须去行侠仗义，那些饱受欺凌和侮辱的人都需要我，因为我是七星门的人。七星门并不像书院妖魔化的那样，是什么恐怖分子，其实我们乃正义之师，代表着光明的力量，誓要替天行道！我了解你真实的内心，所以我选择你。你是一个有志向的人，你不能光顾一己之悲欢，而遗忘了大多数弱小者的苦难。我希望你能抛弃儿女私情，将爱我的感情升华到爱整个人类。韩郎，让我们在血与火的现实中考验我们的爱情吧……

我打断她说，这么说，你原来并不爱我，你跟我在一起，只不过是完成一项任务。

龙舌兰说,当然不是……

我说,但相比一个普通学生,你更愿意爱一个七星门弟子。

尚天乐不耐烦了,说,你是选择死还是加入?

我怒道,你要杀便杀,废话少说!其实,我就是加入七星门也无不可,只是平生最恨别人要挟,又觉得龙舌兰一开始便欺骗了我,心里悲苦至极,但觉万念俱灰,心想,死了倒一干二净呢。龙舌兰放开我,拔出一把短剑抵住胸膛,说,韩郎,你若死了,我决不独活!我冷笑道,你的生命不是要献给全人类的正义事业么,怎能说死便死?龙舌兰泪光闪烁,更不答话,只听得"噗"一声,短剑竟然刺穿了身上的猴皮。我赶紧夺下她的短剑,说,好,我认输啦!

尚天乐说,这就对了,只要击败了书院,你们就可光明正大地在一起啦。我不去管他。忽然听得下面传来一声呼哨,那是哨兵发出来的。尚天乐掏出沙漏看了看,说道,时候不早,咱们且散了吧。只见他那具庞大的肥胖身躯,就像一只皮球似的从树上滚下来,竟然敏捷异常。龙舌兰临走时低声说,我会尽快找你的,就一个人。她一句话说完,就像猿猴一样在枝丫间纵跃,三五个起落就消失了。

当我回到宿舍,只见计小时摆着算筹,抓耳挠腮,正在冥思苦想,显然遭遇了难题。尚天乐在床上打着呼噜,睡得就像死猪一样。我心中一惊,这个死胖子真快!倒是魏无极比我回来得还迟,也不知他去了哪儿。就这样,我加入了七星门,成了龙舌兰的下属。尚天乐是龙舌兰的上级,所以我还得受他管辖,我不喜欢这个人,但也没有办法。至于以后有什么行动,龙舌兰会跟我说,我的一切行动均由她直接指挥。关于七星门，我所知道的就这么多。

三

我的小说稿送上去，苏珊很快就在她的寓所约见了我。夏天的夜晚燠热异常，苏珊穿得很单薄，粉面桃腮，香肩欺雪，粉红的亵衣在雪白轻纱下若隐若现。我走进来时，她正在看一本古朴的线装书，坐在竹椅上，赤着双足。我皱了皱眉头。她这里有一股奇怪的气味，让我很不舒服，但我又一下子说不出这是什么气味。她的房间弥漫着年轻女子特有的气息，譬如脂粉及香草的气味，本来这闻起来很舒服。但不知为什么，我每次走近她的身边，马上能感到空气中有一种无形的压力，让人局促不安。

苏珊站起来，给我倒了一杯水。她赤裸的双足在室内走动，轻盈如蝶，纤巧而秀美。她示意我坐她旁边的一把竹椅。她朱唇微启，兰花般的气息就在我的脸庞上吹拂。她秀眉微颦，仿佛拧着一个小小的结，依稀凝聚着紫丁香般的哀愁。她看上去很不快乐。

她说，我看上去很风光，似乎什么都不缺，但我并不快乐，你知道这是什么原因吗？她自顾自地说，很简单，因为我所拥有的，并不是我想要的。我说，那您想要什么呢？她说，我给你讲一个故事好吗？我点了点头。

苏珊说，在遥远的地方有一个国度，有个美丽的公主，她拥有无边无际的草原、数不清的牛羊和聪明伶俐的侍女，但是她不快乐。国王为此担忧，对她说，我的儿，你为何愁眉不展呢？告诉父王，只要能让你开心，我什么都会给你。公主忽然双颊晕红，垂首不语。国王是个聪明人，马上就明白了。马上在王亲贵族中给她挑选了十个最英俊最有出息的小伙子，她可以从中挑选一个做她的夫婿。然而，她喜欢的人并不在这十个人里面，而是草原上一个普通的牧羊人，那是一次出游邂逅上的。不幸的是，一位公主不能嫁给一个普通的牧羊人，这绝对不允许。于是，公主在思念中日渐憔悴，最终郁郁而亡⋯⋯

我说，我想知道的是，那个牧羊人怎么做呢？她说，他根本就不知道这一切。他是一个天真而快乐的年轻人，他既不知道她是公主，也不知道她爱上他。他依然在草原上放牧，过着简单而满足的日子，他甚至还没有意中人。她幽幽地说，我就像那位公主。

我有点不高兴，我来是让她指导我写小说的，不是为了听什么公主和牧羊人的爱情故事。然而她说来说去，就是只字不提我的小说。我终于按捺不住，直截了当地问，不知我这次写得怎么样？

苏珊如梦初醒，说，哦，是了，你这次总算过得去。但还有不少问题，首先，男女主人公的爱情太过轻易，没经过多少波折和磨难，这样，他们的爱情就没得到真正的考验，从而缺少更让人信服的力量。其次，邪恶势力水晶宫在出场之前渲染得不错，组织严密，盘根错节，但破除得就相当轻松，这给人一种虎头蛇尾之感，这样也显不出顾盼等人的本事。应当横生枝节，制造波澜，即使结局维持不变，也应当补充或穿插大量的情节和故事，甚至出现一些新的人物及其活动也无不可。苏珊不愧是小说名家，这可是一针见血。我不禁为初时的沾沾自喜而汗颜不已，看来，我这部小说要最终完成，尚需时日。

我说,那依您之见,我该当如何?苏珊说,你这部小说的基础还是不错的,就是人物形象尚显单薄,既然是江湖上的大侠,如果不做几件惊天动地的大事,又怎能显出其本领?你将高唱、顾盼置身于铲除杀手组织"水晶宫"的险恶处境之中,这就很好嘛,只是作为对手,水晶宫主也不能太过脓包了。所以,两者之间少不了一番龙争虎斗才对。我的意见是,还必须加入一些短兵相接的惨烈搏杀——

我说,您的意思是,再插入一些情节吗?苏珊说,插入固无不可,但接着写也行。你也不必推倒重来,可接着已完成的部分继续展开写下去。我点头称是,又问,那男女主人公的爱情部分呢?苏珊说,你现在写得太简单了,就像一条直线,其实人世间何尝有如此美丽而轻易的爱情?即使有也是廉价的,难以打动日益挑剔的读者,你大可将两情相悦写出三角恋爱或多边恋爱。譬如开头男的爱女的,但女的不爱他,或她爱的另有其人。譬如本来两人好好的,偏要跳出一个第三者来,情海醋天,闹得天翻地覆,鸡飞狗跳;又譬如两人心心相印,也没什么第三者,却偏要再三误会,搞得两人爱恨交加黯然销魂。你是聪明人,编一个催人泪下荡气回肠的爱情故事又有何难哉?总之要男女主人公非费尽周折万水千山而不能相聚,又或者制造悲惨结局,大团圆固是国人喜好,但悲剧更有力量。

苏珊这一席话,让我茅塞顿开,就像明灯廓清了我心中的迷雾。我对这部小说该怎么写,已经有了大致的方向,剩下来就是拼耐力的问题了。当然,要写好一部小说也不容易,有好的构思还远远不够。好在,我不缺乏忍耐,对自己的文笔也有信心。一念及此,不禁觉得天高海阔,心情酣畅之至。什么是好的导师?能为学生指点迷津的就是。我不禁为有苏珊这样的好导师而自豪。

苏珊见我心中石头坠地,微微一笑,话锋一转,又说,故事中的公主,除了郁郁而终,难道就没有别的办法吗?我想了想,说,其实,她应当告诉那个小伙子的,说不定他能想出好办法。苏珊眼睛发亮,说,那么我也可以告诉他了?我说,这个自然。但苏珊脸上的喜悦倏然而逝,沮丧地说,但他已经有了别的女人,唉,我真不知该如何是好……

既然如此,她的问题看来也颇为棘手,我没有更好的建议。我觉得今晚苏珊有些异常,对她喜欢什么人亦无兴趣,我以时间不早为由,想就此告辞。她一把抓住了我,她的手柔软而滚烫,她的呼吸在我的耳畔越来越粗重。空气马上凝重起来,四周一片寂静,我依稀听见她的心跳声。我此惊非同小可,莫非我就是她的牧羊少年?我面红耳赤,不知所措。苏珊似乎觉得这样也不好,松开抓住我的手。她低声说,我不许你走!你再待一会儿好吗?我瞅着她,她脸色酡红,犹如醉酒一般,哪儿是平时威严的老师,分明是一个彷徨无依的少女!我停住脚步,我的心乱如青铜烛台上急剧跳动的烛焰。

苏珊说,你也给我讲一个故事吧,一个能让人发笑的故事。我说,那好吧,我就讲一个关于男人和女人的故事。有人问一个男子,你今天这么早就要走了?该男子正要离开酒馆。他回答,这是每天的问题,因为老婆!那个人说,你会害怕你的老婆?你是一个男人还是一只老鼠?他说,我是一个男人。那个人说,你既然是一个男人,为什么这么早就要走呢?你用什么来证明你是一个男人?他说,我可以证明,绝对可以!因为我的老婆怕老鼠,我肯定是一个男人,我怕她;而她怕老鼠,如果我是只老鼠……

苏珊哈哈大笑,说,该男子的确证明了他是一位男人,你却像一只老鼠。因为你并不怕我。我笑着说,谁说我不怕你?我向来胆小如鼠。

我说不清那天晚上是怎样离开苏珊寓所的,当时我脑门发热,精神恍惚,走得异常狼狈,犹如惊弓之鸟。也许是我记得很清楚,只是不愿去想它。但要命的是,有些东西你怎么也想不起来,有些东西你就是拼命想忘记也不可能。先是烛光一闪,就灭掉了。可能是烛油燃尽了,可能是风吹熄了它。当然,也有可能是高手发出金钱镖之类的暗器将烛火打灭,天知道!反正烛光一灭,室内变得漆黑一团,倒是室外影影绰绰,遥远的星辰将屋顶照耀。

苏珊说,我将蜡烛点着再说吧。我看到一个黑影在室内走动,刹那间,我感到脸颊一片沁凉,仿佛有一片嘴状的肥厚花瓣碰巧落在我的脸上。灯光重新点燃,我看见苏珊的脸红艳艳的,映着烛光,而她的眸子像水流一样波动。我简直吓破了胆,赶紧跑了出去。外面风一吹,我的身体仿佛更加燠热。

后来,有好几天我处于一种不知所措的惊惶之中,我有了两个情人,我不想再跟苏珊发生什么事情。

第一个是合法情人,尽管我猜不出她是什么样子,但我必须在众目睽睽之下跟她谈恋爱过日子,甚至要通过爱情考试跟她到玫瑰小筑共度良宵——近来,李蕙心就老是缠着我,要求我务必跟她一块儿去参加考核。她已蠢蠢欲动,磨刀霍霍,看来不达目的誓不罢休。当然,我们的爱情光明正大,并非什么见不得人的事,所以也就有公之于众的义务。李蕙心不需要忸忸怩怩，书院也不需要遮遮掩掩，一切都有很高的透明度，唯一让我不满的是，我没有权利知道我爱人的模样。毫无疑问，我们的爱情很光荣，但没有人问一问这到底是不是我们需要的爱情。第二个是地下情人，虽然我们行踪诡秘，偷偷摸摸，但我对她很满意，至少我可以看到她的模样，而她又长得如此美丽。只不过，我没想到她是七星门弟子，这点开始让我有些不快，等到我被拖下水，这点不快也就烟消云散了。我跟龙舌兰的爱情跟搞卧底有相似之处，都是秘密行动，都是对书院的反抗，都有杀头的危险……但我们的爱情仅是两个人的幸福，而反抗一旦成功，却可为广大学生谋福利，这就是高尚之处，我也因自己成了七星门弟子而高尚起来。

　　苏珊虽然是我的老师，还欲说还休地向我表达她的爱，但我不能接受。因为跟她相好，这就不仅是对龙舌兰的背叛，也是对李蕙心的背叛；她还是七星门图谋的对象，如果跟她好，就不仅是爱情的背叛，还是对本门的背叛；何况她还是我的老师呢，她虽然年纪不大，但也有不适之感……最重要的是，她虽然年轻貌美，但我对她并无感觉。老实讲，我从来没想过要跟我的老师谈情说爱。只要不喜欢她，自然可以找出无数个拒斥的理由。但我还是深感不安，因为她要接近我的理由实在是太多了，我那部小说的命运，还捏在她的手上。

四

三天之后，龙舌兰跟我见了一次面。其实，说见面也不准确，因为在桫木王浓密的叶丛中，我看到的是一个身形苗条的猫头鹰，但她坐在树杈上的样子，依然妩媚无比。我就没有这样的易容术。如果有人发现我跟一只猫头鹰在窃窃私语，肯定会觉得奇怪万分。

龙舌兰在跟我短暂的见面之中，简洁明了地向我交代任务：利用我跟苏珊老师的特殊关系——啊，连龙舌兰也知道了我们的关系不太正常——查找出隐藏在七星门内部的叛徒。七星门有个弟子已经背叛了，而七星门谋事在即，务必要将叛徒找出并铲除。据可靠情报——当然，书院有人混进七星门，七星门自然也有人打进敌人内部——关于叛徒的情况，就着落在苏珊身上。至于使用何种办法，这是你的事，龙舌兰笑眯眯地说，这一来，你又可以借机接近你的苏老师啦，你平时就爱往她那儿跑，别以为我不知道！我大呼冤屈，说谁想往她那儿跑来着？龙舌兰啐道，还要假正经呢。这么一个大美人，还不是便宜了你？我赶紧赌咒发誓说，除了她龙舌兰，我谁也不爱！你瞧，李蕙心老是叫我去参加考核，每次我都推三阻四。龙舌兰亲了我一下，柔声说，韩郎，我当然知道你对我好啦。

与其说是被她亲了一口，毋宁说是被鹰嘴啄了一下。但我还是挺高兴。本来我满肚子牢骚，近来跟龙舌兰见面，不是谈书院的公事，就是谈七星门的公事，倒是我们之间的事儿一字不提。龙舌兰安慰我说，等到本门计划成功之日，自然是咱们扬眉吐气之时。到时就可以光明正大地在一起了——我嘀咕着说，如果七星门永无成功之日——

龙舌兰觉得受到侮辱，怒道，想不到你竟如此毫无见识！我告诉你，本门崛起一定会成功！我点头如鸡啄米，说，是是是，一定会成功！只是成功之前，你也不能老不理我。龙舌兰柔声说，我觅到了一处可靠之所，正在加紧建造，很快就可以住进去了。我大喜过望，又问建造工作是否需要我帮忙？龙舌兰说，这段时间你别的事不用管，能将叛徒揪出来就是大功一件了。她笑道，你就当是为七星门牺牲一次吧，我倒不介意呢。她将任务交代清楚，就拍着翅膀像大鸟一样飞入了黑暗之中。

我又开始了《江湖档案——一个理想主义者的一生》的撰写工作。本来这部小说已经写完，大反派水晶宫主已被男主人公高唱施计抓住，故事已到了尽头，本无辗转腾挪之余地。但小说本来就是无中生有的艺术，要继续往下写也不是很难，只需将故事的方向扭转一下，譬如说高唱抓住的不是真正的水晶宫主，而是冒牌货；或者高唱虽然深入虎穴，但没抓住敌人反身陷囹圄。这两种方案都比较顺理成章，让我颇费思量，最后，我终于采用了后一种方案。我之前将水晶宫主形容得美貌绝伦，花了不少笔墨，如果我说水晶宫主是另一个女人，我未必有能力将她写得这么美丽，水晶宫主也不愿意高唱这么英俊的人便宜了她的替身。当然，我也可以写水晶宫主根本就不是女的，而是一个彪形大汉。但我认为"水晶"及"宫主"这样的词语更适合于女性，且杀手是女的，也许更有卖点。

最重要的是，我觉得高唱的故事已占用了不少篇幅，他也算出尽了风头，下来也该轮到顾盼粉墨登场了吧。只要高唱被困，顾盼自然挺身而出。这样，原来的结尾就不再是结尾，而是另一个故事的开端。换言之，高唱被抓住的那一刻，拉开了故事的序幕，好戏还在后头呢。

那个像水晶一样的美人躺卧在床上,她就是水晶宫主。现在她身上只剩下一件红艳艳的肚兜,这件肚兜眼看随时都会从她的身上滑落。高唱出手了,他骈指如戟,对准水晶宫主的麻穴就点过去。他的惊神指法是江湖上的无双绝技,江湖上从未有人可以抵挡,他自信手无寸铁的水晶宫主也不会例外。但不幸的是,他的食指明明点中了她的麻穴,水晶宫主却一点事也没有,反而笑得花枝乱颤,娇笑道,我的宝贝儿,你好坏哟——麻穴就在她的胁下三寸之处,高唱就仿佛在给她挠痒。高唱此惊非同小可,右手往后一抽,却发觉抽不回来,就像钉子被磁铁吸住一般。他定睛一看,只见水晶宫主在麻穴的部位暗藏着一只小夹子。这是一个类似于老鼠夹的机关,但比老鼠夹更厉害的地方在于,不仅制作精良,且上下装着两枚毒针,就像毒蛇的牙。说时迟,那时快,那两枚毒针已刺入了高唱的指头,他大叫一声,痛彻心扉,然后就什么也不知道了。

当初高唱扮成采花贼粉郎君在江湖上逃窜,"紫衫神捕"顾盼则跟着大批英雄好汉在后面追捕,浩浩荡荡,场面热闹得很。顾盼拍马扬鞭,大呼小叫,兴奋至极。她觉得这很好玩,就像是一场江湖上大撒英雄帖的派对、一次关于追捕与逃亡的狂欢节。最好玩的是,那些不遗余力的英雄好汉都蒙在鼓里,真相只有她跟高唱知晓。

后来水晶宫的青狼找到高唱,她就不便再露面。她记得高唱走的时候还是炎炎夏日,如今已是秋风乍起,梧桐叶黄了,还随风飘降于地面。这么久倒也罢了,却偏又音信全无,让顾盼好生牵挂。每次街上传来马蹄声,她都忍不住飞快地跑出去观看,然而,那嗒嗒的马蹄声是过客,而不是归人。有时有鸽子从空中飞过,她差点都要捉来看,是否有高唱的消息。其实,她知道这没有可能,因为她的十二只信鸽就在鸽笼里,无所事事,无精打采,养得又肥又大,已经好久没有执行过任务了。她记得高唱最后一封飞鸽传书写的是:我就要进入水晶宫了,我一定会将水晶宫主绳之以法的!但是他没有说万一失手或失去了联系,又该如何处置。他又没说水晶宫的确切方位。现在过了这么久,他生死未卜,让人好生担心。

顾盼爱恨交加,咬着牙说,等他回来,非要让他跪洗衣板不可!但没过几天,她又祈祷观音菩萨,只要他能平安归来就好,别的倒是其次!现在秋风渐起,而高唱走时又没带什么衣服,反正她闲着无事,索性就给他织毛线衣,但还没戳上几针,就没了兴致。今天早上,她的右眼角老是跳个不停,心里涌出一个不祥的征兆,这让她忐忑不安。她再也坐不住了,备好包袱,带上宝剑,跨上了胭脂马,决意要去水晶宫寻找高唱。只是水晶宫到底在哪儿,却又无从知晓。

她在江湖上游荡了数天,一无所获。她天真地想,退一步求其次,倘若寻找水晶宫毫无头绪,能找到高唱也不错啦。

就在这样的情况下,她遇见了女侠沈无双。沈无双是一个重要人物,在这个故事中有举足轻重的地位。说起沈无双,她可是赫赫有名的女侠,江湖上流传着她的许多传说。江湖上只要有耳朵的,都会听过她的名头;只要有眼睛的,都恨不得目睹她绝世的容貌和绝世的刀法。即使是被她追杀的黑道人物,也会忍不住要靠近她,只为了瞅一眼她风华绝代的容颜。她就像一朵美艳至极的罂粟,明知有毒却也让人无法拒绝她的娇艳和香气。好在,这是一朵江湖上最为著名的侠义之花，锄强扶弱，惩奸治恶，老百姓拍手称快，魔头们则闻风丧胆，惶惶不可终日。

据石湾居士所撰《武林秘史》第三十七卷记载：那个时候，江湖上仿佛从一夜之间神奇地升起了几颗耀眼的新星——一代大侠高唱，绝世妖姬水晶宫主，泼墨神刀沈无双。这三个人都是行踪隐秘、武功深不可测的人物。高唱于谈笑间破敌于无形中，但从来没人能说出他的真面目。传说水晶宫主的"飞鱼十三剑"是江湖上极上乘的剑法，但没有谁看她施展过，水晶宫主杀人，从来就用不着她自己出手。沈无双竟然是武林中出名的侠女，神刀一出，神鬼不留，黑道人物无不为之胆寒。

沈无双是"泼墨神刀"沈天敌唯一的传人。她并不喜欢杀人，其实她杀的人也不多。她每年只杀三个人，一个也不会多杀。沈无双向别人解释说："无论如何，杀人总是一件很肮脏的事。一双手只要沾上鲜血，就永远也不可能洗得干净，所以我要尽量少杀人。"有人问她："我看死在女侠刀下的人无一不是罪该万死之徒，女侠杀人，可谓为民除害，降妖伏魔也是一件肮脏的事吗？"沈无双回答："以杀止杀、以暴易暴并不是一种最好的方式。我本无处死别人的权力，但既然官匪勾结、狼狈为奸，人间难见公道，我只好用我的刀来寻觅公道。但上天有好生之德，杀人乃迫不得已的下策，如果我嗜杀成性，那么我跟江湖上的大魔头大恶人又有什么分别？"少林寺方丈觉得大师听说后，双手合十，口诵佛号道："善哉！善哉！沈女侠真是女中菩萨也！"沈无双杀的人都是十恶不赦的魔头或非杀不可的恶人。她杀的第一个人是采花大盗田花生。

田花生曾在一个月内潜入开封府犯下八起大案，奸淫八家的黄花闺女，杀绝八家人口共七十三人，其手段之凶残暴虐令人发指，较之当时臭名昭著的粉郎君有过之而无不及。然而，田花生武功极高，据说精通的武功有七八十种之多，还懂得传自东瀛伊贺派的忍术，中原武林六大门派曾派出十八名高手追捕他，兀自损伤不了他一根毫毛。但沈无双一出手就杀掉了田花生，他的七八十种武功连一种也没有机会使出来。沈无双只出了一刀——一把黑色的刀。发出黑色的刀光。刀光过处，田花生的生命刹那间遭到了瓦解，就像狂风中的飞絮，春日下的积雪。死神就像一位最高明的画师那样轻轻挥毫，泼墨飞洒，轻描淡写地完成了一幅关于死亡和毁灭的杰作。

　　沈无双一战成名！无论是谁，如果她能够在一招间杀掉了田花生这样的高手，想不成名都很难。沈无双一刀既出，宛如泼墨大写意，酣畅至极，是谓"泼墨神刀"！

　　沈无双杀的人并不多，但她无疑是江湖上可怕的杀手之一。自从她出道以来，如果她决定要去杀一个人，那个人就别想再活下去。哪怕逃到天涯海角都无济于事。她杀人从来不择手段。沈无双淡淡说："我是去杀人，而不是请客吃饭，更不是去被别人所杀，事情就是这样简单。"她能等，更能忍。一年前，她伏击以轻功、暗器双绝闻名于江湖的"九尾飞狐"唐珂，就把自己埋在雪堆里三天三夜不吃不喝，终于把唐珂刺杀于刀下。

<h1 style="text-align:center">五</h1>

　　在我的小说中，顾盼遇见沈无双的经过叙述得简单明快：顾

盼在江湖上游荡，四处打探水晶宫及高唱的消息，奔波多日一无所获。但她在一个小镇遇到了沈无双。当时，沈无双正施展绵掌击石如粉的功夫，吓退了饮马川的三个马贼。沈无双厉声说："我一年只杀三个人，但今天也不妨破一破例！"她话音刚落，三个马贼早已抱头鼠窜，跑得比猎狗追逐下的兔子还快。顾盼见她貌似弱柳，两旁的太阳穴也没有高高坟起，竟有如此深厚内功，这就引起了她的注意。她见多识广，听了这句话，就知道了她是谁，赶忙上前相识。沈无双也在追查水晶宫的秘密，不料今天遇见了"紫衫神捕"顾盼。两人可谓惺惺相惜。这个说法比较简单，这就是我不喜欢它的原因。

好在我是这篇小说的作者，只要我高兴，随时可以推倒重来，想怎么写就怎么写。顾盼骑马走入一片山林，这片树林又浓又密，遮天蔽日，雾气缭绕，阴深可怕，看上去有几分凶险。常言道：逢林莫入！但顾盼艺高人胆大，她根本就不将什么埋伏放在眼里。况且她是捕快，倘若有毛贼出没，正好顺手抓几个。

在林中空地，一个女子牵着一匹马正在走来。该女子穿着一袭雪白衣裳，而她的肌肤比衣衫更白，姗姗而来，宛若林间的仙子。那匹马浑身漆黑，长长的鬃毛沿着马脖子纷披下来，神俊非凡。顾盼的胭脂马也是难得的好马，但比起这乌骓马还有不如。密林中果然有埋伏，三个人三把剑如飓风般杀出！但埋伏不是冲顾盼来的，待她正欲拔剑相助，打斗已经结束。她只见到一道黑色的刀光闪电般划过，那三个杀手的利剑已随着右手腕掉在地上。顾盼看到一把漆黑如墨的短刀自衣袖中挥出，瞬间又收回袖中，她不禁心头一震！只听得那女子说："我一年只杀三个人，你们还不配！"那三个杀手均是头戴斗笠,黑巾蒙面,毒蛇般的目光盯着她,又惧又恨,说时迟,那时快,三人忽然身体一歪,"噗"地倒在地上,竟然自断经脉而亡。那女子说道:"果然是水晶宫的好手段!"这就是顾盼初见沈无双的情形,并见识了她绝世的刀法。

顾盼遇到沈无双的情形,还有一种说法是这样的:她不是在树林中遇见沈无双,而是在水边。当时,沈无双正埋伏在鸭子河畔的芦花荡中杀人。这一次,她要杀的人是黑道上的大魔头——黑风寨的大当家雷公嘴。

当时,顾盼牵着她的马,踏上了小河上破旧的木桥。暮色降临,秋风萧瑟。她想起了高唱,她的心情恶劣至极。桥上并无旁人,夕阳西下,彩霞满天,火焰般的霞光把江水染得一片艳红,江岸的芦花全白了头,仿佛亘古未化的积雪。桥墩两侧的芦花又浓又密,秋水凄清,芦花寂寞。沈无双就藏身于芦花的深处,已等了很久。她很美,她长长的睫毛下面,眼如秋水,那眼眸刚闪过的是秋风中一朵比花絮更轻的梦吧。她也美得像晴天下的一个白日梦,美得像秋阳下的一朵狂菊,恰巧是梦见了蜜蜂的那一朵。她身上的白衣比芦花更白,她的肌肤比衣衫更白。她袖中的短刀却漆黑如墨。她握紧手中的泼墨神刀,她在等他,再把他杀掉。他就是黑风寨的大当家雷公嘴。她并不缺少等待的耐心,更无惧杀人。但在满天彩霞、两岸芦花的秋日黄昏下,她的心似乎生出了一种深入骨髓的寂寞和难以自抑的烦躁。她怀抱着她的寂寞和杀机!深入骨髓的寂寞,脆若苇枝的杀机。

雷公嘴终于来到鸭子河畔,他骑着一匹浑身漆黑的健马,旋风般驰上了破旧的木桥。顾盼还没有看到沈无双,等她看到沈无双现身，沈无双已将骑在马上的雷公嘴斩于桥下。刹那间，顾盼只听到一种尖锐而奇特的声音！这是一种刀声！刀声从秋水中传来。奇怪的是这种刀声不仅清亮而尖锐，仿佛还带着十分浓重的颜色。它竟然是黑色的！当沈无双从芦苇丛中跃上木桥时，顾盼才看清她的模样。沈无双全身素白，桃腮嫣红，她似乎有点好奇地问："你就是江湖上有名的紫衫神捕？"顾盼点了点头，她盯着沈无双滑入衣袖的黑刀，目光中渐露惊喜之色，大叫道："啊，我认得你，你就是女侠沈无双！"而沈无双这次为了刺杀雷公嘴，已在芦苇丛中埋伏了七天，直到今天才等到他。

有关顾盼遇见沈无双的说法有很多种，这是最让人信服的一种，也让顾盼本人更容易接受。因为沈无双虽素有侠名，但她本质上是一名杀手，尽管她杀的人并不多，所杀之人也无不是穷凶极恶罪该万死之徒。当然，杀手也可以被别人追杀，但像沈无双这样的杀手，有谁敢在太岁头上动土？她不去追杀别人就好了。所以，她潜伏在芦苇荡中伏击悍匪雷公嘴就更合情理。

只是，无论哪一种，顾盼都没想到她跟沈无双的相遇太过偶然，太富有戏剧性，有点让人匪夷所思。顾盼没想过会在鸭子河畔遇到这位江湖上有名而神秘的女杀手。沈无双也没想到会遇上她，此地倒是雷公嘴的必经之地，这本是她精确计算了无数次的。不过，人生原本充满偶然，也不必大惊小怪。正如当初顾盼遇上高唱，又哪里会想到意中人竟是一个打家劫舍的飞贼？

顾盼遇见她非常高兴，她认为这就是缘分，只要有缘，无论相隔多远有朝一日终会相逢。酒过三巡，她喜道："好姐姐，我能遇上你，真是天助我也。你若跟我联手，水晶宫的末日就要来临了！"沈无双昂然道："我也曾耳闻水晶宫之种种劣迹，只是从无蛛丝马迹可寻，这次就跟妹妹联手与水晶宫斗斗！"

  在一个炎热的仲夏之夜，我忽然被一阵轰隆隆的巨响惊醒，房门早已被一脚踢开。我张开双眼，强烈的火光使人刺痛。外面旋风般卷入五条彪形大汉，他们左手持着牛油火把，右手握着明晃晃的钢刀。刹那间，我心底一沉，眼前一黑，心说，莫非我已暴露身份？这下糟了！好在他们不是冲着我来的，只见两条大汉冲上来，将尚天乐从床上拖起来，就像拖着一头肥猪。尚天乐又胖又壮，但昆仑奴拖着他，竟然毫不费力。我呆若木鸡，汗如浆出，背部一下子被冷汗浸透。而魏无极嘻嘻冷笑，计小时一声不吭。尚天乐拼命挣扎，但他就像老鹰爪下的一只鸡，哪里挣扎得脱？他厉声道，放下我，让我自己走！但昆仑奴只管将他拖了出去，根本就没有理他。据说在从前也有人被昆仑奴暗暗抓走，没有人知道是为了什么，没有人知道他们的去向。这种事情通常发生在夜里。没想到，我亲眼见了这骇人的一幕。

  尚天乐被拖出门口前的一瞬，瞧了我一眼。他的目光闪烁如夜间的香火，仿佛大有深意，但我无从揣测他的本意。我担心的是，他受不住敌人的严刑拷打将我们出卖。

  第二天，校方召开了对恐怖分子尚天乐的公审大会。大会由铁面校长主持，全校师生倾巢而出，真是人山人海，里三层外三层，将会场挤得水泄不通。近年来，师院在铁面校长的英明领导之下，诸部门管理有方，尤其是保卫部统治得力，教职工兢兢业业，学生刻苦求学，政治清明，校风纯正，校园上下，和睦融洽，生机勃勃，时时呈现出四海升平、欣欣向荣之景象。违法乱纪之事，多时未有，面向师生之公审大会，对大多数人来说，乃新鲜事一桩，故而人人争睹而后快，倒要看看是谁吃了熊心豹胆敢向书院说不？此乃看热闹的心理，好奇心人皆有之，不足为奇。恐怖分子罪大恶极，人人切齿痛恨，不千刀万剐不足以平民愤，故而大伙儿不肯错过公审尚天乐的机会。

尚天乐被押了出来，他戴着手铐脚镣，脖子上套着一面二十五斤重的大木枷。大伙儿一见到他，手上的臭鸡蛋、烂番茄诸如此类呼啸而出，对准尚天乐掷去。我瞅着他，鼻子一酸。只不过才隔了一夜，他已变得面目全非。他肥硕的脸庞，原本胖得像一只硕大的南瓜，显得溜圆而结实，如今这只南瓜却仿佛被掷在地上摔破了。脸上有一道鲜明的十字，纵横交错，触目惊心，显然是烙铁留下的印痕。他身上的长袍被撕成了布条，浑身上下，体无完肤。昨夜他是怎么度过的，真是让人不忍想象。这个平时寡言少语的胖子，我长达半年的舍友，管我还没几天的上级，我平时对他无甚好感，如今的感觉却大不相同。他作为七星门的弟子，这让人肃然起敬。看他平时如此猥琐，但焉知他不是出于自我保护的需要？尚天乐虽气若游丝，但他一双小眼睛仍充满神采。他的厚嘴唇虽布满血丝，青瘀紫黑，就如一只折断了的菱角，但他惯有的那种充满嘲讽意味的笑容，仍是丝毫不减。就凭这一点，我想他不管受了什么酷刑，都不会屈服。

铁面校长在两名贴身侍卫的陪同之下，登上了会场的主席台，在他身后还有两名窈窕少女打着两面绣着红色锦虎的长柄大团扇，犹如国王。倘若换作皇帝，大团扇必绣着黄色金龙，但龙乃天子之物，诸侯自然不可僭越。

全校师生眼见铁面校长现身，齐刷刷行注目礼。铁面校长神色肃穆，踌躇满志，他环视四周，挥手致意。主席台上放着一只海螺做成的麦克风，铁面校长接过苏珊老师递过来的一面锦缎。此乃发言稿，上面记载着尚天乐的罪行。他清了清喉咙，开始了对尚天乐的指控：尚天乐是臭名昭著的七星门弟子，在其加入七星门不到半年的时间里，为该门出谋划策，身先士卒，共计犯下违反校规罪、纵火罪、蓄意谋杀罪……，共计一百二十六宗，罪恶累累，罄竹难书。前些时日的女生纵火案就是他策划实施的，烧死了我校四名含苞待放的女学生，惨状不忍讲述，不杀之不足以平民愤，特处以烈火焚身之刑。特此公告，以儆后尤！

尚天乐乃至七星门的暴行激起公愤，大伙儿义愤填膺，群情汹涌，咬牙切齿声，怒吼咒骂声，不绝于耳。有的女生已情绪失控，痛哭失声。

我木然地站在大伙儿当中，面无表情。这也难怪，倘若不是我早已得悉纵火案之真相，必定也会为铁面校长所煽动，从而对七星门种下刻骨仇恨。而龙舌兰早已将事件真相告知我：此一切均是书院的阴谋，他们将于近期发动一场针对七星门的大规模打击，妄想将隐蔽的七星门连根拔起，再不会将龙头大哥孙惊涛放过。而他们在发动打击之前首先大造舆论，以争取大伙的支持，此乃院方一以贯之的惯用手法。龙舌兰说，本来双方不是你死就是我活，自是不择手段，只是可惜了那四个少女，花骨朵一样的年华，还来不及盛开，就这样糊里糊涂地送了命，就是死了也不知道为什么。这就是书院的残暴管理和邪恶本质，我们必须替天行道，将全院师生拯救于水火之中。当然，我们也绝不会坐以待毙，一场更大的反击正在筹备之中，全面而周密的起事也亟待揭竿。

至于起事是发动起义还是来一场口诛笔伐，这连龙舌兰也无从知晓。她只是告诉我，现在的斗争形势更加严峻，凡事均须小心在意，千万不可大意。

烧死他，烧死他——群众的愤怒像海啸激起的浊浪般上升，会场上空布满了大伙儿的怒吼、悲鸣和咒骂，他们血红着眼睛，青筋暴突，脸色狰狞。平时个个是温文尔雅的好学生，此刻仿佛都变成了搏人欲噬的猛兽。我心里涌起一股悲哀，这力量何其强大，而这股力量又何其盲目。但这也难怪，真相掌握在少数人的手上，而盲目的大多数正受着蒙蔽。

铁面校长对这一切看来非常满意，他在侍卫和宫女的簇拥下离开了会场。尚天乐被两名身强力壮的昆仑奴押向了会场中央，此处放着一大堆松树劈成的柴薪。众所周知，松树洋溢着松脂，更容易点火且充分燃烧。

昆仑奴将尚天乐高高举起，用力一抛，尚天乐虽肥硕如猪，分量颇重，但昆仑奴竟像毫不费力，十分轻巧而准确地将尚天乐抛到了柴堆之上。柴堆迅即卷起一股浓烟，一股烈火冲天而起。尚天乐被烧得哔剥作响，整个人变成了一支巨大的火炬，惨呼连声。但他尤在竭尽全力，嘶声喊道：打倒书院！七星门万岁！七星门龙头大哥万岁——

很快，尚天乐就发不出任何声音了。火焰越烧越烈，他的口号声就像风中的灰烬，很快就消失得无影无踪。那一刻，我的心情糟糕之至，又不禁对尚天乐刮目相看，想不到平素形容如此猥琐之人，竟是一个铁骨铮铮的好汉子，他不愧是勇士。我不禁为曾经猜度他是否会出卖我们而汗颜。我举目四望，只见人群拍手称快，欢欣雀跃，他们在欢呼书院为人间除了一害。他们的脸庞倒映着火光，眼眸闪亮，满脸均是陶醉之色，仿佛这不是一次处决，而是一次狂欢。

我黯然低头，心中涌起一股无法排除的郁闷。我来书院这么久了，这一天是最难受的。我心乱如麻。我在人群中寻找着龙舌兰的身影，但怎么也找不到。

晚上，龙舌兰设法跟我取得了联系。她跟我是在书院后花园一口废弃的古井里接上头的。井中泉水不息，只是久未淘洗，肮脏不堪，井水也有点发臭。我们全身浸在水中，仅露出头部，但饶是如此，我们出于安全考虑，还是做了一番伪装：我们头上各顶着一片睡莲的叶子。倘若有人从井上走过，就会看到井中浮着两片睡莲，却不至于发现我们。至于井中为何有睡莲，这也顾不得那么多了。我跟龙舌兰多日未见，换了是平日，早已压抑不住心中思念，先搂抱成一团再说。但由于今天尚天乐殉职，让人惊惶，又深感悲伤，我们的儿女情长全让位于对仇敌的刻骨仇恨，一时相对无言。

还是龙舌兰先开口说，现在形势愈加险恶，湖边的那棵大树虽是天然的匿身之所，但目前也不得不放弃那个地方了。在我们的可靠之所建成之前，千万不可轻举妄动，如无任务最好不要相见。现在尚天乐舍生取义，三人小组就只剩下我们两人了，他的一切工作由我接替。据上头的指示，尚天乐没有出卖机密，我们暂时还不会暴露。但最大的问题是，他一向小心谨慎，怎会泄露身份？这里面显然大有文章。苏珊身上怀着惊天大秘密，此事看来确凿无疑，只是不知此秘密的具体内容而已。上头获知七星门中出了一个大叛徒，这可关系到整个七星门的生死存亡，事关重大，所以我们必须尽快揭开这一秘密，并将内奸铲除。我们接到可靠线报，苏珊将这件大秘密藏在胸前的鸡心坠子上，不管吃饭还是睡觉，均贴身戴着，须臾不离。这一次，我交给你的任务就是，让你利用苏珊对你的好感，尽快查出她藏在鸡心坠里的秘密，必要时不惜诱之以肉体，牺牲色相！

我抱紧龙舌兰的身体，泣道，我心里只有你，我不愿那样做。时近深秋，井中水冷冽冰凉，我们不禁均打了个寒战。

龙舌兰怒道，这一切均是本门替天行道的需要，我们一切都是属于七星门的，就是献出生命也在所不惜，何况是一副臭皮囊？我不敢回嘴，只是拼命抱紧她。龙舌兰心中一软，柔声道，我自然知道你心里只有我，你心中难受，我又何尝不是？韩郎，我又没叫你将心儿交给她，你无非是逢场作戏罢了。我点了点头。我仰首望天，只见天空弯月如钩，发出幽幽冷光。我心中愈加寒冷，但觉坐井观天，恍惚有不知天地之大的感觉。我们四目交投，泪光闪烁，在水中搂抱了一阵，终究抵挡不住井水冰冷，秋意渐寒，只好黯然离去。

第六章　潜伏者

一

自从尚天乐被当众处决,我们的蜂巢小屋中,四人就只剩下三人。我们四人虽同处一室,但感情不算好。我向来不好管闲事,尚能置身事外。而尚天乐生前跟美术家魏无极势成水火,整天吵闹不断,每每短兵相接,一触即发。数学家计小时虽然寡言少语,也好不到哪里去,往往在一旁阴阳怪气,冷嘲热讽,让人瞧着好不舒服。尚天乐在世时,大伙儿瞧他很不顺眼,如今他不在了,大家反倒有点怀念他。大伙儿在心里生出许多失落,仿佛一幅好端端的风景图,中间却被撕出了一个空洞,遂马上变得不完整。魏无极平时以尚天乐为假想敌,如今敌人不复存在,心中倍感空虚。计小时从不将尚魏二人放在眼里,但尚魏二人向来是一个整体,如今只剩下魏无极一人,竟有点不知所措。一连数天,魏计二人悒然不乐。

魏无极出去给别人画肖像,不论男女老少,高矮肥瘦,竟一律画得肥嘟嘟圆滚滚,眉眼之间,依稀有着尚天乐的神韵。原来,他竟借画画之机,寄托对故人之幽思。只是被画之人,勃然大怒,不给画钱不说，有的还一时性起，捋起袖子，就要抱以老拳。我劝魏无极道："无极兄，这几天你姑且休息好了，世上的钱还能全赚回家去吗？"我言下之意是，你最好不要给人画像啦。画成这个样子，随时都会被人暴打一顿。但魏无极哪里肯听？他视画画为人生之最大乐趣，叫他不要画画，毋宁死！

计小时也是神情恍惚，根本无法集中精神计算。有时他算着算着，双手将算筹哗啦啦地一拢，好端端的算式顷刻间瓦解冰消，算筹撒落一地，就像一堆柴片。

我跟舍友一向谈不上有何感情。老实讲，我作为百年难得一遇的小说奇才，志向高远，又得书院的宠爱，堪称书院的风云人物，有点瞧不起他们。公允地说，魏无极也好，计小时也好，都身怀绝技，颇有过人之处，但书院藏龙卧虎，像他们这样籍籍无名的艺术家或数学家，犹如麦地里的蝗虫，遍地皆是，原本就很难引起别人关注。但尚天乐一个看来蠢猪似的胖子，竟然也是七星门的勇士，真是人不可貌相。我一念及此，对魏计二人就不敢再存轻慢之心，谁知他们又有什么来头？只是，我横瞧来竖瞧去，也看不出他们有何特别之处。但尚天乐生前又何尝有丝毫勇士的风采？如此一想，越发觉得二人高深莫测，小觑不得。这样一来，我就觉得原本透明如金鱼缸似的蜂巢小屋，原本单纯如清水的舍友，竟也恍如谜团，让人琢磨不透。说不定，我在他们看来，也是如此呢。

我以前很少出门，但有了龙舌兰后，一有机会就往外面跑。我跟龙舌兰相恋及加入七星门之事，原本就是天大的秘密。

我觉得书院中的谜团愈来愈多，犹如南国初春的雾瘴，湿度达到98%，乳白色的一团，越来越浓，越来越大，将天与地笼罩得严严密密。书院本身是一个大谜团,每一个人都是一个小谜团。每一件事,看起来平淡无奇,但谁知道个中是否藏着惊天动地的秘密呢?打个比方,七星门以及七星门的龙头老大便是一个谜,他到底是谁?他到底潜伏于何处?而他处心积虑策划的大行动,将会在何时爆发?将会导致什么样的后果?想知道这些谜底的人,一定有很多,肯定不光是保卫部的人。

苏珊上次带我入城,半路上杀出的蒙面劫匪,莫名其妙地倒毙于路旁,是谁出的手,我都没有看清,这又是一个谜。最有趣的是,我正在撰写的小说《江湖档案——一个理想主义者的一生》也堪称迷宫,通篇皆是波谲云诡的事件与钩心斗角的人物,至于故事将往何方发展,而大反派水晶宫主到底是什么样的人物,都有待一一展开,随着情节的发展而暴露。这部小说最后将会是什么样的,我并无把握。我虽名为作者,但实乃一件书写工具而已,我的导师才是真正的作者,她在左右着这部小说中每一个人物的命运。何况还有小说内在逻辑本身的发展呢,随着小说的撰写渐入纵深,我越来越感到了小说强大的力量。它就像一个怪物,逐步长出了毛发乃至血肉,甚至有了呼吸和力气。我要像刚开始那样随意操控它,已经是一件不可能的事了。有时,我甚至感到不是我在写着小说,而是故事本身在推动着我,跟跄向前,不由自主。这是一个纸上之谜,一个虚构之谜,其中的迷人之处在于,即使连作者本身也无法预知谜底。同时,这又是一部开放之书,一部生长之书,一部反复在书写而永远没有尽头的小说。我不断地写,反复地写,或横生枝节,或推倒重来,它就像一个黑洞,无论花多少墨汁和纸张都无法将它填满。事实上,我写秃的毛笔已不计其数,我用过的纸张也几乎跟我等高。

我仍在不懈地书写，这是我的任务，我没有理由半途而废。我承认这部小说耗费了我太多的心血，事实上是我在用血肉喂养它的生长，这倒是一点不假，我相信任何一个致力于写作或艺术的人，都将会有这种体会。它最终会变成什么样的一部小说呢？我不知道。有时我会感到兴奋，而更多的是一种恐惧。

在这众多的谜团之中，时刻困扰着我的，还不是那部让人恐慌的小说，而是我的合法情人李蕙心，近一年来，我做梦都想知道她的模样，她的姓名，有关她的一切。李蕙心看起来纯洁无瑕，一副天真无邪的样子，但她果真是如此的吗？恐怕这仅是我的想象。事实上，我连她的模样及姓名都不得而知。她对我来说，不是谜又是什么？我不禁对书院的后勤部恨得牙痒痒，允许学生恋爱倒是好事，即使实行供给制倒也罢了，却又偏偏要让男方披镣戴铐，黑巾蒙面。这个制度的恶毒之处在于，男方不许目睹女方之模样，老实讲，对方是老是少，我都没有把握。

这个该死的恋爱配给制，恐怕只有虐待狂才想得出来！制定这个做法的人，据说是前朝的一位老尼姑，她就住在书院旁边的南北湖侧。有人说她戒律森严，佛法精深，早已参透了人生百态、红尘情事，每天暮鼓晨钟，青灯黄卷，一生中从未踏出过尼姑庵半步，自然从未尝过恋爱的滋味。正因如此，她从不知情为何物，遂制定出一个如此灭绝人性的恋爱制度，不过，倒也跟书院的管理以及"存天理，灭人欲"的时代风尚遥相呼应。但另一种说法恰好相反，说她是尼姑倒也属实，但她在削发为尼之前，从事过诗人、飞贼、妓女等诸种职业，她做过的工作，难以计数，她一生中爱过的男子，也无法计算。只是，她爱上的每一个男子，却无一例外，均辜负了她的满腔柔情，遂让她对人世间"情"之一字，深感失望，遂有了这样一个以人类为敌的制度。但在我们的时代，在我们的书院，我想不出有任何一件事，不是以人类为敌的。

近来，我老是睡不着。李蕙心之谜，就像一团乱麻堆放在我的头脑，或一条毒蛇盘踞于我的心中，让我浑身难受，又百思不得其解。我渴望解开这个谜团，但以目前书院严厉的规章制度，又不可轻举妄动。其实，我跟她在例行幽会时，只要将脸上的黑巾一拉，一切都将大白于天下。然而，我没有这个勇气。我知道这样做的后果。

龙舌兰就再三告诫我，她说，韩郎，我知道你无时无刻没有这种豁出去的冲动，但是你必须忍耐，因为这样做除了白白送死，于事无补！龙头大哥起事的日子快到了，到时自会水落石出。你一定要忍下去！

此路既然不通，只能另想他策。我忽然想起了龙舌兰曾透露过的信息：我在恋爱林中，从没见过你的身影，所以自然无法得知谁是李蕙心。当时我没有在意，只想自己头蒙黑巾，不仅阻碍了我看见别人，也阻碍了别人看见我。现在一想，不禁毛骨悚然。难道我每周三次的恋爱，根本就不在恋爱林中进行，而是另有他处？倘是如此，每次出现在我面前的"李蕙心"，完全有可能是不同的人。这样一想，愈加觉得可疑，倒是我很快就否定了后者，因为李蕙心的气味、体温乃至触手所及的每一个细微之处，已经深入骨髓，要想蒙我可是万万不能的。

我心中有了主意。午饭后半个时辰的个人活动时间，大伙儿一般用于集体散步，并高呼歌功颂德的口号，但我偷偷地溜出了队伍。我先从女生宿舍出发，然后按惯常的步伐往恋爱林走去。我发现一共花了一百七十九步。我反复做了三次，第二次是一百七十七步，最后一次则花了一百八十二步，也就是说，从女生宿舍到恋爱林之间，所需步伐在一百七十九步至一百八十二步之间，其间误差当在三五步之内。

我呆呆望着树林，林中一片静谧，地上倒是铺了厚厚一层金色叶片，现在不是恋爱的时间，自然无人涉足。林中的长木椅异常光滑而整洁，而椅旁的橡树皮开肉绽，伤痕累累，料想是男生身上锁链拴在树上留下的痕迹。我踏着满地落叶走了，心说，我跟李蕙心是否在这儿幽会，很快就会有结果了。

明天就是跟李蕙心约会的时间。我背起了那个鼓鼓囊囊的布袋向女生宿舍走去。布袋装满恋爱必需的器具，黑布、锁链和镣铐诸如此类。

女生宿舍也是蜂巢型的优良建筑，每间房子就像一个蜂房，只是较男生宿舍要大四五倍，男生宿舍每间住四人，女生宿舍每间却住三十二人。据说这样的设计，是为了防止男生猜测自己的情人是谁。倘若仅是四个，那范围不大，自然不难猜出。以三十二人之多，要猜中的机会就微乎其微。我曾试图将三十二人一一筛选，用排除法猜出谁是李蕙心，但发觉难如登天，光是记那三十二人的姓名已让人头昏脑涨，只好悻悻然地放弃。其实，要见到这三十二人也不是容易的事，或者说，我根本就不知道哪个女孩住在哪个房间里。譬如这么久了，我所见过的也不过十之二三。

我到了李蕙心门前，先披挂停当，戴上镣铐，眼蒙黑布，然后去敲她的房门。只听得房间传来一阵嘻嘻哈哈的娇笑声，有人嚷道：大才子接你来啦，你今晚不要到恋爱林啦，直接去玫瑰小筑得啦！有人啐道：你再胡说，看我不撕破你的嘴！声音如出谷黄莺，又甜又脆，正是我的合法情人李蕙心。随着轻盈的脚步声，她已来到我的身旁，执起套在我脖子上的锁链，牵着我往外走去。我的心在怦怦乱跳，一面走着，一面在心里默记着步伐。

二

我在写着那本书，关于公理与暴行，爱情与阴谋，其间夹杂着侦探与推理，传说与野史。每天一有空闲，我就埋头于创作之中。我在书院繁重的学业、学生必要的义务以及种种琐碎事务的间隙奋笔疾书。我能自由支配的时间并不多，我总是被一些莫名其妙的事情裹挟着，难以专心著述。其中，让我最难忍受的是去后勤部撰写各式各样的文案、公告以及歌功颂德的狗屁文章。有时我掷笔仰天长叹，好歹也是个小说家，却去写这些不值一文的东西！但是我别无选择，书院能看中我，这是我的光荣。这仅是我表面上的工作，而我还有其他的事要做，譬如跟龙舌兰的接头，七星门交给我的特别任务，这些都不容易对付，而且不可避免地分了我的心。在这样的情况下，就决定了我的小说不可能有一个完整、统一而周密的情节，而只能是一些细碎的矛盾、纠葛和冲突，互相纠缠，犬牙交错，它们互相交织着，犹如一件百衲衣，由一些七彩的布片拼凑而成。

当我写到高唱被水晶宫主擒住时，遭遇了前所未有的困难。我一直以高唱为主角，他武艺高强，足智多谋，纵横江湖，罕有敌手,如今却失手被擒。仓促之间,我就只好推"紫衫神捕"顾盼出马,此乃迫不得已而为之。尽管,我干脆利落地为她配置了"泼墨神刀"沈无双,但未必就是杀手集团水晶宫的对手。我只好绞尽脑汁地去写,整整一个时辰过去了,我端坐案前,冥思苦想,小狼毫蘸着饱满的墨汁,但是我一行字也写不出来。我对着笔墨纸砚发呆,白白浪费了上等好墨。就是写下来的东西,也索然无味,了无生气。

我眺望着窗外,这是一个呆板平面的时代,是一个秩序森然、规则林立的世界。它就像一潭死水,但它没有静止。所有的一切都被纳入了一架巨大的机械之中,准确无误地运转,只是体现着机械般冰冷的意志,而毫无生命力可言。我也是这架机械上的一个小小齿轮,连接着其他齿轮和链轨,被一股强力所拽动,静止或发动,都身不由己,更谈不上什么越轨。然而,我不甘心一直如此,我不仅在现实生活中跟龙舌兰歃血为盟,秘密反抗,并且在小说中重塑我的梦境,确立并最终完成我的声音、腔调和面目。然而,要在一个没有生命力的世界追求生命的光辉,这又谈何容易!

顾盼和沈无双同样陷入了类似于我的困境,她们最大的难题是,水晶宫到底在哪里?这是一个什么样的组织?两人可谓一头雾水,一无所知。江湖上关于水晶宫的传说虽多,但传说大多虚妄离奇,并无多大参考价值。至于顾盼,倒是目睹过水晶宫杀人的本事,刹那间,就于闹市之中将"长眉大侠"马平原及其属下的"旋风十八骑"置于死地。而沈无双精于伏击与搏杀,刺探侦查却非其所长,对水晶宫自然就说不出子丑寅卯。可怜她们纵横江湖,身怀绝技,恨不得立马跟水晶宫决一死战,杀个痛快!但天下之大,她们却不知水晶宫匿身何处，水晶宫主又是何方神圣。两人冥思苦想，但觉茫无头绪，无计可施。

沈无双心计深沉，但顾盼就很沉不住气。她心中焦躁，在一棵垂柳上跳上跳下，忽然又强自平静，不住嘴地说："不要急，不要急！"沈无双不禁扑哧一笑，其实最着急的人就是她。只听得顾盼说道："我总算将头绪理清啦，且看本神捕如何找出水晶宫的线索！"沈无双表示洗耳恭听。顾盼说："水晶宫是一个杀手组织，自然少不了杀人的事。只要我们知道他们准备杀谁，预先埋伏在一旁，自然能找到线索啦。"沈无双淡淡地说："此话当然不假，只是，我们如何得知他们要去杀谁？只怕等我们知道，该人早已被其所杀。水晶宫要杀人，从来就不会留下活口。"

顾盼继续分析说："你先别打岔。水晶宫虽为钱杀人，但他们为祸多年，定然结下不少仇家。仇家固然要对付水晶宫，但水晶宫何尝不会先发制人？我们只要找出水晶宫最大的仇敌，自然不难觅到线索。"沈无双双眼发亮，说："不错，只是江湖上欲除之而后快的人，除了你，紫衫神捕，顾大女侠，不知还有谁人？"顾盼笑道："我自然算一个，但现在且不说我。雁荡山上的双鱼塘城堡，是跟水晶宫势不两立的死对头！这事换了旁人还真不知，但我吃的是六扇门的饭啊。"沈无双奇道："听说这双鱼塘城主鱼红泪是武林中出名的美人儿，手上的双鱼刺是一等一的绝技，左刺取守势，水泼不进，右刺取攻势，锐不可当。素闻她隐居荒野，向来不问世事，怎么又跟水晶宫惹上仇怨？"顾盼道："姐姐有所不知，这鱼红泪人虽美貌，但一生冷傲，多少豪杰追求她都没有动心，却唯独爱上'追命枪'杨凝铁。这件事知道的人可不多，鱼红泪行事素来神秘，更不愿大肆宣扬。这杨凝铁乃杨家将的后人，掌中神枪尽得杨家枪法的真传，也是江湖上有名的少年英雄，不料他却因追查水晶宫而殒命，可惜，可惜。你想，这鱼红泪能袖手旁观吗？听说她虽然人不出双鱼塘，却早已派属下涉足江湖，四处明察暗访，时机一俟成熟，她必定出手！"沈无双道："那赶紧去找她吧，说不定她已经查到了线索！"

于是，两人飞骑向双鱼塘赶去。顾盼的胭脂马颇为神速，沈无双的乌骓马更是神俊非凡。宝马美人，交相辉映。

谁知两人到了双鱼塘，城上招呼虽然殷勤，但城主鱼红泪的态度不冷不热，让顾盼好生没趣，倒是沈无双不动声色。只听得鱼红泪说："顾女侠智勇双全，沈女侠威震江湖，今日光临敝城，实乃双鱼塘之荣幸。二位要在城上住多久都可以，大小事情，只管盼咐，自有管家为二位安排。只是小女子今日有要事在身，请恕我不能相陪。"她话刚落音，已翻身上马，就要扬鞭远去。

顾、沈对望一眼，顾盼早已抢身而出，一手勒住缰绳，那马竟丝毫动弹不得。鱼红泪叱道："顾女侠是何用意？"顾盼笑道："鱼姐姐不必急着出门，且先饮三杯再说！"鱼红泪怒道："二位虽然武功高强，但双鱼塘也不是任人撒野的地方！"顾盼松开缰绳，悠然说："鱼姐姐可是要急着去会水晶宫的杀手？"鱼红泪瞧着她，满脸皆是狐疑之色。她挥动马鞭，马腾开四蹄，正欲狂奔，怎知又被顾盼一把捋住。鱼红泪怒道："什么水晶宫还是海龙王的，我可一无所知！赶快让开，否则莫怪我不客气！"沈无双冷冷地说："她要急着去送死，你为什么要拦住她？"

鱼红泪勃然大怒，说："要打架是不是？本姑娘就来领教二位的高招！"只见她从马上一个"细胸巧翻云"，轻巧地落在地上，手中已多了两把寒光闪闪的利刃，似匕首而较之要长，若峨眉刺而较之要宽，正是她的独门兵刃"双鱼刺"。

沈无双冷笑，随手捡起一块鹅卵石，轻轻一捻，石头竟然像面粉那样从指缝间漏下。绵掌击石如粉，本来就是她的拿手好戏。鱼红泪大骇，自忖没有此等功力，不敢向沈无双挑战，转而向顾盼叫板，说："顾女侠的峨眉剑法出神入化，小女子正好领教高招！"顾盼微微一笑，拔剑，出鞘，收剑，宛若电光火石，一气呵成。鱼红泪还没反应过来，忽觉得头上长发披散，随风飘扬，原来刹那间，她头上束发的红绸带已被顾盼割断。倘若顾盼利剑对准她的咽喉，她焉能活命？鱼红泪吓得面如土色，情知非二人之敌，赶紧收起双鱼刺，再三赔罪。这就是江湖人的变通之处，鱼红泪平素虽颐指气使，此刻却也不敢飞扬跋扈。

顾盼快人快语，说："方才鱼姐姐神色慌张，匆匆忙忙，不知是为了何事？说不定我能助姐姐一臂之力。"鱼红泪仰脖饮下一杯清酒，支支吾吾，顾左右而言他。沈无双恼道："你不说我们也知道，还不是为了水晶宫！"鱼红泪没有吭声。顾盼又问："'追命枪'杨凝铁追查水晶宫，忽然于荒野暴毙，鱼姐姐可有听说此事？"鱼红泪脸色大变，说："我从来不认识什么杨凝铁！"顾盼叹道："水晶宫势力庞大，无孔不入，现在说出来，尚能及时筹谋，并肩作战。若你再执迷不悟，到时大祸临头，则悔之晚矣。"

鱼红泪眼圈一红，泪珠滚落，终于据实相告。杨凝铁果然是她的意中人，杨凝铁走之前，还是春光明媚之日，杨凝铁跟她相约于金秋完婚，而他还有一件事要做。谁料未到夏至，杨凝铁的死讯已经传来。鱼红泪恨声道:"后来我才知道他要去做的事,乃获知水晶宫的线索,而他也终究难逃毒手。"顾盼道:"姐姐刚才急着出去,可是有了什么线索?"鱼红泪道:"全真教的孙元真道长发现水晶宫有人在江南活动,邀我过去商议,我正欲出门,不料二位就到了。"沈无双问:"就是那位以'大摔碑手'和'乱披风剑法'闻名江湖的孙元真?"鱼红泪答道:"正是,他是小杨的搭档,不料他能全身而退,小杨却永远回不来了——"鱼红泪哽咽连声,悲伤至极。

顾盼翻身上马,叫道:"事不宜迟,咱们快找孙元真去!"

青石镇以石头知名,盛产大理石,巷是石巷,屋是石屋,到处都是石头和石器,加工石器的叮叮当当之声不绝于耳。三人在青石小巷中穿行,但见街道两旁的石狮石像,栩栩如生,石碗石球,巧夺天工,石器之多之精之巧,琳琅满目,让人目不暇接。

三人穿过青石镇,依然不见孙元真。沈无双有点不耐烦了,问:"那孙元真到底在哪儿?"鱼红泪道:"就到了,他就住在镇外山坡上的贞元观。"

三人穿过了一片玉米田,玉米已收割,茎叶衰败,玉米秆已枯干。玉米田后面是一片桉树林,桉树倒是四季常青,郁郁葱葱。穿过桉树林,就到了贞元观。这贞元观规模不大,但颇为精致,道观纯由大理石建筑而成,雕龙画栋,倒也气派非凡。观中供奉着三清神像,香火缭绕,大殿中有一蒲团,蒲团上有一名道士正在打坐,垂首低眉,双手抚膝,背后插着一把剑、一把拂尘,料想他就是孙元真。

道士缓缓张开双眼，说："你来了？"鱼红泪敛衽施礼，答道："尊驾可是孙道长？小女子鱼红泪这厢有礼。"孙元真怪眼一翻，脸上青气一闪，问道："这两位是谁？叫她们出去！"顾盼见他阴阳怪气，人又獐头鼠目，心中已有几分不喜，只见他出言不逊，就要发作。沈无双扯了扯她的衣袖，这才强自忍耐。鱼红泪介绍了二人，道："她们都是自己人，有话不妨直说。"

孙元真哼了一声，说道："你想知道什么？"鱼红泪道："道长说水晶宫的人在江南出现，不知是什么样的人？"孙元真说："那个人就是我！"鱼红泪大惊，颤声道："原来你就是水晶宫的人，那杨凝铁到底是怎么死的？"孙元真冷笑："当然是我杀死的，两人同行，辗转千里，要下手的机会实在是太多了，简直毫不费劲！"鱼红泪怒不可遏，叱道："好阴险的狗贼！是你下的手，竟然还敢约我来此？"孙元真说："你既然来了，我就没打算让你活着回去。如果你好好地待在双鱼塘，我倒可以考虑放你一马。但你既然惹上水晶宫，我只有将你除掉。这真是天堂有路你不走，地狱无门偏进来！"顾盼怒道："恶道好大的口气，莫非你打得过我们仨？"孙元真淡淡地说："杀一个是杀，杀三个也是杀。"鱼红泪目眦尽裂，拔出双鱼刺，势若疯虎，向孙元真扑去。

孙元真纹丝不动，他既有备而来，自然成竹在胸。他以"大摔碑手"和"乱披风剑法"闻名江湖，但他既不出掌，也不拔剑，而是轻轻一按蒲团。说时迟，那时快，只见鱼红泪就如一头大鸟似的，堪堪扑到，忽然大殿上闪电般撒下一张大网，将鱼红泪兜头罩住，竟似渔夫捉鱼或猎人捕鸟一般。那张网也不知是什么坚固材料制造而成，她用兵刃去割，却又割它不断。她拼命挣扎，竟是越挣越紧，网眼将她紧紧勒住，就如绳索一般，越勒越深。不一会儿，鱼红泪已被网罩牢牢束缚，就如蚕茧里的蚕蛹一般，休想动弹分毫。

顾盼大怒，拔出利剑，舞动剑花，步步为营，向孙元真攻去。她眼观六路，耳听八方，唯恐头上又掉下什么机关暗器。孙元真奸笑两声，又伸手往蒲团上一按。顾盼一步一个脚印，堪堪逼近孙元真。谁知脚下的地板忽然消失，双脚猛然踩空，整个人"哎呀"一声，就掉入了深渊般的陷阱。

原来孙元真这贞元观，机关密布，简直就成了一个巨大无比的杀人机器，只要敌人走进来，就休想活着出去。近年来，孙元真不知在此处诱杀了多少江湖好汉。这贞元观里的机关，厉害之处就在于，每一样东西都有可能是伤人的利器，平时不发动，看上去跟寻常事物并无分别，一旦发动，却是伤人立死。譬如窗柱子可以变成枷锁，香案上的香可做利箭伤人，大殿高悬的大铁钟，随时可能迎头砸下，任是大罗金仙也休想抵挡，甚至是地板上的青石砖，必要时都会飞起来伤人，就像战场上的掷石机那样厉害。

孙元真没想到鱼红泪有帮手，但有帮手他也不怕。不要说是两个女人，他自信这里的机关，再打发二三十名高手都没问题。鱼红泪被网捉，顾盼坠入陷阱，现在只剩下沈无双了。

三

写到这里，我遭遇了难题，踌躇再三，不知该如何下笔才好。我不是没有东西写，而是可以写的东西太多了。故事发展到了这里，就出现了多种可能性，犹如歧路亡羊。我不知道该沿着哪条路前进，才会得到一个最好的结局。换言之，我不知道哪一种可能性最符合我的本意，怎么写才能让导师苏珊认可并获得通过。这部小说能否被苏珊认可，这跟它是不是一部好小说同等重要。我觉得，此刻各种可能性纷至沓来，真是文思如泉涌，但那么多人物和事件又纠缠在一起，犹如一团乱麻，却是让人好生为难。

我承认正在撰写的这部小说，并非一路顺畅，其间也颇多阻滞之处，有时甚至举步维艰，几乎无法持续。譬如，当写到高唱被水晶宫擒住之际，只觉得眼前发黑，仿佛走入了死胡同，根本就没有转身的机会。但沈无双一出场，全局为之改观。真是山重水复疑无路，柳暗花明又一村。苏珊曾说过，小说是无中生有的艺术，今天我才算是深有体会。苏珊又说，小说是思维的产物，思维既然无穷无尽、变幻莫测，小说自然就有无限多种可能性。小说的发展及转折，往往在作者的一闪念之间。这真是至理名言。而我现在就陷于这多种的可能性之间，一时难以抉择。

我这部小说的开头，讲的是高唱、顾盼要剿灭杀手组织水晶宫的故事。先是高唱被擒，接着是顾盼，现在只剩下沈无双，独自承担着剿灭水晶宫的任务。倘若说他们三人在跟水晶宫比一场接力赛，那么接力棒已经到了沈无双的手上。换言之，根据情节的需要，中途出现的沈无双，实际上成了最重要的人物，就说是故事的主角也不过分。先来看以下三种最大的可能：1. 沈无双是侠义中人，就像高唱和顾盼一样，欲拔除水晶宫而后快，那么她只有跟孙元真之流周旋到底，继续战斗。2. 她不是一个侠义中人，反倒是水晶宫的杀手，这样，她不必跟孙元真交手，反而握手言欢，胜利会师。3. 沈无双既不是侠义中人，也不是魔头，就是老话说的那种亦正亦邪不好不坏之人，这样她心情好就做做好事，心情不好就充耳不闻，拍拍屁股走人。但这仅是从沈无双的角度来看的，倘若从别的角度，当然还有更多的可能性。然而，我无法穷尽小说的每一种可能性，我只能选择自己偏爱的那一种，我认为这是最有代表性的。这样一比较，我首先否定了第三种可能，觉得这种明哲保身的写法，不仅不符合沈无双的性格，而且没什么看头。那么就剩下了两种可能，故事势必呈现曲径分岔的趋势发展，但这让作者感到头痛，也让读者无所适从，因为一部小说不可能既这样又那样，否则看上去就失去了真实感。

后来，我找到了最好的办法。那就是不管沈无双是女侠还是魔头，既然她跟孙元真一触即发，那么就让他们先打一场再说。这就是闪烁其词模棱两可的写法，有时候，模糊一点反而更准确，因为它包含了更大的可能性。

遭遇沈无双，对于顾盼来说纯属偶然。她不知沈无双是友是敌，或者说她开始以为是友，但等她掉进了陷阱，恐怕现在也说不清了。对于孙元真来说同样如此，他奉命在此狙杀鱼红泪，不料遇到了沈无双。至于是祸是福，他马上就要知道了。

不管沈无双是女侠还是魔头，这次他都大难临头。他使用了每一样机关，结果都无损沈无双分毫，这可是前所未有之事，这次，他心惊胆战。孙元真发动机关，两排削得锋利无比的竹排从夹墙中飞出，就像一个从天而降的苍蝇拍，要像拍苍蝇那样将沈无双拍死于当场。但竹排明明从沈无双身上穿过，她却浑若无事。孙元真如遇鬼魅，又用手一按，香案上的炷香激射而出，利箭破空，声如裂帛，这些香本来就不是真的，而是精铁打制的箭矢。孙元真以为沈无双非射成刺猬不可，但沈无双舞动宝刀，只见一道黑光过处，叮叮当当，箭矢纷纷坠落尘埃。孙元真脸色发青，使出了杀手锏，顶梁上忽然迎头泼下一桶黑水，这桶水腥黑发臭，奇毒无比，只要沾上一星半点，必置人于死地。说时迟，那时快，沈无双早已脱下身上长袍，迎着那片黑水一兜，竟然接得一滴不落，她飞快地绾了一个结，顺手抛出窗外。

这就是当时打斗的情形，说起来很复杂，但发生在一刹那。后面发生的事就更简单，孙元真黔驴技穷，无计可施，只好拔出宝剑拼老命，他的七七四十九式"乱披风剑法"也不是好惹的，但沈无双只出了一刀，就将他的剑砍成了三截。孙元真大惊失色，扔掉剑柄，施展"大摔碑手"的成名绝技，怎知又被沈无双以绵掌击石如粉的功夫震断手腕。孙元真连滚带爬，只待逃走，被沈无双从后头赶上，一掌击倒在地。现在，他就算是一条毒蛇，也被敲掉了毒牙，再也无法为害。沈无双转头对网中的鱼红泪笑道："一个依赖于机关暗器的人，我想他就不会有什么真本事。"其实，孙元真的剑法和掌法都不错，可惜他遇上的是沈无双，就算有更大的本领，也无济于事。

鱼红泪在网中拼命挣扎，早已筋疲力尽，见沈无双制伏了孙元真，忙大叫："沈女侠快救我！"沈无双微微一笑，宝刀挥出，网绳寸断，她的"泼墨神刀"果真是人间罕见的利器！鱼红泪从半空中落下，脚步堪堪站稳，忽然沈无双鬼魅般欺近身来，脸上露出神秘的笑容。鱼红泪一怔，还没等她反应过来，沈无双早已骈指如戟，一指就封住了她的晕穴。

第六章 潜伏者

且说顾盼一脚踩空,坠入陷阱。她心中一沉,心想,这次我命休矣!好在这陷阱中没装着青竹片、铁蒺藜之类的利刃,也没有虎狼毒蛇,只是深不见底,漆黑一团。顾盼只觉得头晕眼花,就如坠入万丈深渊。她本来轻功很好,但在这样的情形之下,再好的轻功也用不上,结果一路坠到底,只听得"扑通"一声,竟然坠入水中,原来这陷阱下面竟是一道地下河,深不可测。但还没等她反应过来,一根粗大的锁链已呼啸着扫来,牢牢套住了她的脖子,水中马上钻出四条彪形大汉,捉手的捉手,按脚的按脚,以迅雷不及掩耳之势,将她的手中剑夺下,给她上了脚镣手铐。这些大汉反应之快,出人意料,仿佛他们一直在等着有人掉下来似的。

顾盼被众人推推搡搡,押入水牢之中,水深及腰,寒意侵肌。她定了定神,只见水牢四周燃着牛油火把,水面泛着波光和暗影。水牢被木栅隔成二十多个小仓,每格关着一个囚徒,一共是二十多个,有高有矮,有胖有瘦,竟然还有和尚尼姑。顾盼眼尖,发现当中竟有少林派的方丈觉得大师、武当派的掌门青松道长、丐帮的帮主解千山,武林中的十大门派,竟然无一幸免。其他不认识的,看来不是一派掌门,就是一帮之主,每个都是一等一的高手。但不料如今全成了水晶宫的阶下囚,个个犹如斗败了的公鸡,垂头丧气,殊无斗志。

顾盼倒吸一口凉气,心说,这水晶宫也忒厉害!忽然有人笑道,你终于来啦!只见一人虽衣衫不整,但神采奕奕,平生豪迈半分不减,不是高唱,还有谁人?自从高唱失去联系后,生死未卜,顾盼连日来牵肠挂肚,朝思暮想,如今见他虽也被擒,但总算平安无恙，不禁喜极而泣。

过去的年代，有的人以杀人越货为业，譬如水晶宫的人；有的人以缉拿罪犯为业，譬如捕快顾盼。前者象征着邪恶的力量，后者象征着法律或者公义，因此两者不共戴天，水火不容。但还有第三种人，认为法律未必代表公正，官匪也有可能沆瀣一气，因此挺身而出，替天行道，既以拯救天下苍生为己任，又不将官府放在眼里，这就是通常所说的江湖游侠，出身神刀门的高唱，就是这样的人。在这个故事里，高唱和顾盼代表着正义的力量，在世上的一个隐秘角落，存在着一个杀手组织水晶宫，他们之间就像捉迷藏一样，一个深藏不露，一个四处寻觅。顾盼是一个捕快，平生缉拿过的盗匪恶贼不计其数，从来都是她去抓别人，别人望风而逃，不料如今却被镣铐加身，关进水牢，动弹不得，事情仿佛全反转了过来。她全身湿透，又冷又饿，心情之差，不言而喻。

高唱神采飞扬，仿佛他不是在坐牢，而是在度假，一点也不觉得难受，反而兴致盎然。他时而击节而歌，要跟来自南海葵花岛的李药师讨论音律；时而讲经论道，要跟少林方丈谈论佛法；时而手舞足蹈，要跟丐帮帮主探讨降龙十八掌到底有无第十九招。但别人就没有他的好心情，要么装聋作哑，要么闭目养神，总之就是不理他。凡是正常之人，被挂上镣铐，关进水牢，性命悬于他人之手，就不能不担忧自己的生死。但高唱似乎一点也不担心，面对死亡，表现出很大的平常心。他要么视死如归，要么是不知死活，总之就不像一个正常人之所为。

这让顾盼有点担心，以为他是被吓傻了，但看他的样子，又不像一个傻子。因此，顾盼宁愿相信他这样做有他的道理，但又摸不透他葫芦里卖的是什么药。顾盼一向自以为是聪明人，当然，她也不否认在某些特定的时刻，高唱比她更加聪明，所谓特定的时刻，不是中了埋伏就是遭遇袭击，而高唱总有办法化险为夷，但她就未必能够。

顾盼问他："你被关了这么久，亏你还能笑得出来。还不赶快设法脱身？"高唱说："我要走，早就走啦，这个水牢如何困得住我？"顾盼说："拜托你不要吹牛啦。身上的锁链、脚镣和手铐加起来恐怕有五六十斤，任你内功再深十倍，也不可能挣扎得脱！"高唱道："要运功挣断这些镣铐，的确是不可能的事。但谁说非得要挣断不可？不瞒你说，倘若我要打开这些镣铐，真是易如反掌，起码我有七种以上的方法。至于这些木栅栏就更不在话下。"顾盼半信半疑，又问："那你为什么不赶紧救我们出去？"高唱道："我是故意被水晶宫抓来的，事情还没办妥，何必急着出去？不过，你来了，事情也快有结果啦。"

补充说一句，顾盼跟高唱各属不同的牢仓之中，两人相距甚远，又要避开看守，要交谈自是大大不便。幸好他们懂得一种叫"传音入密"的神奇内功，将声音凝成一线，可以径直送入对方的耳朵，对方听得清清楚楚，旁人却无法听到。他们的声音在空气中划过，就像无线电波一样，看守还以为是蚊蝇发出的嘤嗡声。顾盼正待问他，到底是什么样的事情，高唱小声说："噤声！有人来了！"

有人叫道："宫主驾到！"只见水牢中光明大盛，两名侍女提着两盏大红灯笼从空中徐徐飘降，衣袂飘飘，犹如凌空仙子。而两名侍女之间，则是一个硕大的水晶莲花宝座，宝座上端坐一个女子，衣饰华丽，环佩叮当，脸上却戴着一个水晶面具，显然不愿以真容示人。那宝座是整块水晶由高手匠人打造而成，光华四射，璀璨夺目，顿时将水牢照得亮如白昼！

只见水晶宫主连同莲花宝座高悬于半空，竟然保持不坠。侍女分立左右，作势欲飞，就像敦煌壁画里的飞天，水晶宫主双手合十，宛若观音大士。但顾盼眼尖，发现了其中奥秘，原来宝座上有钢丝绳吊着，侍女腰部也吊着钢丝绳，看起来轻功好得惊人，但说穿了就不值一提，不禁啐道："装神弄鬼，好不要脸！"但不是谁都能发现这一点，大伙儿见水晶宫主此等身手，脸色就更加难看。鲁东燕子门以轻功见长，囚徒之中就有燕子门的高手，但也自叹弗如，望尘莫及。

水晶宫主仰天大笑，说："就凭你们那几招三脚猫的功夫，也敢跟水晶宫为敌。真是螳臂欲当车，可笑不自量！少林觉得以'大力金刚掌'称雄，却被我硬生生折断了手腕；武当青松以快剑见长，却挡不住我的快刀；高唱高大侠的'惊神指法'独步武林，可惜一指戳中了我的'蝎子针'；至于'紫衫神捕'顾盼嘛，根本就用不着我动手，倒自己送上门来……连武林十大门派的掌门都成了阶下囚，试问今日之江湖，还有谁是我的敌手？哈哈哈——"

顾盼问："这青石镇就是水晶宫的巢穴？"水晶宫主道："不错。说起水晶宫，人们都以为不在南海诸岛，就必在东海之滨，可曾有谁想到却在一个寻常小镇？青石镇素产石器，但无人知道这地下河之中，分布着无数溶洞，而洞中的水晶更是不计其数，这就是近百年来江湖上最大的秘密！"顾盼道："你今日和盘托出，难道就不怕走漏风声？"水晶宫主冷笑："假如诸位都是死人，自然就不会泄露秘密。"有人嚷道："你究竟是谁？你不说出来，我等死不瞑目！"水晶宫主道："好吧，就让你们死个明白。我将你们全都抓过来，就是要让你们知道我的庐山真面目——"

只见她徐徐摘下面具，大伙儿惊呼声四起，有人大感愕然，打破头也想不到，有人捶胸顿足，悔之莫及。江湖上让人闻风丧胆的杀手组织首脑水晶宫主竟然是素有侠名的沈无双！

顾盼又急又气，大声道："我早就知道是你！"沈无双淡淡地说："事后诸葛亮，又于事何补！从今以后，这个世上就再也没有这个溶洞，当然包括这洞中的一切！"沈无双已将溶洞的前后出口封死，只待出去之后，再将贞元观大殿中的出口封锁，洞中群雄无路可走，必死无疑。谁知她偕侍女冉冉上升，堪堪出到洞口，忽然见到一个人站在大殿上笑嘻嘻地瞧着她，赫然竟是高唱。沈无双大惊之下，正待拔刀，高唱出手如电，先是一脚将水晶宝座踢翻，然后一指就点中了她胁下的麻穴，他的"惊神指法"果真天下无双！高唱笑道："你终于出来啦，倒不枉我坐了半个月水牢！"

这一切，包括觉得大师在内的人都看得糊里糊涂，目瞪口呆。等高唱将他们全救了上来，依然恍如梦中，不得要领。不过，这也难怪，如果一个人被关在水牢十天半月，又不给饭吃，无论他是什么样的高手，都免不了有点犯傻，除非他是高唱这样特别有办法的人。顾盼也有点不明白，她问："刚才你还在水牢，为何一眨眼工夫就到了道观？"

高唱的回答是，他不仅刀法了得，指法惊神，其实轻功也不错。顾盼又问："你不是披镣戴铐的吗？又如何脱身而出？"高唱的回答是，他在暗河里捉了一条鲩鱼，鲩鱼的鱼骨甚硬，就用它打开了镣铐。这样看来，他除了武功了得，开门撬锁的本事也非常人能及。顾盼对他的回答半信半疑，不置可否。高唱是如何脱身的，这并不重要，重要的是，终于抓住了狡兔三窟诡计多端的水晶宫主沈无双。原来，他上次被擒是将计就计，故意失手，好等真正的水晶宫主现身。

四

终于到了。但我发现一共走了四百九十四步，那么李蕙心带我来的地方自非恋爱林。我觉得四周一片寂静，毫无喧闹之声，倒是香气馥郁，似兰如麝，心中更是疑窦暗生。李蕙心将锁链绑好，让我坐好，然后一屁股坐在我的大腿上，捉住我的手，让它伸入她滚烫如火的胸膛，触手之处，一片滑腻。李蕙心娇喘连连，她像八爪鱼一样搂紧我。我虽然看不见，但还是感觉李蕙心一丝不挂，不禁大为惊慌，抽出了手，问道，你要干什么？李蕙心没有回答，只是拼命抱紧我，并用手去解我的腰带。我大惊失色，喝道，你疯啦！咱们还没考到爱情证书呢，而且又在众目睽睽之下！李蕙心只管动作，答道，你放心，不会有人看到咱们的。

我坚决反对，以书院纪律之大义来谴责她，其实是我心中只有龙舌兰一人，不肯从她。这样一来，李蕙心只好停止动作，因为她也是一个遵纪守法的好学生。只是她恨得牙痒痒的，气咻咻地说，你必须明天就跟我去参加爱情考试！我不理她，问道，这是什么地方？李蕙心答，这自然是我们的恋爱场所呀。我高声道，我敢肯定这绝对不是恋爱林！从女生宿舍到恋爱林大约要花一百八十步，但今天我走了四百九十四步！你快说，这到底是哪里？李蕙心怒道，枉我对你痴心一片，你却暗中怀疑我！这是什么地方？我说是恋爱林你却不信，你掀开黑布不就一清二楚啦。我怒不可遏，真想一把将黑布扯掉，但我深知这冲动之举带来的将是什么样的后果，愈是愤怒愈要保持冷静。我缓缓吐出一口长气，说道，你说是就是吧。李蕙心柔声说道，韩郎，无论如何，我都是你的人，你不要胡思乱想啦。她拥抱着我，然而我全身僵硬如石头，任由李蕙心如何热烈，我只是纹丝不动。须臾，耳畔传来穿衣裳的窸窣声，李蕙心终于啜泣出声，哭道，韩郎，你不再爱我了。

那一晚，我心神不宁，跟李蕙心貌合神离，两人不欢而散。我心中颇为愧疚，只觉得伤害了一位如此清纯可爱的姑娘，极为不安。然而，我想不明白，我们平时约会之所，明明不是恋爱林，她为什么要欺骗我呢？她何以敢于说谎？难道她不知道这也是严重违反禁令的事吗？如果说，这样一个弱女子也敢反抗书院，那打死我也不敢相信。只是，我们平时幽会的地方，到底是哪儿呢？

几天之后，龙舌兰解开了这个谜团：你到女生宿舍门口，的确是事实，但执着锁链牵你出发的根本就不是李蕙心——虽然我也不知道李蕙心到底是何人，但绝对不应该是昆仑奴——而牵着你的正是一个昆仑奴，你去的地方，也根本就不是学生集中谈恋爱的橡树林，而是玫瑰小筑。时间到了，你又由一个昆仑奴送回去，我没看到任何一个女人的影子。玫瑰小筑有数百间房子，每次进入的房间又不相同，至于李蕙心是谁，我根本无从揣测。我可以确定的是，这个李蕙心拥有这么大的权力，肯定不是等闲之辈。说不定，她仅是一个符号而已，不仅是一个人，而是无数个女子的共同体！

我觉得龙舌兰的分析很有道理，但对最后一点却有异议，我说，我可以肯定自始至终，她都是一个人。我强调了一句：她的声音、腔调和气味是无法更改的！

这一次，我跟龙舌兰是在"新居"见面并有上述交谈的。这就是龙舌兰说了多次的安全而固定的居所，它终于得以竣工并投入使用。但在进入之前，龙舌兰掷给我一块蒙面黑巾，她自己也戴上一块。当然，这种黑巾跟书院在恋爱时蒙男子的黑巾不同，前者是为了预防别人认出自己，而后者是为了防止自己看见别人。

龙舌兰解释说，这个安全之所，栖身的可不只是我们两人，而同时活动着七星门的诸多成员，堪称七星门的大本营。但是，为了安全起见，大家都以黑巾蒙面，掩盖自己的真实面目。这样，即使有人被捕，也不至于供出别人而对组织造成损失。就这样，我跟龙舌兰成了名副其实的蒙面人。

这个住所的确异常隐蔽，这种隐蔽让人对它的安全性更具信心。龙舌兰牵着我的手，趁着薄暝暮色潜入湖水，在水底穿行了一阵，我看到前面出现一堵暗影，依稀是湖岸。这里竟然有一个入口，我们就像两条泥鳅一样钻了进去。湖水在洞穴中灌入，但洞穴越来越深，而且它仿佛在向上延伸，很快，湖水已经被抛在脚下。甬道中漆黑一团，伸手不见五指，龙舌兰牵着我的手，倒是如履平地，快捷异常，料想她对路径烂熟于胸，了如指掌，故而毫无阻滞。我跟着龙舌兰在黑暗中行走，踩着脚下结实的泥土，只觉得甬道七弯八绕，曲里拐弯，恍如在迷宫中行走。我建议不妨点亮火折子，但遭到了她的反对。她的理由是时刻要注意安全，不可掉以轻心。

终于，我们到了开阔地带，原来是到了洞府的中心大厅。只觉得眼前灯火通亮，十六支牛油巨烛将大厅照得亮如白昼，火光灼痛我的双眼，我在黑暗中行走多时，有些畏光。我眯着眼睛，好一阵才适应过来。待视力恢复正常，我发现这竟是一个圆筒柱的大厅，地面有四五百平方米，十分平整，墙壁光滑如溜，怕不有数百丈之高？因此，这个大厅犹如一个圆形的深井，又具有木桶般的形状——假如世间有如此大的木桶。而圆溜溜的高墙上，竟开着无数个门口，安装着无数个木门，每个门上都有一个门牌，其中有一间就是属于我跟龙舌兰的。每一间房都有绳梯跟大厅连接着，房间犹如鸟巢，就悬挂在高处。高者距大厅百丈有多，最低的也有数米，上下均须攀缘绳梯，否则除了飞鸟，根本就无法到达。

龙舌兰双手攀着绳梯，一级级往上攀登，捷如猿猴，我紧紧跟在后面。终于到达我们的卧房，房间不大，仅可容身，也极不规则，有点像一条倾斜的独木船。毫无疑问，这间小房子，只不过是这个巨大洞穴的一个小支洞。房中陈设也十分简陋，唯一床一几数张板凳而已，但我们已很知足。令人奇怪的是，房间没有窗子，但也不觉得室闷，龙舌兰解释说，我们有很好的通风设备。但至于这是一种什么样的设备，她没有明说。几上燃着一根小蜡烛，龙舌兰的脸庞在红红烛光的映照下，艳丽而不可方物。我们紧紧相拥，喜极而泣，泪光闪烁。这的确是一个隐秘而安全的居所，我们就像两只在风雨中飞行的小鸟，终于有了自己温暖的小巢。这房子就像一间隐秘的鸟巢。

我跟龙舌兰飞快地除掉衣裳，紧密地拥抱。在书院那儿，经过批准的性，具有积极的正面意义；没经过批准的性，就具有消极的负面意义。简言之，前者是美好的，值得提倡，但后者乃大逆不道之事，被视为魔鬼的邪恶行为而坚决予以取缔。我对批准的程序也就是做爱上岗考核畏如蛇蝎，非常反感，所以迟迟不肯去考。

以前跟龙舌兰为觅幽会之所绞尽脑汁，提心吊胆，天下之大，却放不下我俩的一张床榻，这当然被归入邪恶的行为之列。虽草木皆兵，让人压抑，又十分刺激。一股呐喊的欲望从她的身体呼啸而起，但又不得不在喉咙前强自压抑，这让龙舌兰痛苦不堪，又快感如潮。但不管哪一次，都没有这一次的感觉好。这次我们很有安全感，不必担心保卫部的密探中途杀出。龙舌兰将身体内的声音全释放出来，且在洞壁上发出低沉的回音。以前跟龙舌兰幽会，不管是在水底也好，在矿井也好，每次都不敢发出声音，惊恐于风吹草动，就像在演哑剧。这次发现，声音是生活中必不可少的，尤其在漆黑之地，声音象征着存在。无论如何，不管是正面的性，还是负面的性，都比不上目前更让人振奋，因为我们充分享受到了性爱的自由。在某种程度上，声音就是自由。而自由的性，显而易见，应当包括正面和负面，因此也就包括肺腑之声，深刻而迷醉。

我还在龙舌兰的身体中，不想动弹，觉得自己像一根羽毛在微风中飘行。到哪儿并不重要，重要的是微风，而且吹动着我梦幻般的身体。我享受的不仅是女人的身体，而是整个活泼的世界；换言之，我享受到的不仅是性，而是整个存在的奥秘。龙舌兰的身体像一个梦境，我就像这个梦境里的一只鸟，一块石，一个人深陷其中，不能自拔，不知道这个梦来自何方，更分不清这是梦境还是现实。

忽然，这个梦境被一阵洪亮的钟声打破了。龙舌兰推开我，说，你听，集合的钟声响了！我如梦初醒，果然，钟声当当当，一连响了三记，在巨大的洞穴发出沉郁的回声。如果说，世上有最让人讨厌的声音，那么非此刻的钟声莫属。我愕然问道，什么钟声？这钟声是做什么用的？龙舌兰飞快地穿着衣裳，说，这是龙头大哥召集大伙儿的钟声！这是纪律，铁的纪律！

我深感沮丧，这个世上充满了法则和纪律，书院戒律森严。七星门也同样有很多门规，让人头痛！我牢骚满腹，但还是不敢违抗命令。跟龙舌兰顺着一根绳子滑行下来，竟然非常快捷，我想，只要多操练几次，我们都成为飞檐走壁的蜘蛛精啦。

洞穴中的人都来到了大厅，一眼看去，密密麻麻，恐怕有一百来人。我想不到书院竟潜伏着这么多反抗分子，而这个洞穴能容下这么多人，其宽广纵深可想而知。反抗分子个个头缠白巾，脸蒙黑布，只露出一双锐利的眼睛。看上去既诡异，又悲壮。

这时，一位头戴竹笠、脸蒙黑布的男子走到大厅中间，他身材魁梧，站在那里，气宇轩昂，颇具气度。众人顿时欢呼四起，掌声如雷。原来他就是传说中的七星门龙头大哥孙惊涛！只见孙惊涛扬了扬手，掌声欢呼声马上静止，四下里鸦雀无声。

孙惊涛朗声说，经过诸位兄弟长达数月的秘密艰苦劳动，终于建成了我们的新居，从此我们总算有了栖身之所。但是，这仅是权宜之计，我们终究要返回地上，夺取书院的一切！弟兄们，有谁愿意像蝙蝠永远居住在洞穴里？绝对不行！弟兄们，我们起事的日子快到了，到时，进入地狱的该是他们了！天地换新颜，人间有尧舜。我们很快就不用像鬼魂一样在黑暗中飘荡，而是挺起胸膛扬眉吐气地做人了！洞中又是一阵风暴般的掌声。众人拔出身上刀剑，齐声呐喊：七星门万岁！龙头大哥万岁！刀剑相交，叮当有声，火花四溅。这都是些敢死之士，不惜为了七星门而战，他们的生命就像利刃一样单薄而锋利，只要有必要，就不惜在敌人的胸膛上折断！

由于七星门弟子都是利用书院的活动时间迅速集合的，时间很短暂，所以孙惊涛的演说也很简短，但语气铿锵，坚定有力，极富煽动性。我发现龙舌兰脸色酡红，像服用了兴奋剂，全身充满力量，只盼能早日投入战斗。时间到了，诸人鱼贯而出，迅速散去。

五

这一天傍晚，苏珊又约我去她的寓所谈我的小说。苏珊每次约我，都让我提心吊胆、心惊肉跳、真是会无好会、约无好约。但我重任在身，这次倒是绝好良机，必须好好把握。龙舌兰交给我的任务，是探取苏珊胸前鸡心坠的秘密，而截止的时限日近，我当全力以赴。我对苏珊一反往日之毕恭毕敬，反倒曲意逢迎，讨她欢心。苏珊心情颇佳，她为我准备好了产自西域的葡萄美酒，斟在翡翠雕成的杯子中。苏珊粉脸潮红，巧笑倩兮，竟是未饮先醉。苏珊说道，今天的天气真不错——我说，是啊，秋高气爽，正好出游！该死，我说的是什么话？明明月黑风高，两人又待在房中，除非是梦游。苏珊又说，西山的枫树全变红了，风光好得很呢。这次我学乖了，说道，最美的风光就在我身边。苏珊说完了天气，又谈风景，本是无话找话，颇有些不大自然。这句话将她哄得咯咯娇笑，气氛遂热烈起来。

苏珊又要我讲故事，她每次见到我，都要我讲故事，这几乎成了例行公事。但我此刻脑中空空如也，并无故事可讲，只好嗫嚅道，这个……那个……

苏珊恼道，还不快讲？你要让我生气吗？

我东拉西扯地说，很久很久以前，在一个遥远的国度，有一个美丽的公主，她很喜欢听故事，每天夜里都喜欢从自己的国家挑一个英俊的小伙子给她讲故事，如果讲得好，就会有让人意想不到的奖赏，但如果公主不满意，就会将他拖出去杀头。得到奖赏的小伙子都如获至宝，但到底是什么样的奖赏，他们宁死也不肯说出来。当然，被杀头的人更是不计其数……

苏珊笑道，杀来杀去的，有色情及暴力的味道，倒也有点意思，接着讲下去——

我说，这一晚，轮到了一个聪明的小伙子，他开始讲道：很久很久以前，在一个遥远的国度，有一个美丽的公主，她很喜欢听故事，每天夜里都喜欢从自己的国家里挑一个英俊的小伙子给她讲故事，如果讲得好，就会有让人意想不到的奖赏，但如果公主不满意，就会将他拖出去杀头。得到奖赏的小伙子都如获至宝，但到底是什么样的奖赏，他们宁死也不肯说出来。当然，被杀头的人更是不计其数。这一晚，轮到了一个聪明的小伙子，他开始讲道：……

公允地讲，这个故事并不好，而且有点耍无赖的味道，但苏珊还是兴致勃勃，她莞尔，这算是什么破故事？罚酒三杯！如果我想偷懒，这个故事就可以这样周而复始地循环下去，没完没了，就像车辘轳一样转动，即使讲到天亮，这个故事依然停留在开头的部分。但我见苏珊兴致不错，决定讲好这个故事。

我连喝了三杯，继续说下去：他说，无比尊贵的公主殿下，我在正式讲述之前，能否了解到我应得的奖赏？公主不乐，说，你只要讲得好，自然会知道。他问，如果讲得不好呢？公主说，那你不必知道，因为你将成为一个死人，而无论是什么样的奖赏，对于死人来说都毫无用处。他说，我必须在讲述之前知道。公主利剑出鞘，怒道，从来没有人敢跟我讨价还价！你再啰嗦，我就杀了你！他面不改色，说，公主殿下，你杀了我，就不知道我讲的故事到底好不好了。他的言外之意是，等他讲完故事再杀不迟，但公主不说出奖赏是什么，他就不肯开口。公主进退两难，竟然一下子僵住了，就这样过了一夜。第二天夜里，公主决定，如果他还是不肯开口，就一剑杀了他。但他一见到她，就滔滔不绝地说起来，他先讲了《阿里巴巴和四十大盗》，接着讲了《阿拉丁和神灯》……公主听得津津有味，结果一直讲了一千零一夜，他也得到了公主的奖赏。后人将他所讲的故事辑录起来，遂有了《一千零一夜》一书。

当然，我重点讲述了《阿里巴巴和四十大盗》。苏珊说，《一千零一夜的故事》是宰相的女儿山鲁佐德讲给国王山鲁亚尔听的，怎么变成了小伙子讲给公主听？我说，我虽然不是聪明的小伙子，但苏老师堪称天下最美丽的公主。苏珊哈哈大笑，说，你虽然在胡扯，但寓意倒不错。我除了照搬书上的故事，当然在胡扯，只是我不明白她讲的寓意是什么。苏珊又饮了一杯，媚眼如丝，说，如果你觉得自己的故事不错，那你想得到什么奖赏？

我本来想说就要她的鸡心坠子，但又怕她起疑，终究不敢开口。苏珊见我迟迟不答，骂道，傻小子！她坐上我的大腿，勾着手臂要跟我喝交杯酒。苏珊醉意上涌，醉态可掬，她的脸庞愈加娇艳，宛若怒放的虞美人。我抱着她，觉得她的身体越来越热，仿佛她的体内有一堆火在燃烧,慢慢向皮肤传递着热量。我感到脸红耳热,不知所措。

本来苏珊就是豪迈奔放之人,作为书院名师,又是当红小说家,一向颐指气使,大胆泼辣,根本就不将别人放在眼里。但这次她脸色忸怩,羞羞答答,竟然表现出罕见的温柔,真是让人毛骨悚然。倘若一只母老虎也会温柔,我想大致就是如此。我思忖,今儿恐怕难以全身而退!也罢,为了七星门的前途,为了拯救书院学生于水火之中,就牺牲自己一次好了。苏珊又喝了数杯,眼波盈盈欲滴,看着我发怔的样子,不禁扑哧一笑,说,你喜欢什么样的女孩子?我回答,当然是苏老师这样的女孩,又迷人又聪明!本来正确的答案应是N-3721,也就是李蕙心,因为她是后勤部配给我的合法情人,所以我只能天天去赞美她,认为她才是天下最好的女人,而不能随便去赞美别的女人。但我认为这个答案苏珊会更加满意,而且她是老师,也不怕她说我质疑后勤部的配给。苏珊忍俊不禁,说,你真会说话!我一本正经地说,我是校报的新闻记者,我必须保证我所说的一切均是事实!苏珊笑得花枝乱颤,趁机跌坐在我的怀抱中。

现在已是深秋,窗外落木萧萧,北雁南飞,秋风起处,寒意彻骨。但苏珊衣饰不多,她躺在我的怀里,无处不是暖烘烘圆滚滚的。苏珊的肌肤异常滑腻,触手之处,但觉滑溜溜的,这光洁而充满弹性的肌肤下面,潜伏着年轻女性惊人的力量。她蜷缩在我的怀抱,满脸陶醉,宛若一只猫。

这一次,苏珊首先是谈天气,然后是谈风景,最后又是谈情说爱,但就是不提我的小说。我此次志不在于小说,而是别有用心,也就投其所好,将苏珊哄得心花怒放。

苏珊的乳房很饱满,乳头很结实,它们顶着我的胸膛,就像锐不可当的暗器,我不禁意乱情迷,手足无措。我发现我跟龙舌兰的爱情,并非平时所想象的那样固若金汤、刀枪不入,平时能抵挡诱惑,是因为没遇到真正的诱惑。当然,这一次,我是以为七星门效力的名义,但倘若没有这个名义,我能否经受她的考验都是未知数。我的双手及时做出了反应,却心不在焉,我像一位真正的特工,不管做任何事情,都没有片刻忘记自己的任务。

我歪着头部,偷窥她胸前的鸡心坠,只见这颗淡绿而通透的吊坠在她的乳沟里晃荡,真像一只小青蛙在沟壑间跳跃。我的手准确无疑地捉住了它。我的手像被火烧灼了一下,颇有一种火中取栗的感觉。的确,这颗坠子,就像烧红的铁块,我心里滚雷般闪过一阵狂喜:这个惊人的大秘密就要被我攥在手心啦!我说,你的这个坠子真漂亮!苏珊咿咿哦哦,说道,你真讨厌,我有更漂亮的东西!我说,可以让我看看吗?苏珊脸色一变,勃然大怒,说,请你不要动它!苏珊说着,就拉着我的手,将它放在她的乳房上,她认为这才是正确的地方。苏珊情绪高涨,三下五除二地除掉身上不多的衣饰。但即使亲热,她也不让那颗坠子须臾离身。看来,这的确不是一颗简单的坠子。此刻,箭在弦上,不得不发,很快,苏珊犹如一座燃烧的熔炉,全身开始沸腾起来,不管三七二十一。

我虽全力以赴,但依然保持清醒。我趁着苏珊不留意,用调包之计,用一条看来一模一样的坠子替代了她胸前的那一条。

折腾了半天,苏珊才满意地放我走。就这样,我终于跟苏珊达成了一笔隐秘的交易,她得到了我的人,我得到了她的坠子。虽然各得其所，但我有点恶心，姑且抛开她是老师不提，这种关系绝非我的本意。我发现，倘若没有这个该死的借口，我绝对不会跟龙舌兰之外的女人有肌肤之亲，我将其视为维系我们感情的纽带。但问题是，现在有了这么一个托词，事情骤然变得复杂起来。我感到一阵头痛，不愿再深究下去。

当然，为了替天行道可以牺牲一切，何况是性！但这个冠冕堂皇的理由还是无法消除我的恶心之感。我别无选择。行侠仗义不仅要做好抛头颅、洒热血的准备，还得时刻做好献出身体和忍受恶心的准备。后来，我想起苏珊身上有一种很好闻的气味，类似草木的芬芳，如丝如缕，若有若无，似曾相识。但想来想去想不出所以然，索性作罢。也许，美人身上的气味都差不多。而我的小说稿搁在那儿，自始至终都无人瞧它一眼。我还以为苏珊忘了它呢，其实不然，苏珊在我临走时说，我先好好看看，下次你来再跟你细谈！

第七章 等待捕猎者

一

到目前为止，我的小说里有一个容貌姣好身手不凡的女名捕，有一个智勇双全的侠客，有一伙专以杀人为业的刺客，他们粉墨登场，龙争虎斗。结果是邪不胜正，魔头被擒，正应了一句古话：天网恢恢，疏而不漏。在这本书中，女侠沈无双的出现是一个亮点，但她仅昙花一现，就因作为大反派水晶宫主被高唱活捉而终结，全书也戛然而止。写到这里，我的小说《江湖档案——一个理想主义者的 生》也就可以画上句号了。

但我为此深感不安，因为水晶宫主在江湖上依然是一个无人知晓的秘密，而"泼墨神刀"沈无双以侠名著称于世，其行踪虽然飘忽，犹如神龙见首不见尾，倒也素无恶名。作为小说的作者，我当然有权设计任何一种结局，也可以将任何一个人写成好人或坏人，这本书却有些特殊。因为写到的人物，不管顾盼还是沈无双，倒也并非凭空杜撰，而是现实中的确存在的人，是本朝笑傲江湖的风云人物。我既然以现实中人为传主，这部小说就颇有些报告文学或纪实小说的味道，细节固然可以虚构，却不可胡编乱造信口开河。而现在，我却白纸黑字地说沈无双是杀手组织水晶宫的主人，但又拿不出真凭实据，倒有含血喷人之虞。

我的故事还有另外一个开始，这个开始存在于我的记忆之中。我在考虑要不要将它写出来，那是一段往事，一种真实，但它未必是小说所需要的真实。换言之，我担心它无法获得苏珊的认同。最重要的是，它牵涉到一些鲜为人知的事，而将其公之于众并非我之本意。因为它不仅跟顾盼和沈无双有关，也跟我自己有关。

我在撰写之初，并不打算提及自己，我认为一个高明的作者应当隐藏于幕后，而不是冲上前台唾沫乱飞指手画脚。况且，这里有我不愿重拾的往事。这是一段楔入生命的严重事件，现在已消融于我的血脉，就像树木上的叶片，已随风飘坠、腐烂成泥，并深刻地渗入树根之中。这让我颇费思量，踌躇再三，但终于还是决定将它原原本本地讲述出来，不再加以任何歪曲或修饰，这看起来不像是小说的继续，甚至不仅是非虚构文学，而是生活的本身，因为这本来就是现实事件。我再也不管它是否于我的小说有益，我认为这是忠于内心意愿的唯一选择。是的，从现在开始我将讲述一个真实的故事。

沈无双依然是一个谜，因为她本来就是个谜一样的人物，我也曾跟她朝夕相对，而对她所知不多。她居无定所，神出鬼没，宛若风中的白云，随风飘荡，无人知道她从何处而来，要往何方去。也许，读者会在这段故事中，探寻我为何将沈无双写成无恶不作的水晶宫主之根源，这的确暴露了我内心一些复杂而不足为人道的东西。

就这样,我的故事重新开始,关于侠义道与水晶宫的斗争又回到原点。首先出场的是女捕快顾盼和女侠沈无双,还有一个叫高唱的年轻人,但他暂时还没有出现。我的小说拥有了数不清的开头,但没有一个真正的结尾。因为水晶宫依然是江湖上最大的谜团,无人知道它的秘密。

那一段岁月,很多人看到两个貌美如花的女骑士在江湖上出没。一人骑黑马,腰间挎刀,一人骑红马,背上挂剑,相映成趣,她们就是顾盼和沈无双。

沈无双肌肤白如细雪,永远身穿白衣,戴着黑斗笠,披着黑披风,腰间别着一把连刀带鞘都是漆黑如墨的宝刀。她带的兵器也不多,她相信光是手中的"泼墨神刀"就足以应付任何敌人。

而顾盼就判若两样,她除了骑着的小红马不变,身上穿得花团锦簇,五彩缤纷,时而是百褶长裙,时而是露脐装,一天一个样,层出不穷,仿佛她不是一个行走江湖的女剑客,而是在T形台上走猫步的时装模特。她除了背上的长剑,还带着不少东西,譬如,肩膀上斜挎着一张可以连续发射十八支连珠箭的硬弓,腰间挂着插着三十六支狼牙箭的箭壶。而她身上挂着的豹皮袋,装着五十颗飞蝗石,颗颗好比鸽卵般大小。除了这些,尚有飞刀、铁莲子、金钱镖诸如此类的常用暗器。最奇怪的是马屁股上垂挂的一个大布袋,不知者还以为是什么秘密武器,其实不过是顾盼的"活动衣橱"。那些兵器顾盼也不想带,因为无论是谁,身上带着这么多武器,就算不像一个搬运工,也像是一个兵工厂的推销员。江湖上最有名的兵工厂孙氏集团,其员工就是这样的:手上持着长枪,背上绑着盾牌,脖子绕着流星锤,穿街过巷去推销兵器。

第七章 等待捕猎者

这些兵器都是顾盼的母亲顾花蓝叫她带上的，顾花蓝以一个老江湖的口吻说，乖女儿呀，你无论在何种情况下，都要为自己准备最后一把飞刀、最后一颗飞蝗石，这样你才能在江湖上活得长久一些。要不是顾盼宁死不从，顾花蓝连狼牙棒和春秋大刀也要她带上。顾妈妈恨不得叫女儿将家里收藏的三百六十件武器全带在身上，一件不留。连峨眉派的多嘴师太都看不过眼了，说有一把青釭剑就够了，别的大可不带，凭我教给她的那路剑法，等闲高手也不是她的对手。但顾花蓝不依，顾盼无奈之下，只好将弓箭、飞刀和铁莲子之类全带在身上。但一个人带这么多东西行走江湖，实在包袱太重，所以她每到一处，就扔掉一件，后来只保留了背上的长剑，这才像个艺高人胆大的女侠。

沈无双冷眼旁观，对顾盼的一切置之不理。她不是一个多嘴的人。通常，不喜欢讲话的女人纯属凤毛麟角，这样的女人一定很讨男人喜欢。通常，女孩子都很希望讨男人喜欢，譬如顾盼就是这样的人。但沈无双是一个例外，因为她总是脸罩寒霜，眉带杀气，仿佛她根本就不需要男人的喜欢。

沈无双觉得顾盼很好笑，她认为顾盼不像一个在刀头舔血的江湖人，倒像是在集市上逛街的小女孩，无论看到什么都觉得很新奇。她在江湖上行走，目的是杀尽天下的魔头，现在更怀着摧毁水晶宫的任务。换言之，她是一个有责任感的人，而她的责任就是杀人。但杀人并不好玩，杀人意味着也可能被别人杀掉。她想，等到顾盼看着鲜血从敌人或自己的脖子飙出来，她就不会对江湖这么感兴趣了。

那时，顾盼初出江湖，对江湖险恶一无所知。她所认识的江湖，只不过是顾花蓝说她年轻时如何被评上"第二届江湖十大杰出女侠"及"美在华山"杯"武林十大美女"之类的光荣史，自然添油加醋，总之是纵横江湖无一敌手，引无数少年英雄竞折腰。她觉得这一切很好玩，现在她出道，也是为了济危扶困、惩恶扬善，将坏人绳之以法，将黑帮连根铲除。她只担心魔头见到她就会躲起来，却根本不担心魔头有什么本事。她又想，当她在闹市惩戒恶霸或痛扁地痞的时候，一定会有许多观众为本神捕鼓掌喝彩，不仅在打斗时动作要尽量优美，还得穿得好看点，免得对不起观众。我是说，顾盼是一个爱美的姑娘，但她对美的理解还很肤浅。尽管她打扮得花枝招展，但走在大街上，回头率根本就比不上沈无双。

这也是沈无双对顾盼嗤之以鼻的地方，如果她俩同时喜欢上一个男人的话，她根本就不会将这样的情敌放在眼里。别看她衣着很简单，看上去比较随便，其实不然，她是一个老谋深算之人，她的肌肤欺雪，白如羊脂美玉，穿白衣乃相得益彰，而白衣外面是黑披风，对比十分强烈，对男人更有一股摄人心魄之美。她的冷艳和高傲，使她看上去更显得妩媚而神秘，就像冰山上的雪莲，自有一种超凡脱俗的魅力。她懂得美之极致是简单，吸引男人更要抓住要害，正如她出招杀人，每次都是一刀致命，从没有多余的地方。

而顾盼尽管长相很好，眼睛很大，胸脯也很凸出，整天将新衣服换来换去，但人还远没成熟，平时大大咧咧，动不动就大呼小叫，不懂得女人的美不仅是容貌那么简单，而是在举手投足间所展露的风情。

我相信世上没有无缘无故的爱，也没有无缘无故的恨，总会事出有因。譬如我跟李蕙心虽名为恋人，但难说有什么感情，我以为就是缺乏了这么一个"缘故"。而这是非常重要的,我将其视为相爱的基础。但另一种说法是,世间存在着一些天生的仇敌,譬如猫与老鼠,猎人和豺狼,捕快与小偷,七星门的龙头大哥孙惊涛和东海书院的铁面校长,从一开始就注定要斗个你死我活,不可共存于天地间。女捕快顾盼和杀手组织的首领水晶宫主也是如此,其实顾盼跟水晶宫主本无仇隙,连面都没见过,甚至连其是男是女是老是少都不知道。但顾盼是官,水晶宫主是贼,冤家路窄,不共戴天,这将是他们不可更改的命运。顾盼认为这就是她的职责所在,义不容辞。诲人不倦是一个教师的职业道德,救死扶伤是一个医生的职业道德,而破案缉盗就是一个捕快的职业道德。她认为要衡量一个捕快是否称职,只有一个标准,那就是看他有没有抓到贼。

那时,顾盼初出茅庐,虽然起了一个很响亮的绰号"紫衫神捕",其实江湖上知道的人并不多,她做梦都想扬名立万。"泼墨神刀"沈无双年纪轻轻,却早已名满天下。顾盼现在还没有出名,不是因为她没有本事,而是没有机会。现在杀手组织肆虐江湖,可以讲就是她的大好时机。真要剿灭水晶宫,却殊非易事。除了江湖上屡有水晶宫杀人的传闻,她还没有发现任何一条有用的线索。

顾、沈二人要缉拿水晶宫主,但其巢穴在何方根本就是一个谜。她们在江湖上漫游多时,风餐露宿,一无所获。二人一筹莫展,不知从何入手,但知道只有追查下去,并无退缩之理。我很能体会她们的困境,她们找不到水晶宫的线索,而我的小说也陷入了困境。这部反复书写的小说拥有了无数个开头,但一直没有结束,仿佛永无尽头。我不知道该如何往下走,但除了咬牙写下去,别无选择。我的小说出现了捕快顾盼、女侠沈无双,还有杀手组织水晶宫,就这样,这将是一部公案小说,主题是侦查。无论如何,我的小说将有一个结局,但顾、沈二人能否找出水晶宫的真相,这还是一个未知数。

二

这一天,顾、沈二人来到一个叫龙岩坡的浙东小镇,在镇外二十里的荒郊目睹了一场伏击,只见远处有三名头戴竹笠脸蒙黑巾的杀手围住了一个年轻人,正在痛下杀手。那年轻人手使丈二银枪,舞动起来,虎虎生风,枪招高妙得很,使的居然是七十二路"追魂夺命杨家枪"。沈无双微讶,道:"杨家枪唯一的传人就是'追命枪'杨凝铁,莫非就是他?"年轻人枪法虽精,但对手太强,以一敌三,更是寡不敌众。一杀手使游龙双钩,猱身而入,左手钩锁枪尖,右手钩锁枪杆,俨然是杨家枪的克星。一杀手使大力金刚杵,往年轻人背部重重一击,年轻人哇的一声,鲜血狂喷,摇摇欲坠。另一杀手使的竟是一把白雾似的软剑,只见白光一闪,软剑已深深刺入了年轻人的软肋。

顾、沈二人策马向前,正欲施与援手,只听得一声呼哨,就在弹指之间,三杀手兔起鹘落,早已逃遁得无影无踪。顾盼扶起那年青人,只见他脸白如纸,气若游丝,眼见得已不能活了。他嘴唇翕动,似有话要说,顾盼凑近耳畔,只听得他断断续续地说:"水……水……"顾盼赶紧取出水囊,将囊口对着他的嘴,但是他仰起头,伸手探入怀里,似要掏找什么东西,但无力掏出就断了气。

沈无双怒道:"不用说,这又是水晶宫做的好事!"年轻人手中攥着的是一个绣花荷包,上面绣着两条小银鱼,金丝银线,色彩鲜艳,手工竟是异常精致,包里却是空空如也。顾盼眼尖,发现上面还绣着一个"泪"字,不解地说:"他口中说'水',包上有'泪',这里面到底有什么玄机?倘若'水'是指'水晶宫',那么这个'泪'字又指的是什么?"沈无双稍一思索,道:"这荷包自是其情人所赠,这种作为定情信物的荷包,绣的多是鸳鸯,却为何绣了两尾小鱼?至于这个'泪'字,莫非指的是一位姑娘的名字?"她略为停顿,惊道:"肯定是双鱼塘的鱼红泪!咱们快点赶去,只怕鱼红泪有难!"

双鱼塘是武林中的一个神秘所在,但它不是一口鱼塘,而是一个城堡的名称。城中上下,全是女人,城主鱼红泪年龄不大,手上的双鱼刺是江湖上一等一的功夫,但究竟如何,江湖上却是难得一见。双鱼塘的人从不涉足江湖,更不跟外人来往。双鱼塘在江湖上素来罩着一层神秘的面纱,武林中人说起双鱼塘及鱼红泪,多是语焉不详。据说城堡是男人的禁地,从不准男人入城,对擅自闯入者,格杀勿论,从不手软!

只见那城堡就修建在雁荡山的一座孤峰之上,只有一条羊肠小道可以入山,两旁是悬崖峭壁,地形险恶,真是一夫当关,万夫莫敌。而那条小路如长蛇般蜿蜒伸入,到得半山,却又戛然终止,路的尽头是一处深渊,白云缭绕,黑咕隆咚,深不可测。只见深渊上有一道铁索桥,乃由十三根鸭蛋般粗细的锁链构成,长逾数十丈。这就是双鱼塘唯一的通道。要入城中,首先得通过此桥,否则就算飞鸟也难以逾越!

正如大家所料，这个故事的核心部分将发生于这座神秘的城堡里。除了双鱼塘的人，还有一些要角粉墨登场，譬如顾盼和沈无双正在策马扬鞭，火速往双鱼塘赶来，她们是必不可少的灵魂人物。换言之，她们是这一出好戏的主角，别人一定要等她们到齐了，才会鸣锣开演。当然，也可能还有别的重要人物。这一切，视乎故事自身的逻辑演变及其需要。然而，作为这个故事的讲述者，目前我还不知道接下来发生的将是什么事情。我可以肯定的是，这个故事才刚刚开始，但已经在纸上隐隐出现了重重杀机和风云激荡。沈无双的宝刀在嗡嗡作鸣，顾盼奇怪地问她这到底是怎么回事，沈无双悲伤地说："它在哭泣。每次它要饮血，都会忍不住悲泣。它恐惧于杀人，但这就是它的命运，无可逃避！"顾盼默然，其实，兵刃如此，人又何尝不是？

好在路途不远，顾、沈二人快马加鞭，不足一日已到。顾盼以手加额，往城中瞅去，但见城中静悄悄的，不见一人，仿佛此乃一座空城。须臾之间，竟然响起一阵嘹亮的唢呐声，钟磬和鸣，唢呐声更是响彻云霄，殊为欢快。

顾盼喜道："莫非是欢迎咱们来着？"沈无双侧耳倾听，微讶道："吹的竟是'白头偕老曲'！这女儿国莫非在举行婚礼？"顾盼道："如果真是如此，倒是奇事一桩。咱们进去便知！"她对着铁索桥那边大叫，报上名号。她想，自己是江湖上响当当的角色，只要报上名来，对方非大开城门，赶紧迎接不可。

谁知，桥上忽然幽灵般冒出两名青衣女子，均是纱巾遮面，手抚剑柄，站在那儿，纹丝不动，就如两段木头一般。顾盼道：

"你们是聋子不成？还不放我们进去？"一女子问道："女侠可是城主的故交旧友？"顾盼道："素不相识。"对方又问："可有预约？"顾盼怒道："双鱼塘好大的臭架子！到底让不让我们进去？"对方淡淡地说："没有城主的命令，即使是鸟儿也飞不进来！"沈无双开口道："沈无双求见鱼城主。"对方一听，对视一眼，道："恭迎沈女侠！"沈女侠只说了一句话，对方的态度立刻改观，顾盼喜笑颜开，笑道："还是沈姐姐的金字招牌响亮！"

两女子在前引路，顾、沈二人入得城来。只见城堡的一个大广场中央有一棵大榆树，树干粗壮，枝叶婆娑。树下摆着一个香案，彩旗招展，四周黑压压地围着一群女子，均是身穿青衣，纱巾遮脸，只是个个脸色肃穆，竟似忧心忡忡，在阵阵喜庆的乐曲之中显得极不协调。

鱼红泪果然在举办婚礼，而她身穿大红礼服，头盖红巾，赫然便是新娘子。新郎约莫三十上下，长身玉立，英俊异常，只是面色苍白如纸，看上去就像痨病鬼似的，竟有几分阴森可怕。除了新郎，场中皆是女子，连吹唢呐的也是女的，举着唢呐，香腮鼓凸，脸蛋通红。这样的情形，看上去又滑稽又怪异。顾盼望了沈无双一眼，嘀咕道："双鱼塘不是说男人闯入非杀不可的吗？怎的鱼红泪不但不杀他，反而要以身相许？"沈无双摆了摆手，示意她少安毋躁，看清楚了再说。

看来婚礼刚刚开始，只听得司仪喊道："一拜天地，二拜祖宗——"新人弯腰行礼。沈无双忽然一个箭步跃出，闪电般掀掉了鱼红泪的红盖头，喝道："且慢——"四下里一片惊呼，已有四名女子利剑出鞘，呈半环形围住了她。鱼红泪一挥手，众女子退下。

鱼红泪脸上青气陡现，正欲发作，一女子在她耳畔说了一句。她忙敛衽施礼，道："原来是沈女侠大驾光临，红泪有失远迎。只是今日乃红泪大喜之日，不知沈女侠何故捣乱？"她这句话表面恭敬，实乃绵里藏针。顾盼见她面如海棠，娇艳无比，果然是一位绝代佳人。沈无双淡淡地说："江湖上人人传说双鱼塘乃人间最纯洁的女儿国，从不容男子涉足，看来江湖上的传闻，大多虚妄离奇，不可全信！"沈无双不回答她的问题，反而将皮球踢回去给她。鱼红泪一怔，一下子竟不知该如何对答。

沈无双道："城主可否认得'追命枪'杨凝铁？"鱼红泪答道："请恕小女子孤陋寡闻，不知女侠所说何人。"沈无双冷笑，掏出那个绣花荷包，道："俗话说得好，但见新人笑，不见旧人哭。城主春风得意，想来连这物事也不认得了！"鱼红泪一见，大惊失色，颤声道："小杨他到底怎样啦？"顾盼接口道："当我们见到他时，他已被仇家刺杀，至于凶手是谁，一时难下结论。不过，恐怕此事跟水晶宫有关！"鱼红泪珠泪滚落，听得"水晶宫"三字，更是面无血色。只听那新郎喝道："你就是那个爱多管闲事的沈无双？赶紧滚蛋便罢，否则休怪我辣手无情！"

沈无双冷笑："昆仑三妖，一狐一虎一狼，雄踞西域，一向甚少踏足中原，如今来到江南，想必有见不得人的勾当。你就是九尾狐李红石吧，狐既然到此，虎狼定在附近！"

那个脸色苍白的人被沈无双喝破来历，又惊又怒，将礼服一抛，从腰间拔出一把短剑，犹如毒蛇般向沈无双刺去。沈无双毫不理睬，长身跃起，捷如飞鸟，众人只见得半空中闪过一道刀光，她不仅避开了李红石的攻击，而且出了一刀。但她的刀并不是对准李红石，而是对着广场中央的一棵大榆树。这一刀又快又狠，犹如电光火石似的一闪，声势惊人，树干虽大，却被凌厉的刀势劈成了两半。众人只听得一声惨呼，犹如狼嚎，一人手抚胸膛，跌倒尘埃，眼见得是不能活了。

沈无双轻抚刀锋，那泼墨神刀依然黑亮，竟似不沾一丝鲜血。她冷冷地说："这就是秃尾狼莫怀空吧，现在该轮到白额虎雷千山了！"她又出了一刀。这一次，她的刀势竟缓慢至极，缓缓地刺入城墙的缝隙，无声无息，刀刃越插越深，直至全没至柄，只见墙缝有鲜血汩汩流出，显然白额虎已毕命于斯，可怜他至死也发不出一声。

广场上双鱼塘的女子雷鸣般鼓起掌来，鱼红泪也是喜形于色，扯掉头上的凤钗霞冠，喜极而泣，道："沈女侠刀法之精，果然名不虚传！这下双鱼塘有救啦！"众人大呼："沈女侠，休要放走了李红石这恶贼！"

沈无双解决了虎狼二人，缓缓转身，面对着李红石。李红石惊怒交集，目眦尽裂，他手中的短剑幻起漫天剑花，如急风骤雨般向沈无双攻去，使的竟全是拼命的打法。从鱼红泪终止拜堂到沈无双出刀杀人，这一切发生在瞬息之间，顾盼目不暇接，眼花缭乱。她的脑子在飞速运转，觉得其中必有极大周折，却一时又无法厘清。说不定杨凝铁之死以及水晶宫的线索都着落在李红石身上，她怕沈无双出手无情，忙呼道："姐姐请留活口！"沈无双微微一笑，只见她身形一折，施展"穿花绕树"的精妙轻功，绕到李红石身后，骈指如戟，往他胁下的"腧气"穴一戳，李红石闷哼一声，短剑坠落，人也委顿于地。众女子少不得又是一阵鼓掌、喝彩。

三

第二天傍晚，我喜滋滋地拿着从苏珊身上盗取的鸡心坠子去找龙舌兰。现在，我们有了自己的"家"，尽管这不可告人，但毕竟固定而安全，这就是那个秘密而广阔的洞府。当然，这也是七星门的大本营，但还是有了属于我们的小小一间房子。要到那里去，每次必须潜入湖水，在水底穿行，几经曲折，从对面湖岸的一个入口进去，然后才可进入我们的洞府。当然，在这个过程中，我一直脸蒙黑巾，以策万全。

当我走到湖边，忽然心头一震，仿佛有谁在身后盯梢似的，背部像被锥子扎了一下，让人非常难受，我想起了以前那种被人偷窥的感觉。我猛地回过头去，鬼影都没有一个，只有路旁的一棵杨树，枝叶稀疏，纹丝不动。刚才注视着我的可能就是这棵树，这真是咄咄怪事，它又没长眼睛！我向这棵杨树走去，伸手扯了扯它的枝条，推了推树干，杨树上的枝叶轻微地晃动，毫无异样。我绕着它走了一圈，学鲁智深倒拔垂杨柳的样子，双手抱着树木，低吼一声，用力往上一拔。但这棵树一动也不动，我不禁哑然失笑，我哪儿有倒拔树木的神力呀。

龙舌兰早已在湖岸接应。我跟龙舌兰说起了这件事，还说多次有过这种感觉。龙舌兰微笑，嗔道，世上又哪有会盯着人看的木桶或树木？肯定是你疑心生暗鬼啦。我勉强一笑，但心中还是忐忑不安。她问我，可是大功告成？我点了点头，说，只是付出了血的代价。她莞尔一笑，牵着我的手，潜入水中。一入水中，那种被人注视的感觉竟又骤然出现，我扭头一看，只见一尾大青鱼仿佛在盯着我看，它浮在水中，不近不远，若即若离。这尾鱼体形甚巨，鱼目熠熠闪光，犹如大珠，看上去竟是似曾相识！我心中一凛，跟龙舌兰比画手势，示意她去看。但那尾大青鱼尾巴一甩，马上游走，迅捷异常。说时迟，那时快，忽然斜刺里扑出一个蒙面人，他一接近大鱼，马上有鲜血涌出，瞬即染红了湖水。原来，他已闪电般将一柄匕首刺入了鱼腹！那人将大鱼拖了过来，剥开鱼鳃，赫然露出一张人脸：竟然是我的舍友魏无极！

我跟龙舌兰面面相觑，不寒而栗，没想到他竟是书院的密探，一直在跟踪我，幸亏被蒙面人识破并狙杀。我想起了以前遇见过的葵花、老虎和木桶，诡异十足，敢情全是由他易容而成！我们向蒙面人弯腰致谢，那人点了点头，拖着魏无极的尸体，扎了一个猛子，一转眼就消失了。

我们到达洞府，回到自己的"家"中。我心有余悸，说道，还好，有惊无险，这魏无极的易容术好生了得！那救了我们的人是谁呢？龙舌兰沉吟片刻，说道，他就是七星门的老大孙惊涛！她的语音有点发抖，说不清是兴奋还是恐惧！我惊问，何以见得？她答道：我看见了他衣襟下的腰牌，上面雕着七颗金星，这就是龙头大哥的信物。我说，他出手好快！龙舌兰欲言又止，说，还是将你的坠子拿出来吧。

我取出那颗鸡心坠，双手微抖，心中不禁怦怦乱跳。龙舌兰脸色潮红，胸脯微微起伏，显然也是十分紧张——坠子中藏着的惊天秘密，眼看就要揭开谜底了！我轻轻旋开坠子，只见里面藏着的是一帧小小肖像，肖像纯由工笔细描而成，画着一个男子，丰神俊秀，英气逼人。画像虽小，倒也栩栩如生，显然出自高明画师之手。龙舌兰惊呼道，这画的不是你吗？我俩面面相觑，目瞪口呆。历尽千辛万苦谋取回来的坠子，竟然不过是我的一帧画像。龙舌兰发现上面还用朱砂注着一行小字：妾窟寐思服，怎奈郎心似铁？龙舌兰冷笑道，这个小婊子日夜戴着学生的画像，好不要脸！这都是你干的好事！

我面红耳赤，张口结舌，竟一时无话可说。没想到她视若生命的坠子，藏着的竟是我的画像。与其说这就是我们要找的秘密，毋宁说这纯属她的个人隐私。看她平时对我严斥苛责，没想到心中却是柔情似水，只是，柔情最是教人吃不消。即使抛开我们的师生关系不谈，我们也不可能在一起。重要的是，我们分属两个阵营。七星门和东海书院，绝不可共存于天地间，这就是正邪不相立。然而，这个坠子，我还得亲手送回去，还要做到神不知鬼不觉。

自从我得悉李蕙心带我去的地方，从来就不是法定的恋爱场所——恋爱林，而是书院的销魂之处玫瑰小筑，我跟她的关系更是江河日下，已呈不可挽回之势。我对她的感情异常复杂，首先，我承认我不爱她，除了龙舌兰，我不可能再爱任何女人；其次，我对她也不是恨，只要一想到她对我的一片痴情，我就无法恨得起来。但她又的确欺骗了我，不是一次两次，而是从头到尾，我都被蒙在鼓里。也许她有难言之隐，她在做着自己不愿做的事情。在这个狗日的东海书院，没有一个人可以去做他想做的事，自由选择永远是一个泡影。我之所以这样想，是深切地感受到她对我的爱。我觉得她挺值得怜悯的，她的悲哀就在于，爱上了我——一个不爱她的人。不管爱也好，恨也好，一个无可否认的事实就是，我们之间越来越冷淡了。

当然，我依然跟她去约会，因为恋爱不仅是我的权利，也是我的义务——这是书院规定的任务，从来无人胆敢违反。不管是恋爱林也好，玫瑰小筑也好，这都已不再重要。因为跟着她去的只是我的躯壳，我脸蒙黑巾，将身上的锁链递入她的手中，双腿跟着她的步伐机械地迈动，一言不发。李蕙心默默地在前头走着，她牵着的仿佛不是一个人，而是一块石头。我在心里默默记诵方位和步伐，终于，我们到了。

李蕙心还要像以往一样，将锁链绑在树上，我说，不必了，我不会跑的。这里也不会有一个人看得见你。李蕙心不理我，依然完成了手中的工作。她不高兴地说，你这是什么意思？我不理她，自言自语地说，刚才我们从南朝北，穿过了一个广场，然后往左折，走过一个花圃，之后往右转入一条长廊，进入一所庭院，穿过三段曲里拐弯的甬道，进入院子西侧的一间厢房，如果我没有说错的话，我们现在的位置根本就不是什么恋爱林，而是玫瑰小筑最尽头一排房子中的一间，当然，具体是哪一间我说不出来。

我虽然看不清四周，但还是感觉到了李蕙心的战栗，她惊慌地说，哪儿有这样的事？你真会异想天开呀。我没有吭声。她又说，我知道你不爱我了。你以前是爱我的。她摇着我的肩膀说，你肯定是爱上了别人，对不对？她是谁？你快点告诉我。但不管她是谁，只有我才是你合法的恋人，你要永远爱我，时辰一到，你就要来陪我，来跟我谈恋爱，这永远不会改变，这就是我们面临的处境和现实。正如我竭尽所能去爱你，这就是我们的命运！我说，不错，时辰一到，我就会来陪你谈恋爱，但是我不会爱你。你永远不会知道我爱的是谁，正如我永远不知道你的真实面目。这也是我们的处境和现实！我说完了这句话，就再也不发一言。

李蕙心终于哭了，泣不成声。她一直在哭，一直到时辰过了，她才起来带我回去。我能体会她的心碎，然而，我不为所动。仿佛这一切跟我没有关系，我只是一个置身事外的旁观者。我知道，我们之间彻底完了。她也知道。然而，我知道她仍是爱我的。即使不爱，我们仍然要在众目睽睽之下出双入对，在书院指定的场所谈恋爱。这就是我们真实而残酷的命运。那一次，李蕙心在临走前说的一句话，让我心潮难平。她说，也许，有一天你会知道我是谁，但真到了那一天，又不重要了。

我跟李蕙心的爱情已经彻底消失，这或许是一种解脱，宣告了书院爱情配给制的失败，也从反面证明了人类追求自由恋爱，矢志不渝。我跟李蕙心虽然完了，但故事还没有结束，至少，我们的恋爱仍在继续，尽管这是有名无实的恋爱。这对于双方来讲，都显得更加残忍。因此，这并不是真正的解脱，事实上，在李蕙心和我之间，那些镣铐和锁链从来就没有解除过。我唯有寄厚望于七星门的计划，只有一场摧枯拉朽的扫荡，才能将这一切藩篱拆除，我们才能走出生天。

午后的自由活动时间，我想安静一下。我坐在桤木王的树杈上，像一只厌倦了飞翔的大鸟。其实，我不是一个激进的人，卷入七星门及其计划，完全出于被动。我的初衷只是跟自己心爱的人在一起，哪怕像一对老鼠，永远生活在地洞的黑暗之中，我也会心甘情愿，无比幸福。我毫不怀疑龙舌兰对我的爱情（正如我从不怀疑李蕙心对我的爱情，现在似乎又多了一个苏珊？只是她从来不会跟我表白。这也许就是为人师表的尊严），然而，她跟我相爱是出于正义的需要还是情感的需要呢？我无法肯定是哪一种。

我一念及此，更是心乱如麻，又难过又迷惘。那么多千头万绪的事情，刹那间涌上脑海，让我头痛欲裂。我强自镇定下来，管他去，重要的是，我还能跟龙舌兰在一起。现在，她成了我唯一的救命稻草。

十数日之后，我发现了一件让人惊异的事：那棵巨无霸般的桧木王发生了细微的变化，我发觉它的叶子在慢慢变黄。那是一些大如芭蕉叶的叶片，原本苍翠欲滴，又奇特又美丽，如今却在泛黄。现在虽是秋天，但这棵树本来就是四季常青的啊，真是奇怪。尤让人吃惊的是，那些大如南瓜的果实也在慢慢枯萎，这些果实已逐渐成熟，一到夜晚就发出耀眼的亮光，但如今，光亮也在逐渐暗淡。

又过了几天，桧木王发生的变化越来越明显，叶片越来越黄，果实变得皱巴，日渐呈现出一副不可阻挡的颓败之势。莫非它就要走到生命的尽头？这是一棵几十个人也合抱不过来的大树，它的衰老让人深感心酸和悲壮。所有人都看到了这棵大树发生的变化。桧木王向来被大伙儿视为神木，不啻东海书院的精神象征，如今走向了衰老和干枯，书院上下一时议论纷纷，不知何故。

七星门又趁机散布谣言："神木死，书院亡；黑夜沉，七星兴。"这个谣言是这样传出的：有人听到恋爱林中有狐狸在作人言，说的就是上述那句话。有人跑去一看，只见密林中掠过一只火狐，奔走如飞。又有人听到湖中有鲤鱼作婴啼，让人毛骨悚然，有人捉起来，剖开鱼腹一看，腹中有一块素帛，写的就是这句话。一时闹得沸沸扬扬，人人自危，惶恐不安。这则谣言及其散布的方式都很拙劣，很容易让人想起陈胜吴广起事之前的做法。但书院上下习惯了做一具执行指令的机器，很少动脑筋，所以也就难辨真伪。

这则谣言就是由我散布出去的，论写小说或做新闻，我都是专家，但造谣还是第一次，好在我熟读太史公的《史记》，书上就记着这一条，遂依样画葫芦。尽管谣言是我制造的，但我对棺木王为什么枯萎一无所知。不过，它变成这个样子，肯定不是校方之所愿，难道真的预示着书院气数已尽、七星门计划会成功？我心中惴惴，说不出是喜是忧。

校方采取了拯救大树的行动，以后勤部主任为组长、植物学家为成员组成了抢救小组，松土，浇水，施肥，打药，然而均无济于事。甚至连植物学家都说不清是什么缘故。参加会诊的虫害专家没有找到一条足以危及大树的害虫，肥料专家认为湖滨十分肥沃，不可能是缺少营养。当然，它就生长在湖边，就更没有缺水之虞。人们束手无策，只能眼睁睁地看着它日渐枯萎，没有任何办法可以阻止它迅速奔向死神。我看见苏珊老师也出现在这棵叶片枯萎的大树面前，只见她曲着手指在树干上"笃笃"地敲了几下，发出啄木鸟一样的声音，面无表情，然后一声不吭地走了。

又过了几天，大树上的叶子一片片往下掉。每片大如芭蕉叶，只是不再苍翠，不再鲜活，这些叶片已经死亡。

接着，轮到了果子。那些硕大如南瓜的果实嘭嘭地往下掉落，在地上摔得四分五裂，接二连三，此起彼伏，犹如击打大鼓，敲得人们心里阵阵发慌。

终于，叶子和果实掉落精光，露出了无数条光秃秃的枝丫。这棵曾经不可一世的树王，不复有往日之神采，犹如一只被拔光羽毛的大鸟，显得滑稽而悲壮。当然，三十九只猕猴、九只树熊和一百多只松鼠早已逃之夭夭，树上的鸟群也纷纷飞离，剩下空空的鸟巢和马蜂窝。我曾在彩霞满天的夕阳下目睹的那窝红嘴角小鸟，绕树三匝，无枝可栖，终于悲鸣着飞离，不知所踪。眼看，这棵树的枯死仅是时间的问题。但是，这毕竟是一棵千年大树，根深蒂固，枝干魁伟，仍然有不少威仪。那粗壮的躯干恐怕就是数十人也环抱不得，矗立于此，犹如一座坚固的城堡，指向四面八方的枝干密密匝匝，纵横交错，粗如堡垒者数以百计，细小一些的更是不可计数。

四

上次我们刺探苏珊身上的秘密失手，还被密探魏无极盯上，若非有人出手相助，恐怕已被魏无极发现了七星门的总舵，后果真是不堪设想。

七星门龙头大哥对我们的表现极其失望，责令我们除了要火速揪出潜伏在七星门内部的叛徒之外，还必须尽快查清苏珊的身份及其相关秘密。龙头大哥孙惊涛断言，苏珊虽然是一名普通的教师，但其行踪诡秘，高深莫测，在书院中随意出入，便宜行事，其权力隐隐然还凌驾于铁面校长之上，绝对不是一个简单的人物。她极有可能是东海书院的真正统治者，而铁面校长不过是傀儡而已。孙惊涛说得头头是道，倒也入情入理。我惊出了一身冷汗，心里说，这苏老师的神通忒广大，真是真人不露相，露相不真人！

暮秋的一个傍晚，苏珊又一次召见了我。我跟苏珊的关系原本非常单纯，我是她的学生，她是我的小说导师，仅此而已。但我发现近来她越来越暧昧，她的话语娇柔而暧昧，她的眼神炽热而迷离，甚至她的肢体也有意无意地跟我挨挨擦擦。尤其是上次发生了那样的事情，我们之间就显得更加说不清楚。她的身体虽然让人销魂，但我没有迷恋于她。老实讲，我真的不愿意再接近她，在她的身上，我感到的是一种深深的恐惧。尤其是得悉她一直爱着我之后，更让我不知所措。我从来没想过要跟她发生感情。事实上，我从来没想过要跟任何一位老师发生感情。在我看来，苏珊无论再年轻貌美，她都是一位老师，此乃不可更改的事实。

现在，案头上放着我的小说手稿，她就坐在床头，双腿耸起，下巴抵住膝盖，一双眼睛清亮而俏皮地瞅着我。她看上去就像一位单纯而慧黠的小姑娘，又像一只盯着鱼的贪婪的猫，而我就是那尾鱼。

窗外下着夜雨，我叹了一口气。我觉得她感兴趣的不是我的小说，而是小说的作者本人。也许，她对这部反复书写而一直没有结尾的小说已厌烦不堪。但小说成了目前这个没完没了的样子，她也负有责任，因为我就是根据她的意见去修改的。有时候，我觉得正在撰写这部小说的是她，而我只不过是她手中的一支小狼毫而已。

苏珊目不转睛地瞅着我，露出又天真又神秘的笑容。我被她看得心里一阵发毛，莫非她已经知道我用调包计换走了她的翡翠坠子？好在，关于坠子的事，她一字不提。

她终于开口谈我的小说了，出乎我的意料，一向对我要求严苛的苏老师，第一次对我赞不绝口，毫不吝惜她的溢美之词。苏珊眉飞色舞,兴奋地说,现在,我可以肯定你正在撰写的是一部杰作!经过三番四次的反复书写,这部小说总算具有了一部杰作的质地。我认为这是一部雄心勃勃的作品,它在拓宽小说疆界上的努力,一定会引起评论界的关注!它最迷人的地方,就在于它在有限的界线和空间之内,几乎穷尽了故事走向的一切可能性。高唱制伏水晶宫主一节,波澜横生,高潮迭起,堪称点睛之笔。

我喜形于色,心花怒放,要知道苏老师可是极少表扬人的。

苏珊语锋一转,说它作为一部有待完成的作品,也并非毫无瑕疵,完全可以再做到尽善尽美,安排沈无双作为水晶宫主,显然是一个败笔,穿凿附会,不足为信。纵使她跟顾盼一起调查刺客集团,但颓势难以挽回。另外,我总觉得高唱和顾盼的爱情故事写得不够感人,缺乏生与死或残酷处境的考验,就无法取得荡气回肠催人泪下的效果。先表扬两句,再指出不足,以显示老师的权威和高明,这本来就是经验丰富的导师之惯常手法,苏珊说着说着,又端起了老师的架子。但她侃侃而谈,鞭辟入里,让我不得不服。我只能说,接下来,落墨的重点就将是男女主人公的爱情故事。

苏珊说道,这样就好。小韩,我觉得你近来进步挺大的嘛。只要沉住气,一步一个脚印地走下去,我相信你可以干得更漂亮的。我忙道,都是老师教导有方,如果我真的有一点进步,也是跟老师的循循善诱分不开的。苏珊娇嗔道,你几时又学会了溜须拍马啦。不过,这一句我很爱听。

我见她高兴,试探着说,老师,听说有个什么七星门活动很猖獗,不知这到底是怎么回事?苏珊答道,你是一个小说家,以艺术为生命,埋这些劳什子干吗?我鼓起勇气说,书院兴亡,匹夫有责,况且皮之不存,毛将焉附?现在七星门屡搞破坏,偌大的书院,已经放不下小小的一张书桌了。做一个小说家固然重要,但能为书院效力更重要。某虽不才,但幸蒙书院及老师的栽培之恩,我焉有袖手旁观之理?倘有机会,我倒是想跟七星门周旋到底,殊死搏斗。我只是苦于对谋逆者一无所知,还望老师明示!苏珊淡淡地说,七星门的事情我一概不知。这事儿自有保卫部的人负责,我们又何必操心?你还是好好地写你的小说吧。有什么好听的故事?给我来一个吧。

苏珊每次见我都要我讲故事。好在我有备而来,遂讲了一个:有个科学家八十二岁了,还娶了一个二十六岁的漂亮老婆。没多久,他高兴地跑去跟郎中说,我老婆有喜啦。郎中瞪大眼睛,有点不相信地说,且慢开心,先来听我讲一个故事吧。有个猎人去非洲大草原猎狮,但在匆忙之间,又忘了带长矛,倒是带了一把油纸伞。忽然,一头雄狮从草丛中跃出,该猎人情急之下,下意识地拿起纸伞向狮子戳去,说时迟,那时快,狮子惨呼一声,倒地而亡,而它的肚腹之中竟刺入了一柄长矛,直没至柄……老人家大叫道,这不可能!郎中笑了,怎么不可能呢?老人家嚷道,我敢跟你赌一块钱,这肯定是别人下的手!郎中大笑,就是这样嘛。

苏珊笑得前俯后仰,就差没在床上打滚。我瞅着她桃花般灿烂的笑靥,曲线玲珑的身体,从睡袍下裸露出来的白皙而圆润的膝头,不禁有点发怔。苏珊脸色绯红,在灯光的映照下更显娇艳。她伸出纤指,在我的额头敲了一记,说,你怎么啦?我傻乎乎地说,老师您真是美如天仙——苏珊懒洋洋地打了一个哈欠,说,我好困,我要睡觉啦,你走吧。

我只好悻悻然地离开了她的寓所。我还以为这次又要牺牲色相呢，这倒出乎我的意料。七星门的龙头大哥真没说错，这苏珊并非等闲之辈，绝对不可小觑！我内心对这种牺牲并不讨厌，反而乐此不疲。等到我发现这一点，不禁心生羞愧，觉得这像是对龙舌兰或爱情的背叛！本来，我还想借机刺探七星门叛徒的秘密以及关于她的情况，但我一直被苏珊牵着鼻子走，尽居劣势，毫无收获可言。完成任务的期限越来越近了，我该怎么办呢？

我回去跟龙舌兰商量，她也是一筹莫展。但是她指责我说，你真没用！她不引诱你，你可以引诱她嘛。她再淫贱也是一个老师，好歹也有些顾忌，焉有主动挑逗你之理？我觉得这样的话不应该出自一个女人之口，更不应该出自我的恋人之口。我想，这都是七星门把她的脑子搞坏了。但是我没有反驳她。我发现龙舌兰一说起七星门，就双眼放光，全身兴奋。她真是一个狂热分子，她以前冒着抛头颅洒热血的危险，义无反顾地爱我，可如今，她以百倍于以前的狂热和危险去为七星门效力。现在，无论我说什么她都听不进去了。

我终于问道，你还爱我吗？我是说像以前那样爱我，全心全意，不遗余力，除了我，你的心里不会容忍别的东西！她奇怪而恼怒地望着我，她惊诧于我的问题。她说，我怎么不爱你？我说，我觉得你的心里只有七星门！她笑道，小傻瓜！我加入七星门纯粹是为了你！等计划成功之后，我们就可以光明正大地在一起了，到那时，我们手挽着手，踏着青青草地，在蓝天白云下自由呼吸，只要想一想，我就充满了无穷的斗志，这就是力量的源泉。

她紧紧抱着我，恨不得让身体的每一寸肌肤都跟我接触。她的身体柔软而芳香，她的气息吹拂在我的脖子上，有一股青草般的甜味和清新。我有点感动,也抱紧了她。我心里说,其实,只要我们能在一起,只要我们至死不渝,这就已经足够了。即使死亡也不能把我们分开。这就是力量的泉源。这就是爱情的力量。我不需要别的什么!想那么多干什么呢。也许,七星门的计划不能成功呢;也许,七星门成功了,我们的爱情却不复存在了呢……原谅我,我总是想得太多,优柔寡断,患得患失,向来就是我的缺点。我看着她无限陶醉的样子,就算我有更多不同的声音,也不忍心再说了。

且说沈无双以迅雷不及掩耳之势,解决了昆仑三妖,不独双鱼塘的人看得目驰神摇,就是高唱也暗暗佩服,心中喝彩。当时他匿身于钟楼的屋脊之上,自以为无人发觉。忽然,沈无双扬声喝道:

"钟楼上的朋友,不妨现身一见!"

高唱哈哈大笑,拱手道:"沈女侠果然名不虚传,旁边这位想来就是顾神捕了!在下高唱,诸位有礼!"只见他飘身而下,矫若游龙,姿势曼妙至极,赫然是江湖上的绝顶轻功"随波逐流"。

这就是顾盼初遇高唱的情形,她就像一头母狐狸看见了一只小公鸡,眼睛一亮,心里说,非抓住他不可,就是他啦。高唱原本就为追踪昆仑三妖而来,这昆仑三妖,一向横行西域,作恶多端,高唱早有心除之,见其潜入江南,焉有放过之理?他一直追踪到双鱼塘,见鱼红泪在要挟之下,竟答应跟李红石成亲,料想其中必另有内情,正待出手相助之际,谁知沈无双及时杀到,并一举制伏了三妖。

关于高唱,石湾居士所撰的《武林秘史》中亦有记载,只是过于简略,语焉不详。上面记着:高唱,年龄二十六岁,出身不详,门派不详,有人说其出身少林,有人说其出身神刀堂,众说纷纭,无一足信。武功特点:飞花摘叶,伤人立死,深不可测,无从评论。出道时间:三年。出手次数:三十七次,全胜。虽然江湖上关于他的资料太少,但在江湖上名气极大,是跟"泼墨神刀"沈无双、绝世妖姬水晶宫主齐名的人物。大侠高唱,从来就被江湖少年奉为偶像。而武林中的年轻女子,无一不以与他交往为荣,据说江湖上的十大美人,有九个做梦都想嫁给他。但高唱平素神龙见首不见尾,行踪每在云霄外。江湖上的十大美人之中,有七八个连他是什么模样都不知道。

顾盼的一生充满冒险与意外,幸好她喜欢这样。她觉得只有这样才算丰富多彩,不虚此生。例如,她在七岁的时候,在上元宵的花灯盛会时得遇峨眉派的多嘴师太,从此改变了她的一生。例如,她在一个月之前遇上沈无双并结成姊妹,也绝对是她值得记取的事情。但她做梦都没想到这一次意外的严重性,这是一次致命的邂逅。说白了就是,她在一瞬间爱上高唱了,而且爱上之后,就矢志不渝,至死方休。问题是,她还没有问过别人,他到底爱不爱她,或者愿不愿意接受她的爱。她原以为这根本不是问题,因为她对自己的美貌和智慧充满信心,但很快,她就发觉事情没这么简单。爱与被爱都是一件严重的事,它可以使一个人升上天堂,也可以使一个人坠入地狱。当然,说爱情具有毁灭性,这不公允。但爱情的力量无坚不摧,是不争的事实。

现在,顾盼心里充满甜蜜和幸福,一对妙目须臾不离开高唱的脸庞、手脚和衣裳。她觉得高唱身上的任何地方都对她有一种神奇的吸引力。

她沉浸在喜悦之中，不知道这将是一场灾难的开始。这真是她一生中最大的灾难，她很快就知道了。因为，她发现他被沈无双迷住了，就像她被这个男人迷住了一样。痛苦像一种见血封喉的暗器，刹那间击中了她。唯一让她稍感欣慰的是，沈无双对他不冷不热，似乎也没怎么将他放在眼里，就像高唱对她顾盼一样。顾盼知道，她这一生将只有一场战争可打，值得打，非打不可，她将要为了这一次战争而殚精竭虑，绞尽脑汁。她紧咬牙关，暗暗发誓，决定要动用自己的全部美丽、才能和智慧，去征服这个骄傲而出色的男人，哪怕要付出一生中最美的青春，哪怕是一辈子的光阴，她也在所不惜。对于一个女人来说，没有什么比爱情更重要。女人本来就是为了爱情而生的动物。比起爱情，其他的一切，诸如什么功名利禄权力金钱乃至青春永驻，都算不了什么。

鱼红泪一直忧戚满面，她跟李红石拜堂本是迫于无奈，此刻眼见来了沈无双、高唱和顾盼三名强援，久压心中的石头总算落了地。她相信这个世上，还没有这三人联手解决不了的难题，即使是水晶宫主亲自率众来犯，也不足为患。鱼红泪看着她送给杨凝铁的绣花荷包，睹物思人，不禁又悲从中来。

双鱼塘数十年来的规矩，就是不准男子入内，更不许跟男子谈情说爱结婚生子，违令者杀无赦！每个女子入城之前，都早已立下毒誓，誓死遵从。相传，该规矩的制订者是昔年江湖上的第一美人燕双鱼。她遇人不淑，失意之下，隐居雁荡，建此双鱼塘，并立下禁绝男人之规。怎奈第四代城主鱼红泪遇上杨凝铁，就像铁钉遭遇磁石，竟一头栽了进去，无力自拔。鉴于双鱼塘的铁规，他们只能秘密相爱，从不敢公开，江湖上知者不多。

顾盼大声说:"这条规矩太过荒谬,本来就无须遵守!规矩既然是人定的,也就可由人来改。鱼姐姐既为城主,自应马上废除!"

沈无双也说:"正是!"

鱼红泪沉吟良久,终于宣布即日起废除这个规定,众女子欢声雷动。鱼红泪又道:"但规矩是从我手上毁坏的,却是罪不容恕。城主之位,我自当让贤。小杨既已远去,我也不会再谈婚论嫁了……"

她哽咽连声,竟是说不下去了。顾盼快人快语:"既然如此,鱼姐姐为何又跟李红石成亲?"高唱瞪了她一眼,顾盼知道说错了话,吐吐舌头,闭上了嘴。原来,那李红石恃强要挟鱼红泪成亲,并要吞并双鱼塘。倘若鱼红泪不从,就先将杨凝铁杀掉,再将双鱼塘夷为平地,鸡犬不留,玉石俱焚!

顾盼忍不住又说:"这昆仑三妖,武功不过尔尔,姐姐怕他作甚?"高唱又瞪她一眼,说:"果然不愧是多嘴师太的弟子!"顾盼脸色绯红,粉颈低垂,竟不敢回嘴。沈无双微笑说:"三妖背后自有高人撑腰,否则也不至于如此猖狂了。"鱼红泪说:"不错。三妖只不过是水晶宫的马前卒而已,水晶宫就要大举来犯。倘是我一人,自当死战到底。但为了不连累双鱼塘的数百条性命,我忍辱偷生,别无选择。如今三位来此,双鱼塘有救啦。"顾盼喜道:"我们四处调查水晶宫,茫无头绪,不想得来全不费工夫。我们且以逸待劳,管教他们有来无回!"

五

沈无双审问李红石，欲洞悉水晶宫来犯的计划及机密。但李红石只是伸颈就戮，但求速死。沈无双冷笑："那样岂不太便宜了你？好，你不开口，我自然有七十二种方法让你张嘴，保证你会乖乖招供！"所谓七十二种方法，实乃七十二种酷刑，第一种名为"蛇窟"，不是将犯人扔入蛇窟，而是将犯人的身体变成一个蛇窟，方法是行刑者用一种名为"蛇喜"的特殊药草，填入活人之嘴，数以百计的毒蛇闻风而动，纷纷钻入活人肚腹之中，直至该人变成一座名副其实的蛇窟。第二种是"蜂窝"，原理跟前者大同小异，只不过是将毒蛇变成毒蜂而已，行刑者将犯人的衣裳剥光，行驱蜂之法，密密麻麻的蜂群从犯人的嘴巴、鼻孔、耳朵等身体上的任一孔穴钻入，直至将犯人变成一个巨大的蜂巢。第三种是"蝎宴"，是以活人为粮，喂饲毒蝎。第四种是"蟾羹"，将生蟾蜍调成浓羹，灌入活人口中⋯⋯沈无双娓娓道来，如数家珍，在此不必一一细表。

顾盼一听，忍不住弯腰呕吐。她在六扇门中，平素也少不了行刑，但无非是动用皮鞭、老虎凳、辣椒水、三角烙铁诸如此类，如此刑罚，真是闻所未闻。只见李红石头一歪，竟全身瘫软在地。他平素脸色苍白，此刻却黑紫一片，面目狰狞，可怖至极。高唱用手一探，发觉他已停止呼吸，竟被活活吓死啦。沈无双双手一摊，无奈地说："不料他这么脓包，我也是吓唬他罢了，没想到他倒当了真。"

李红石死了，水晶宫的线索就此中断。不过，沈无双胸有成竹。她说："敌人必定来犯，我们做好迎敌的准备便是。"顾盼道:"城堡跟外界的通道只有那条铁索桥,只要配备硬弓强弩,守在桥头,敌人就休想进来!"高唱哈哈大笑,沈无双一声不吭。顾盼道:"怎么啦,怎么啦,难道我又说错了什么?"鱼红泪摇了摇头,只是笑而不答。

暮色降临,山雾缭绕,顾盼用过晚膳,也不去管他们,背挎硬弓,外加十二壶狼牙利箭。她要一个人去桥头守卫,她想,不要说是人,就是飞鸟,我也保证过不了此桥!哼,那个该死的高唱可恶之至,胆敢瞧不起本女侠,这次我非露两手给他瞧瞧不可!但顾盼守到半夜,鬼影也没见到一个,竟迷迷糊糊地睡着了。也不知睡了多久,耳畔忽然听到杀声四起,她一骨碌爬起来,只见火光冲天,料想战斗早已开始多时。等她一溜烟赶到,只见沈无双用一块丝帕在擦拭宝刀上的血迹,而高唱已利剑入鞘。只有鱼红泪在指挥众姐妹打扫战场,敢情战斗已经结束。

顾盼气得一跺脚。她睡眼惺忪地问:"这到底是怎么回事?"原来半夜时分,刺客果然来袭,来的一共是十二人,但没一人从铁索桥通过,而是乘着木质滑翔机从天而降,好在一入城堡,就被高唱发现,一番激战,尽歼来敌。顾盼总算明白了,竖起大拇指对高唱说:"高大哥,你好棒呀!"她觉得敌人被歼,尽可高枕无忧,美美睡上一觉再说。但高唱并不理她,他见刺客乘着滑翔机从天而降,犹如天兵神将,不禁也吃了一惊。饶是他见多识广,这种神奇的机械也是第一次见到,深感水晶宫深不可测,不容小觑。他只待跟沈无双商议敌情,但沈无双又不理他,抱着宝刀,径自走了。她只丢下一句话:"我去睡觉了。"高唱叹一口气,掉头而去。

众人也陆续散去。偌大的广场,只剩下顾盼一个人,她孤零零地站在那儿。也许是她刚才睡了一个好觉,也许是她心乱如麻,总之她现在毫无睡意。她在广场上舞了一轮剑,愈加精神抖擞,遂坐上钟楼,眼睛瞪得溜圆,像一只猫头鹰逡巡四周。就这样,我们的女神捕实际上成了一名岗哨。但这个岗哨有没有起到作用,还有待观察。

在这个故事里,顾盼多少有点傻乎乎。别人洞若观火的事,她却蒙在鼓里,无论是什么事情,她都比别人慢了半拍。老话说,爱情会使一个人变蠢,用来说顾盼真是再合适不过。她很想在意中人面前一显身手,但一直没有机会。现在,她发誓如果有第二拨刺客潜入,第一个发觉的人肯定是她!

果然,第二拨刺客又出现了,但顾盼根本就没有觉察。尽管她毫无倦意,目不转睛,但她还是没有发现敌人。她只发现一只硕大无朋的黑鸟从城堡上空飞过,收敛翅膀,落于她身前。其实,第二拨刺客只有一个人,就是这只大鸟。她也觉得夜已深,还有大鸟在飞,未免有点奇怪,但她根本就没往深里想。在这样的情况下,我有点不好意思,作为这部小说的作者,对顾盼虽无偏见,但也只能说她不仅道行不够,还缺乏见识。如果换了沈无双,就会知道东瀛有一种诡异的武功叫"忍术",人可以伪装成草木虫鱼而不被人发觉。如果换了高唱,就会发现这还是一个人,而不是一只大鸟,他只不过是在肩膀绑上一对金翅雕的翅膀,趁着夜色装神弄鬼而已。哪怕是换了鱼红泪,都会懂得天黑了百鸟就归巢的道理。除了猫头鹰,不会有鸟在三更半夜飞来飞去。但猫头鹰也不会这么大。

顾盼见那只大鸟忽然咧开大嘴朝她狞笑,这才幡然醒悟。但敌人已经出手,一道寒光毒蛇般刺向她的心脏,居然是雷公锥的毒辣招数。她除了闭目等死,别无他法。

说时迟,那时快,她感到利锥堪堪刺到,却硬生生地顿住了。她的胸前凭空多了两根手指,硬生生地夹住了兵刃。她一抬头,就看到了高唱的脸,但他没有瞧她一眼。"嘣"一声,锥尖已在高唱的指下折断。高唱道:"鲁东燕子门的轻功,果然有新奇之处!"那刺客大惊失色,情知不敌,一个"鹞子翻身",往后倒纵出一丈开外,他身上挂着两扇翅膀,倒真的像一只大鸟。高唱如影随形,紧追不舍。两人兔起鹘落,身体相撞,倏又分开,刺客已跌落尘埃。原来,高唱手捏锥尖刺入了刺客的喉咙。顾盼惊魂未定,目瞪口呆。还好,她还没有忘记道谢。高唱笑说:"小姑娘没事就不要乱跑,免得大人四处找。"

高唱话刚落音,就消失在漆黑的夜色之中。顾盼跺了跺脚,气不打一处来,但四周岑寂,山风吹拂,她就算是想发火,也不知道该跟谁发好。

第三次攻击是在拂晓时分发动的。双鱼塘的人严阵以待,敌人甫一露头,就被大伙儿发现,马上燃亮火把,上前狙击。这一次,连顾盼也发现了。但敌人行踪诡秘,神出鬼没,双鱼塘的人无不暗暗心惊!上次,他们从天而降,这次却纷纷从地底下冒出来,就像穿山甲一般。原来,敌人挖地道来袭,事先毫无征兆,待双鱼塘的人发觉,敌人已全部杀入城堡!

顾盼精神抖擞,大呼酣战,只见她手挽强弓,弓弦一松,三支狼牙箭"嗖嗖"飞出,箭无虚发,一箭射杀一个敌人,总算出了一口恶气。但敌人依然从地下冒出,接二连三,整个双鱼塘宛若一个巨大的蜂巢,那些水晶宫的刺客就像疯狂的地蜂从地下涌出,源源不断，让人越战越心惊。

顾盼娇斥一声，舞动宝剑，杀入战团。马上有两个刺客过来，前后夹击，一人使三棱九节鞭，一人使凤翅流星铛，武功竟然丝毫不弱，顾盼一时无法取胜。

双方激战，愈斗愈烈，顾盼耳畔不时听到女人的惨呼声，显然有不少双鱼塘的姐妹遭了毒手。她最关心的人就是高唱，但他不知跑去了哪儿，连沈无双也不见踪影。倒是鱼红泪被三个高手团团围住，左支右绌，渐居下风。顾盼微一分神，使鞭的敌人势大力沉，往她的纤腰"呼"地横扫过来，她腰往后一仰，使了一个"铁板桥"，堪堪避过。而使铛敌人趁机攻击，铛上的凤尾翅已锁住了她手中的青钉剑，她往后一拔，竟然纹丝不动！好个顾盼，临危不乱，撒手放剑，她于电光火石之间，已从靴里拔出一柄短匕，不退反进，扑入敌人怀里，将利刃插入对手心脏，迅即又抄回宝剑！她避开敌人一记辣招，双腿连环踢出，一脚踹中敌人肩胛，一脚踢中敌人咽喉，只听得"噗"一声微响，敌人的喉骨已被踢碎，看来是不能活了。

顾盼环视四周，眼见鱼红泪招架不住，飞身而至，嚓嚓嚓，旋风般连刺七剑，将三名敌人迫退。鱼红泪方才得以喘息。

顾盼问道："高唱死到哪儿去了？"她说得虽然难听，但语气中的殷切慌乱，倒也不加丝毫掩饰。鱼红泪扬手一指，只见天色朦胧，远处的景物依稀可见。而高唱站在一棵大树的枝丫之上，长剑斜指，纹丝不动，稳如磐石。他头顶上有三名敌人在盘旋飞舞，犹如三只巨型蝙蝠，正在寻隙攻击。那三人好高的轻功，高唱显然遇上了高手！他站在树枝上，以静制动，双腿随着树枝的摆动而轻微地起伏，丝毫不敢大意。那三个怪人盘旋飞舞，转得越来越急，犹如一个大圆圈似的，但高唱依然不为所动。

顾盼只瞧了数眼，就觉得一阵晕眩，忙转过身去，唰唰两剑，刺中了两名敌人。顾盼好生纳闷，这是哪门子功夫？即使是最高明的轻功，如此转法，也非得大大消耗内力不可！她终于发现，原来每人手中均持着一条银练似的绳索，一端连着大树，一端抓在手中，就好比荡秋千似的，自是毫不费劲。说时迟，那时快，树巅三人已发动攻击，但武器非刀非剑，竟然是千百道银光闪闪的丝绳，疾如箭矢，纵横交错，就如蛛网似的，要将高唱牢牢束缚！

顾盼大惊，传说江湖上有一种神奇的武功，能以蛛网缚人，想不到今天得以目睹，此三名敌人岂不就像蜘蛛精一般？高唱身体犹如风车似的一转，犹如大鸟，头上脚下，早已旋转到树杈下面，逃脱了"蛛网"的捕捉，手中剑反手削出，只听得"铮铮"数声连响，利剑尽数削中丝网，那丝绳非金非铁，坚韧异常，竟然削它不断。敌人趁势进攻，犹如渔翁撒网，迎头兜下。高唱扬声喝道："来得好！"用了一股巧劲，将一株粗大的树枝砍断，顺手一推，那段树枝连同树冠悉数塞入网兜。敌人大惊，赶紧收网，但树枝纵横，枝叶婆娑，纠缠不清，哪儿能收得回去？高唱长笑声中，闪电般刺出三剑，只听得"噗噗"连声，三名敌人悉数跌落尘埃。

天色熹微，黎明莅临。高唱站在城墙上，连发三记"狮子吼"，众人只觉得耳膜欲穿，山冈震撼，剩下的刺客心胆俱裂，纷纷钻入地下，就像穿山甲似的，倏忽之间，已不见踪影，真是快得难以形容。高唱就算想追赶，也是追不上了。顾盼瞅着城堡上的高唱，大袖飘扬，意气风发，不禁瞧得痴了。

第八章 龙争虎斗

一

须臾，天色大亮，忽然有一人从地下钻出，赫然竟是沈无双。她双手一抛，地上掉落十数颗圆滚滚的人头。晨光之中，只见她长发披散，白衣飘飘，宛若晨光中穿行于林间的仙子，她的脸上却笼罩着一层浓雾似的悲愁，衣衫沾满了泥土。她无法驱散脸上的忧郁，嘴角上的杀机还没消散。她无奈地说："我只能将他们杀掉，一个也不能留下。"她歉然地低下头去，就像一个做错了事的小姑娘。她抚摸着胸口，仿佛胸口阵阵绞痛，她柔若柳枝的腰肢在颤抖，仿佛无法禁受这秋露的寒意。高唱禁不住叹气，但他听到的仿佛是沈无双的叹息。她到底是不食人间烟火的仙女，还是降妖伏魔的女煞星？

阳光穿过雾霭，打在城堡上，暮秋的阳光温暖而明亮。但双鱼塘上下人人戚然，鱼红泪跟属下救死扶伤，眼噙热泪。是役，水晶宫死三十六人，而双鱼塘也折了十三名姐妹，若非高唱等三人援手，双鱼塘早已被夷为平地。但双鱼塘众姐妹想起昨夜，敌人来袭三次，无一不是形如鬼魅，难以抵挡，个个心胆俱寒。敌方既然不惜一次出动三十六名好手，显然对双鱼塘志在必得，而水晶宫主还没有现身呢。但事已至此，只能死战到底，别无选择。

这就是当天夜里发生的事情，作为小说的作者，我不喜欢这样的描述，弥漫着太多的血腥和暴力，这有违我的初衷。我的初衷是讲述一个荡气回肠的爱情故事，主题是寻找，主人公在寻找其意中人，以及通向爱情的交叉小径。但现在小说偏向了仇恨，主题成了杀戮，这跟我惯常的戏谑笔触相距甚远，老实说，叙述这样的故事非我所长。然而，这都是真实发生的事，为了做到我关于真实的承诺，我除了像一名战地记者那样如实记录，别无他法。真实对这个故事显得越来越重要了，但是绝对真实的结果，让我分不清哪是小说哪是现实。放弃了虚构的小说，反而让人可疑。

这段故事的真实性，对于高唱无疑显得至关重要，在以后的日子，他再三跟人说起这段往事。在他一遍遍的讲述之中，故事起伏跌宕，生动无比。他眉飞色舞，妙语连珠，那个血淋淋的杀戮场景，在他的讲述中具有了一种轻喜剧的效果，在他的故事之中，顾盼显然是一个粗枝大叶、懵懂无知、鸡手鸭脚的傻姑娘。当敌人大举来袭，她还抱着弓箭在呼呼大睡呢。但让人奇怪的是，他爽朗的笑声含着一丝苦涩的味道，我觉得他的讲述仿佛在凸显什么，实质上却是试图掩饰。那么，他要掩饰的是什么呢？仿佛那晚有他不愿重提的往事。他每重复一次的讲述，都像是在某件事上抹一层油漆，要将其彻底涂掉、抹杀。

据我所知，那天夜晚还发生了另外一些事情。在不同的地点，不同的时刻，不同的人身上，都发生着不同的故事，有时各不相关，有时犬牙交错。但是我不能同时讲述两个完全不同的故事，或者同一个故事的不同部分。当我讲述高唱的故事时，我发现无暇顾及旁人。苏珊老师传授的那种古老的、直线性的叙事技巧，那种"花开两朵、各表一枝"的写法让我在现实面前遭遇尴尬。假设将双鱼塘看作一个地方，而忽略它的城墙、广场、房屋和园林，那么它作为一个地点是固定的，但在同一个时刻，依然发生着不同的、独立的事件。

从沈无双的角度来看，那个夜晚算不了什么，根本没必要像高唱那样说来说去。刺客的出现是意料中事，来一个，杀一个，来两个，杀一双，这无非是一则简单的数学题而已。但那个夜晚对顾盼来说，却是五味杂陈，黯然销魂。我注意到她那股酸溜溜的味道，跟高唱的口吻颇为相似。

下面这件事出自顾盼的讲述，发生在刺客第一次来袭之前——

当时，我毫无睡意，所以带了硬弓利箭去桥头守卫。怎么说好呢？我倒不是担心水晶宫的杀手，干脆直说吧，我的心被高唱搅乱了、充满了。我以前也听说过关于这个传奇人物的种种事迹，也没怎么往心里想。我这几年在江湖上闯荡，阅人无数，什么样的少年英雄没有见过？能让我怦然心动的绝无仅有。但如今见了他，他的影子就像压顶的泰山，让我无法动弹。我眼前飘飞的全是他的身影，耳朵鸣响的全是他的声音。但他对我不屑一顾，想我顾盼好歹也是江湖上的成名女侠，但在他的眼里，仿佛跟河流、树木和房屋也没什么两样。月华如练，群山静谧，城堡的建筑物在朦胧月光下影影绰绰，我心里无端生出了一股惆怅。

我在桥头守了一会儿，鬼影都没一个，心想，敌人未必便来进攻，他们也总要睡觉的吧。我离开了桥头，看见了高唱。他也没有入睡，而是在城堡四下巡视。我不禁偷偷地跟着他，本姑娘的轻功一向了得，轻若狸猫，旁人轻易察觉不得。我跟着他，只不过是为了看一看他的背影，他在月光下踽踽独行，显得如此落寞萧索，不禁让人心生怜惜。

忽然，他纵身跃上屋脊，只见屋脊上有一个人在舞刀，姿态曼妙，身形窈窕，如独舞的仙鹤，如开屏的孔雀，赫然便是沈无双。她全身被月华所笼罩，仿佛融入溶溶的月光之中，衣裳如月光，刀身如月光，面容如满月，她仿佛由月光所构成，好像就是晚间的仙女，月亮的精灵。起初，她出刀凌厉，风声呼呼，每出的一刀都像怒海上一排咆哮的巨浪，要将触及的任何东西无情地吞噬。须臾，她的动作慢了下来，每出的一刀都只有刀意，而没有刀招，但刀意像月光一样弥漫，无处不在。与其说她在练刀法，毋宁说她在舞蹈，这个沈无双，真是人间尤物，我见犹怜！

此刻，那个该死的高唱开口了，他赞道："好刀法！"沈无双马上停顿，她的衣衫就像月光在流泻，而她纹丝不动，犹如月光下的一座雕塑。她没有开口，静静地看着高唱，仿佛从来就不认识他或认不认识都无所谓。高唱强笑道："沈姑娘月下舞刀，跟月华融为一色，倒是让我大开眼界了。"

沈无双瞅着他，突然闪电般欺近一步，拔出他腰畔的宝剑，又将手中刀塞入他的手中。这两记动作快逾电光火石，高唱还没反应过来，沈无双说："江湖上传说你出身神刀堂，刀法想必不错！"她一剑刺出，又狠又准，竟然是武当派的"两仪"剑法！高唱大吃一惊，横刀一封，只听得"当"的一声，刀剑相交，火花四溅。

沈无双一言不发，连刺七剑，这次竟是罕见的天山派"大须弥"剑法。高唱丝毫不敢怠慢，凝神拆招，她一口气刺了七七四十九剑，居然换了七种极其精妙的剑法，而高唱只用了一路普通的"五虎断魂刀"，便已将她的剑法悉数破解。这连沈无双也不得不服，道："能将神刀堂的精妙招数化入寻常刀法之中而不露痕迹，也算是不错的了。"她将手中长剑劈面掷来，高唱伸手一接，只觉眼前白影一闪，沈无双又将宝刀夺回手中。

沈无双纵身从屋脊跃下，碰落一块瓦片，在地上摔得粉碎，打破了夜间的寂静。高唱忽然大叫："沈姑娘，我喜欢你！"沈无双没有回头，更不停顿，身形起落，倏忽之间已消失在漆黑的夜色深处。远处有一只夜鸟被惊动，扑翅飞起，簌簌有声。高唱沮丧地低下了头，就像一只斗败了的公鸡。这就是高唱第一次向沈无双求爱的情形，虽然毫无结果。不过，既然有了第一次，就会有第二次乃至第三次……

距七星门逆袭的日子越来越近了，大伙儿群情激昂，摩拳擦掌，个个争先恐后。连龙舌兰也亢奋起来，瞅了个机会，将满腔激情全倾泻在我的身上，就像一股飓风在我的身体席卷而过。性与暴力，在我们身上融为一体。然而，这股能摧毁一切的力量，却是让我恐惧的，我的身体疲惫不堪，就像风暴过后的废墟。但龙舌兰依然精神抖擞，容光焕发，她就像一座修葺一新的堡垒，渴望着一场真正的战斗。

我隐约向她表示了对七星门以及孙惊涛的忧虑，我是指该门派上下鬼鬼祟祟，让人心里惴惴不安。龙舌兰沉吟片刻，没有反驳。

换了平时，我这种对七星门和龙头老大的怀疑，在她看来就是大逆不道，罪不容诛。看来，她也看出了一些问题。但到底有何不妥之处，我们一下子又说不出来。龙舌兰安慰我说，没事的，到时一切都会好起来。

近日来，七星门出了叛徒的消息，像瘟疫一样传遍每个人的耳朵。大伙儿人心惶惶，骚动不安，恨不得将那个叛徒碎尸万段。随着起事在即，将叛徒揪出来就显得更加紧迫。龙头大哥孙惊涛将这个任务交给了我跟龙舌兰，他的理由是，据可靠情报，该叛徒从来都是跟苏珊单线联系的，只要盯住苏珊，说不定就有斩获，而我是七星门之中，唯一有机会单独接近苏珊的人。龙头大哥下了死命令，只许成功，不许失败，否则杀无赦！这是一个倒霉的差事，也是一个棘手的差事，然而，我除了全力以赴，别无选择。

苏珊在她的寓所接见了我。残秋将逝，天气渐冷，她偎着小火炉烤火，火炉的红炭明明灭灭，她躺卧在一张长木椅上，披着貂皮长袍，看上去何等闲适，而又娇慵无力。窗外寒意阵阵袭来，竟然下起一场小雪。

她随手翻动我的手稿，说，你将小说的结局放在双鱼塘，这倒是一个好主意。这实乃一个多事之地，传闻双鱼塘是近百年来武林中最神秘的三个地方之一，另外两个便是水晶宫和幽灵山庄，幽灵山庄被大侠陆小凤所破，而水晶宫至今仍是一个谜。据说这双鱼塘全是女人，从不准男人涉足，这江湖上人人知晓，倒不是什么秘密。而双鱼塘的秘密另有所指——

我接口道，老师真是见多识广，城堡的确藏有一个惊天的大秘密，那就是西楚霸王项羽败退江东时留下的藏宝图，他将始皇帝阿房宫中的宝物悉数取出，另外妥善秘藏，然后一把火焚之。世人大多知道项王火烧阿房宫，却不知道他取宝藏宝。当然，这也仅是一个传说而已，毕竟从没有人目睹过藏宝图的真容。即使是双鱼塘的人，也无从知晓。但千百年来，寻宝者众，从不间断。

苏珊道，这个传说我也有所闻。据说，双鱼塘的开山祖师燕双鱼是昔日大燕国鲜卑族慕容氏的后人，后大燕覆亡，慕容氏念念不忘复国，传至燕双鱼是第四代，这燕双鱼以弱女子之身，女扮男装，首创双鱼塘，目的是为了在双鱼塘查找宝藏，以做复国之资。可惜她一无所获，再加上情场失意，郁郁而终。现在你的小说，出现了顾盼、沈无双、高唱诸种势力，再加上神秘莫测的水晶宫及双鱼塘本身，可否有望查找出项王藏宝图的秘密？

我笑道，老师无须认真，这不过是小说家言罢了。但项王藏宝的故事，近百年来愈传愈盛，虽是空穴来风，倒不妨拿来说事。苏珊盯着我，说，我很不喜欢你在小说中的纪实口吻，你看你写的"说什么这都是真实发生的事，为了做到我关于真实的承诺，我除了像一名战地记者那样如实记录，别无他法"，这是什么意思？莫非这不是一部正在撰写中的小说，而实有其人其事？或者你当时在场不成？她望着我，双眼熠熠闪光，语气又咄咄逼人。这让我好不自在，我强笑道，这不过是小说的噱头罢了，老师何必较真？苏珊穷追不舍，她似笑非笑地问道，那在你的小说里面，真正的水晶宫主是否落网？

我摇了摇头。我虽曾经多次写到水晶宫主，但我除了知道江湖上的传说，以及石湾居士的著作《武林秘史》，对水晶宫主一无所知。

苏珊自觉失态，她随手往红泥火炉中扔入一块木炭，烟雾腾地冒起，火星四溅，将她的脸颊映照得一片红艳。她转过身来，袍带松脱，她低声说，抱我。我抱住她，发现她除了身披貂裘，竟然一丝不挂，双乳若隐若现，而雪白的颈项间更是一片赤裸，别无他物。我心中一凛，平素，她脖子间的翡翠坠子可是从不除下来的，莫非她已发现了我偷梁换柱的事？她的坠子就在我的身上，一直没有机会换回来。苏珊在我的怀里，嘴唇凑近我的耳畔，吹气如兰，她低声说，抱我上床吧。我一直想着坠子的事，有点神不守舍。看来现在倒有机会将坠子换回来，只是她脖子上空空如也，我自是不便将坠子取出。

这一次，我心惊肉跳，无甚作为。苏珊倒是如狼似虎，尽情驰骋。我走时，苏珊忽然说，我对你的小说充满期待，真想早点看到结局你是怎样写的呢。我身体一颤，差点在门槛绊了一跤，总觉得她的话莫测高深，大有深意。

二

高唱和沈无双的那一幕，顾盼当时全收在眼底，她的泪水禁不住夺眶而出，高唱那一句"沈姑娘，我喜欢你"，就像一支狼牙箭穿透了她的心。就在此刻，第一拨刺客乘坐木质滑翔机杀入了双鱼塘。高唱最先发现了敌人，当天夜晚的第一次激战开始了。顾盼说，我的身旁杀声震天，但我浑身软弱无力，仿佛全被抽空了似的，懒得动弹，最好有一把利剑穿透我的咽喉。当时，大伙儿在殊死搏斗，没有谁发现她在墙角暗中垂泪……

下面的事情出自鱼红泪后来的讲述——

那天夜里发生的事情，我虽默不作声，但并非一无所知，我只是装聋作哑罢了。我好歹也是双鱼塘的城主，即使飞过一只蚊子，也休想逃过我的耳目。那天夜晚，顾盼、沈无双和高唱各怀心事，均无法入眠。我同样没睡，不是睡不着，而是不敢去睡。当时，那个夜晚杀机四伏，双鱼塘实到了生死存亡的关头，我又怎能高枕无忧？想我双鱼塘向来与世无争，如今却无端端卷入这一场惨烈的杀戮之中，忒也不值！这都是江湖上谣传惹的祸，无稽之谈！我在双鱼塘住了十几年，何尝见过什么宝藏？如今倒好，竟惹来了水晶宫这样的大煞星！像顾盼三人，是友是敌，一时实难分辨。那个顾盼倒是快人快语，似无机心。那沈无双心计深沉，不可不防。尤其是那高唱，神出鬼没，他潜入双鱼塘时我竟毫无觉察，实乃不速之客，难保他们不是冲着双鱼塘而来。不错，双鱼塘的确有一个惊人的秘密，却跟劳什子的宝藏毫无瓜葛。

我派出三名弟子，分头监视顾盼三人，每个时辰向我报告一次。监视顾盼的弟子三次来报：顾盼做了如下几件事，在桥头守卫，偷窥沈高比武，狙击敌人，其间数度啜泣，泪如雨下。看来无甚可疑之处。不过，与其说她在留意敌踪，毋宁说她一心一意只在高唱身上。

监视高唱的弟子报告了两次，第一次是高唱向沈无双求爱不遂，狼狈而去；第二次却来跟我说，高唱不见了！我气得七窍生烟，双鱼塘有多大的地方？真是无用的东西！

监视沈无双的弟子只报告了一次，后来就一直没有出现，料想已是凶多吉少。我不禁对高唱和沈无双暗暗生疑。奇怪的是,每次敌人来袭,他们总能及时出现在战场上。我决定亲自出马,去调查高唱和沈无双的行踪,至于顾盼,倒不足为患,即使是敌非友,也毋庸放在心上。

在敌人第二次来袭之前,我亲眼看到的一件事,让我完全消除了对高唱的疑心和戒备。原来,他不仅早就知道了双鱼塘的秘密,且并无觊觎之心。既然如此,他来双鱼塘自然不是为那子虚乌有的项王藏宝了。

到底这是什么事情呢?说来话长,还得从双鱼塘的秘密说起。江湖上传闻双鱼塘有项王藏宝,此乃以讹传讹,不足为信。双鱼塘以一个弹丸之地,能屹立江湖数十年而不倒,这就是它最大的秘密。世人均知双鱼塘的镇城之宝是燕双鱼传下来的双鱼刺绝技,其实不然,而是一件杀伤力巨大的暗器——蓝蝴蝶!

世上绝没有任何一种暗器能比蓝蝴蝶更可怕,也绝没有任何一种暗器能比蓝蝴蝶更美丽。没有人能形容它的美丽,也没有人能避开它,招架它,或者抵挡它。凡是见过它的人,都已被它剥夺了生命或击倒,被击倒的人,至死也忘不了这暗器发射的那一瞬间,那种神秘的辉煌和美丽。在那一瞬间,他仿佛变得晕眩或迷醉,然后就会倒下去,不省人事。

蓝蝴蝶并不是一只真正的蝴蝶,而是一件蝴蝶状的神奇暗器,它甚至也不是纯蓝的,而是泛着金属黑黝黝的蓝光。它分为两个部分,犹如蝴蝶展开的双翅,一端安装着枢纽,一端就是发射暗器的出口。我曾经用它来制敌,它发射出来的弹丸,可以在空中或目标上爆炸,就像烟花一样辉煌和美丽,像死神一样冷酷和无情,我可以用它来摧毁一个人身上的任何部位。说到应用火药的高手，最有名的当首推江南霹雳堂，但江南霹雳堂根本就没有这么可怕的暗器。若论其射程之远、打击之精确、毁灭之彻底，世上没有一种火器可与之相提并论。

双鱼塘自建成以来，遭受过三十九次大规模的攻击，九十七次小的袭击，但依旧岿然不动，所依赖的就是它。双鱼塘的数十年基业、上百间房舍得以保存，可以说全建筑在这样一件小小的武器上。我的手上只要有蓝蝴蝶，就不会害怕任何敌人。即使是水晶宫主亲自来到，我也管保她有去无回。

但要命的是，蓝蝴蝶已经在十年前遗失了。因此，我才被李红石胁迫。我手上当然有制造蓝蝴蝶的图纸，然而，制造该暗器的管壁需要一种极其特殊的金属，我花了三年之功，始终没有成功冶炼出来。制造蓝蝴蝶的图纸，这就是双鱼塘最大的秘密！这张图纸的价值，不会比任何一个宝藏低。好在，我相信知道这个秘密的人并不多。只要还保存着图纸，我有朝一日就总会将蓝蝴蝶重新制造出来，到时便是双鱼塘重新崛起之时！

沈无双等人来双鱼塘，水晶宫亦再三攻击，我最担心的就是这张图纸的安全。如此重要的东西，我当然放在最隐秘最安全的地方，但我还是不放心，我预感到今晚可能会发生一些可怕的事。我决定去看一看收藏图纸的地方。我将要在秘道中行走近半个时辰，秘道中漆黑、死寂、神秘，所有的声音和光亮都被阻隔在一丈开外的地面上。将要转六道弯，上七十二级台阶，通过九道铁门，最后还有一道重逾千斤的巨大铁门，铁门上挂着三把大铁锁。而图纸就放在密室中的一个匣子里。

当我借着夜色和草木的暗影静悄悄地溜入秘道时，突感劲风扑面，一个黑影从里面骤然冲出，闪电般从我身边掠过。我心底一沉，我的图纸只怕凶多吉少！我惊怒交集，一掌往那人背部击去。那人头也不回，反手一掌，"啪"的一声，双掌相交，一股大力将我震倒在地。那人已掠出了秘道，月夜朦胧，观其背影，身形窈窕，显然是个女子。好在高唱及时赶到，已跟那人交上了手，那人左臂抱住匣子，脸蒙黑纱，也看不清面容，但掌劈指戳，撩阴挖眼，凶狠异常，也不知是什么邪派武功。好在高唱一一化解，那人单手对敌，终究吃亏，待拆到第十七招时，匣子早已被高唱一把抢过。那人不敢恋战，飞身扑向一棵大树，旋即消失在树影之中。

我说："高大侠，多谢援手。请将匣子还给我吧，此乃本门遗物，对旁人无益，对本门却至关重要。"我想，高唱未必知道匣中所藏何物。高唱粲然一笑，捧着匣子，说："匣中之物，我不用看也猜得到——它就是制造蓝蝴蝶的图纸！"

此言一出，我大吃一惊，汗如浆出，莫非他早已盯上蓝蝴蝶不成？高唱徐徐说道："人人皆知双鱼塘仗蓝蝴蝶雄踞武林，却不知双鱼塘本非蓝蝴蝶之主。"我说："高大侠此言差矣！蓝蝴蝶乃是本门的镇山之宝，此乃江湖上众所周知之事实。"高唱说："鱼塘主可知此物乃何人所造？"我道："出自兵器名家徐大师之手，乃徐大师专为本门祖师女侠燕双鱼所造。"高唱道："出自徐大师之手不假，但要说为燕双鱼而造，则大谬不然！你真的不知其中缘由？"我默不作声。高唱说："你可知徐大师死于何人之手？"

关于徐大师的死，这原本就是江湖上的一个谜，我对此一无所知。至于他的生平事迹，倒是略知一二，据说他是制造兵器的天才，痴迷发明到了废寝忘食的地步，别人是梅妻鹤子，他却将兵器视为老婆和情人，总之是个不可理喻的怪人。但他既然能制造出种种机巧无双的暗器，自然也是使用暗器的高手，别人想杀他也不是容易的事。

高唱说："徐大师平生痴于制造兵器，其双手之机巧，构想之奇特，江湖中人无出其右，他制造的刀剑和暗器，无一不是精品，即使是江湖上最大的兵工厂孙氏集团也甘拜下风，他平生的得意之作有很多，而暗器蓝蝴蝶就是精品中之精品，其杀伤力之巨大，构想之匪夷所思，均乃兵器史上破天荒的，只要机栝扣动，任你身怀绝世武功也无法抵挡。跟它比较起来，什么'搜魂针''透骨钉''孔雀翎'之类的暗器简直就是小孩子用来玩耍的东西，即使是江南霹雳堂的火器也不及万一。

"当时，徐大师创造出蓝蝴蝶之后，将自己关在密室里三天三夜，一时难以定夺。他捧着蓝蝴蝶的双手在急剧地颤抖。这件兵器线条流畅，巧夺天工，精铁铸成的表面泛着深蓝色的光泽，而更可怕的是它沉默的铁管，幽深的管道仿佛通向死神和地狱的入口。一种创造出绝世暗器的狂喜刹那间攫住了他的心，毫无疑问，当此物公之于众，他将成为有史以来最伟大的发明家和兵器专家。但他也为之深感恐惧，这件暗器是如此的霸道和残酷，他仿佛窥见了死神的漆黑斗篷和阴郁而邪恶的面容，他的脸庞为一种无法形容的恐惧而扭曲。他脸色一阵青一阵白，狂喜和恐惧在交织。他苦思了三天三夜，始终无法下定决心，到底是将这件凶器毁掉，还是传诸后世。

"就在此时，一个女人走入他原来封闭而忧郁的生活，并一下子夺走他的心。在此之前，徐大师痴迷兵器，心无旁骛，对女人更是视而不见。但不料这个女人一出现，竟一下子俘获了他的灵魂。可怜徐大师一生制造了无数种高明至极的暗器，想不到这女子才是一枚见血封喉的暗器，准确、致命、在劫难逃。此女有才，琴棋书画，无所不精；此女贤能，秀外慧中，持家有方；此女有貌，美如天仙，艳若桃李。她是江湖上以使暗器知名的女侠，后来徐大师为她精心研制了许多种暗器，无一不是新奇精巧，厉害非常。但是该女子都不满意，原来她的目标竟是蓝蝴蝶！徐大师终于明白，她与他在一起，只是为了他制造的一件兵器而已。他伤心透顶，然而他已沉溺其中，无力自拔。该女子的一颦一笑，在他看来均毒如蛇蝎，但又甜如蜂蜜；她身上的每一个部位，既丑陋、肮脏而邪恶，又美丽、清新而圣洁，他既痛苦不堪，又一次次弃械投降。这真是一种残酷而销魂的折磨，他几乎为之崩溃！"

我黯然无语，世间情痴，大抵如此，古今并无不同，这原本就是无可奈何的事。爱情是一把出鞘的剑，而身体才是最后的剑鞘，等待着利刃回归。

高唱继续说："但即使这样，他的头脑仍然清醒，就是无论如何，也不能让蓝蝴蝶落入这个女人的手上。他在蓝蝴蝶和她的身上看到了某种共同的东西，那就是杀戮的欲望和死神的气息。这个女人就像一件兵器，一件杀人工具，她浑身上下，无处不是杀人的利器，但即使是她的杀机，也是让人销魂的。

"于是，在一个阳光明媚的春日，他决定了结此事。他沐浴斋戒，净手焚香，他要将蓝蝴蝶销毁，然后了结他的生命。因为他知道该女人不过为此物而来，势必含恨离去。而失去这个女人，他也没有活下去的必要了。他的前半生仿佛为了兵器而活，但现在跟这位女人比起来，每一件辉煌夺目的兵器都黯然无光！他抚摸着蓝蝴蝶精致而冰冷的外壳，心中涌起一股悲恸，这原本是多么天才的设计啊，尽管这是一件杀人的工具。当他打开这件兵器的图纸，要最后望一眼的时候，他的眼泪再也忍不住了，打湿了这张描绘在素帛上的图纸。他要毁灭蓝蝴蝶的念头几乎就要放弃！就在那一刹，两柄杀人的利器从后背插入他的心脏，他不用回头也知道是谁下的手，那两件兵器本来就出自他的双手。他在临死前眼睁睁地看着这一双手拿走了蓝蝴蝶和那张图纸，那是一双美丽的手，白皙、香软、毫无瑕疵。这双手曾经带给他无数欢愉、堕落乃至巨石下沉般的迷醉，带给他一个完整的天堂和一个完整的地狱，现在也亲手结束了他的生命。他死了。但他的嘴角仿佛露出了一股笑意，还带着一丝嘲讽。他脸上的神色，说不清是悲伤还是喜悦，是解脱还是恐惧。"

高唱稍为停顿，一字一顿地说：

"那两件杀死他的兵器，就是后来江湖上无人不知的双鱼刺！"

我的胃忽然因一种极度的恐惧而剧烈地收缩，我无法控制身体的颤抖，就像一片叶子遭遇了风吹。

高唱终于说出了凶手的名字："她就是燕双鱼！"

我怒道："就凭你一番胡说八道，并无真凭实据，休想污辱本门祖师。须知你如此含血喷人，就是双鱼塘的大敌！"我嘴上虽然这样说，其实心里发虚。关于本门祖师跟徐大师的爱恨情仇，我倒也影影绰绰听前辈讲述过一二，譬如她为不能跟徐大师长相厮守而抱憾终生之类。她之所以首创双鱼塘，据说也跟徐大师有关，恐怕这高唱说的也并非空穴来风。倘若真是如此，那她倒不是简单的情场失意了。

只听得高唱缓缓地说:"我当然有证据。因为我就是徐大师的侄孙!"

高唱此言一出,我猝不及防,又吃了一惊,莫非他如今来双鱼塘,却为寻仇而来?如今双鱼塘大敌当前,内外交困,我双鱼塘如何是好?

高唱仿佛看穿我的心思,说道:"我今日来此,的确是为了蓝蝴蝶,但无心与双鱼塘为敌,既然撞上水晶宫入侵,我自当助你退敌,焉有坐视不管之理?其实,昔日我爷爷跟燕前辈之间的爱恨纠葛,错综复杂,不可简单论之。也许,能死在心上人的手上也是其心愿。只是这不祥之物,却是不可再留于世上!"

我浑身战栗,嘶叫道:"别这样,你没有权利这样做!"但高唱并不理会,他一掌拍出,装着蓝蝴蝶图纸的匣子被击得粉碎,几片碎帛夹杂着木屑纷纷飘坠,在月光下犹如蝴蝶的鬼魂。

完啦!我双腿一软,跪倒在地上。全完啦,双鱼塘的镇山之宝——天下最可怕的暗器蓝蝴蝶——从此在世上不复再有。高唱转身走了,他临走时说了两句话。前一句是"我也没有勇气看它,我担心只看了一眼就会据为己有",后一句是"请你放心,无论水晶宫主是谁,我都保证她绝不能毁灭双鱼塘"!

刚才那个蒙面人是谁呢?顾盼还是沈无双?抑或那个人人谈虎色变的水晶宫主?我的心越发乱如麻团。双鱼塘数十年的基业和诸位姊妹的性命悬于一线之间,我怎能自乱阵脚,但我又无法镇定。面对强敌,我苦无良策。面对明天,我六神无主。啊,明天,这是一个充满希望和梦想的词,我的嘴在发苦。我们能否平安度过今夜都是一个问题,在这个危机四伏的夜晚。

三

又过了数天，调查叛徒的事情仍没有进展，关于苏珊到底是什么样的人，也依然是一个谜。随着限期日渐逼近，我跟龙舌兰都有点慌了。七星门对待办事不力的弟子，向来是不留情面的。我对龙舌兰说，难不成我们没给书院抓住，反而死在自己人手上。这可如何是好？龙舌兰安慰我说，天无绝人之路，韩郎不必担忧。咱们且尽力去查便是，真要查不到再说，大不了反出七星门。我对龙舌兰说，大不了我们一起死好了，即使死亡也无法将我们分开。龙舌兰掩住我的嘴，说，休要胡说八道。我黯然，我依稀感到一道粗大的绳索慢慢移近我们的脖颈儿，在我心底投下伤悲的阴影。其实，我不怕分开，更不怕死，我唯一的担心就是，万一我们被书院逮捕，或被七星门家法处置，我们还能如此相爱、坚贞不渝吗？在死神的翅膀覆盖下来的那一刻，我们是悔不当初还是从容面对？我无法肯定。我无法预知未来。我感到了骨髓深处的无能为力。

随着时间的推移，湖滨的那棵大树日渐枯萎，它在不可避免地走向溃败，它的生命已走向了尽头，曾经住在树上的动物已消失得无影无踪。我走在湖滨的小径上，一根枯枝从天而降，打在我的头上。树犹如此，人何以堪？我的鼻子发酸，心底涌起了一股潮水似的悲恸。

到底是什么造成了巨木的死亡？莫非它真的预示着"书院亡、七星兴"？如果真有这一天，我就可以跟龙舌兰长相厮守了，再也不会有人干涉。但我们真的会这么幸运吗？她的法定男朋友旷星野会离开她吗？她是如此美貌，也许旷星野早已知悉了。

还有N-3721，也就是李蕙心，这个书院分配给我的恋爱符号。是的，我唯一知道的只是她的号码，除此一无所知。我不再叫她李蕙心，而恢复了N-3721的称谓。这是我给她起的名字，如今我已将它收回，这表示了我对她的拒绝和厌恶。但她依然不肯放弃，她使尽一切办法，要将我重新拉回她的身边。她动用了书院赋予她的权利，用镣铐将我锁住，并拉近她的身边，然而，她却无法拉近我的心，反倒背道而驰。她纤巧而软滑的双手，表示出牢牢控制我的巨大欲望，我觉得她的双手才是真正的镣铐，仿佛这是一双金属铸成的手，是那么有力、冰冷而坚硬。她牢牢地抓住我，仿佛我是她的一件私人物品，他人无权染指。正是这一点，让我对她深恶痛绝。但我不知道这样对她是否公平。她一直深爱着我，而我曾经也是爱她的，尽管一切坚固的东西都烟消云散了。

其实我是多虑了。这些问题尚未成立，因为它们缺少一个前提：那就是七星门的计划取得成功。我是一个容易情绪化的人，一有风吹草动，就坐立不安，难以平静下来。但总是有无数个难题困扰着我，让我绞尽脑汁，不知所措。在东海书院，我几乎每天都会遇到一个不可拆解的谜，我仿佛沉陷于一个巨大的谜团之中，它犹如混沌时代的黑夜，深深地笼罩于天地间，让人艰于呼吸，无法看到一丝光亮。譬如，N-3721到底是谁？孙惊涛是谁呢？即使是我似乎很熟悉的苏珊老师，都猜不透她到底是一个什么样的人。但毫无疑问，她不是一个普通的教师，也不仅仅是一个小说家。

每周三次的恋爱时间，我依然背起装着黑布、锁链和镣铐的布袋跑去找N-3721；戴上镣铐，脸蒙上黑布，将锁链的另一端放到她的手上，让她牵着，一直牵到恋爱林还是别的什么鬼地方去谈情说爱。我就像女人手上牵着的一只狗。这是我的义务，也是我的工作，但如今成了我的刑罚，我觉得自己成了一个名副其实的苦役犯，而犯人是没有权利说不的。这个万恶的恋爱配给制，它的设计者无疑是一个最恶毒的魔鬼。我一想起它，心里就激起万丈怒火，七星门的弟子有一半以上是因为它而造反的。但奇怪的是，我如此憎恨这个做法，但对它新一代的理论阐释者和鼓吹者苏珊，却又根本恨不起来。我打破头也想不通，鲜花一般灿烂的女子，怎么会赞同这个惨绝人寰的设计呢？我唯一的解释就是，作为书院的实力派，并不受这个规章的制约。

曾经，N-3721到底是谁，成了我最想猜出来的谜。但这是她叫李蕙心那时的事，如今我已对她毫无兴趣。曾经存在于我们身上的感情，已消失殆尽，就像竹篮滴下的水，无声无息。我不再关心她是谁，不再关心她的模样，不再关心她的一切，这是一种极端的冷漠。

这不是视而不见，我根本就无法看到她。谢天谢地，我打心底感谢那块蒙住双眼的黑布，真是眼不见为净。我当她就像空气一样，尽管在我的身边环绕，然而我毫无察觉，或者有意忽视。然而，她依然存在幻想，或者说她仍不肯放弃我。她牢牢抓住我，犹如溺水者抓住水上的浮木，她将我当成了救命稻草。她说，你是书院分配给我的，是我唯一的选择，也是我的全部希望，我只有紧紧抓住你。我冷冷地"看"着她，我的嘴角因强烈的嘲讽而变得扭曲。是的，我感觉到我看着她，我看得一清二楚，然而我一无所获，我看到的仿佛是一个空洞或一个透明之物。我从来不知道她是谁，我不再爱她，然而我还得像平时一样跟她谈恋爱。而她牢牢抓住我，只因为我是她唯一的选择，分配的唯一，而不是内心的唯一。这就是我的处境，我觉得这是天底下最荒谬的事，我张大了嘴，但是没有发出任何声音。我不知道自己想哈哈狂笑还是痛哭一场。

  N-3721坐上我的大腿，拥抱我，抚摸我，亲吻我。平时恋人该做的事，她一件不漏，一丝不苟，她不会放弃任何一个亲热的权利。她做得既狂野又节制，既迷醉又清醒，既天真又狡狯。这个完美无缺的恋爱符号，这架准确无误的恋爱机械，她从不缺少激情，尽管这是书院设计好的、定量配给的激情，然而她更懂得掌握激情的分寸。我像一座雕像那样，纹丝不动。我有义务让她使用，我不能剥夺她的权利，她在使用我。除了我们没有拿到同房的资格许可证之外，她该做的全做了。这个爱情证书，她这辈子也没有机会拿到了，她很清楚这一点，并接受了现实，不再提考核的事了。现在，她很满足目前的状况，只要我还能像一只狗一样，让她牵着，任她呼喝。我能想象出她的喜悦，但我不能确定这是不是真的喜悦。

  我说，你觉得快活吗？她的手马上停顿，似乎在凝视着我，她徐徐地说，我在享受我的悲伤。我知道你对我的爱已经消失，但是我仍然爱你。除了你，我没有权利爱任何人，这就是我唯一的选择。我跟别人不同的是，这既是书院的配给，也是我内心的选择，所以我悲伤。她的声音变得哽咽，她仿佛哭了。我说，你也知道我对你的爱已经死亡。她说，但是你还活着。

  我一时不知如何对答，这个可怜的女人！我从来没有如此深切地怜悯过一个人，甚或一件事。我是一个负心郎吗？我是因为第三者才离开她的吗？我从来没有离开过她，然而，我的心里早就没有她的模样。其实,我又何尝见过她的样子?过去,在我的想象之中,她腰细腿长,美如春花,清纯甜美。但现在,我根本无法想象她的模样,仿佛她从来就没在人世间存在过。她仅仅是一架书院操纵的恋爱机械吗?答案是否定的,因为人世间绝不会有一架机器像她那样执着、热烈而悲伤。

我的心里隐约生起一丝歉疚,我的确伤害了她,然而我不可能再爱她了。一直以来,她只是生动无比地存活于我的臆想之中,但现在已无法聚拢起任何完整的形象,她只是一个虚幻的影子,一直都是。

N-3721说,有一天你会明白,我是多么爱你。我说,对于你来说,我是具体的;然而你一直是抽象的、虚幻的,甚至无法被想象的,这就是我们失败的根源。她说,第三者插足才是根源,是不是?我说,我没有,我没有继续爱你的理由,也没有这种需要。她说,你在说谎!你以前是爱我的。我的直觉告诉我,是因为你有了别的女人,我的直觉从来不会骗我。我说,这是我们两个人的事,跟旁人何干?她说,当然不仅是我们两个人的事。我们是由书院互相分配给对方的,我们的恋爱就不仅是个人的私事,而是书院教育的一部分,也是一项任务。因此,我们在谈恋爱,也是一种公共行为、公共事务。我们只不过是书院秩序这根无尽的链条中的一环,又怎能单独存在。我越听越烦,大声说,我不能爱你,就是因为这一点。我需要的是一个独立的女人,一个有呼吸有体温的女人,一个有感情有血肉的女人,而不是社会公众的一分子,一架庞大机械的一颗螺丝钉,一条无尽锁链的一节链环。我根本无法确立你的形象,这就是我无法忍受的原因。

她没有生气,平静地说,我知道你不喜欢这种说法,但这是不容置辩的事实。我还知道你的心里有一些不合时宜的想法,但最好不要乱说,求求你!尤其在人多嘴杂的地方,这可能会给你带来麻烦。我冷笑一声,尤自嘴硬,我说,我不怕,都到这个地步了,我还有什么好怕的。

她说,我们注定要在一起,你是无法离开我的,这就是你必须面对的现实。我说,假如我死了呢?死亡就是一种可能。她默不作声。我感觉到她全身在发抖。我的语气冷酷得像刀锋,说,即使没有死,我们也不可能在一起。如今坐在你面前的人,并不是真正的我,而仅是我的躯壳而已,我的心在别处。N-3721终于啜泣出声。我不留情面地说,是的,你可以借助镣铐捆住我的手脚,用书院的戒条控制我的精神,但是你仍然无法让我爱你,这也是你要面对的现实!我心想,等到七星门起事成功,不要说摆脱你区区一个女人,就是书院的镣铐和戒律也不复再有。

关于调查叛徒的事,我依然一无所获。我对龙舌兰说,看来只能反出七星门了,难道坐以待毙不成?龙舌兰说,韩郎少安毋躁,咱们且静观其变,有我在,你不必担心。

就在我忐忑不安之际,孙惊涛单独约见了我,我正欲向他请罪。谁知他和颜悦色地说,叛徒凶狠狡猾,又潜伏得深,看来一时也无法调查,这并非兄之过失,兄且放宽心怀,不必过于自责。龙舌兰听了我的汇报,沉吟片刻,说道,这倒是奇怪得很,也不像七星门一向的行事风格。龙头大哥向来心狠手辣,冷酷无情,怎会对你如此宽大?恐怕其中有诈。我左思右想,苦无良策。龙舌兰宽解我道,韩郎不必焦虑,到时一切有我主持!

初冬的一个深夜,风雨大作,天气反常,还下起了粉末似的细雪。孙惊涛在七星门的巢穴紧急召集所有人员。他下达一个激动人心的消息:七星门将在拂晓前起事,他将队伍分成三组,一组夺取兵器库,一组直取保卫部,一组控制教学大楼,他运筹帷幄,井然有序。众人高举刀剑,齐声欢呼,刀剑相交,火星四溅!孙惊涛依然头戴竹笠,脸蒙黑巾,看不出真实面目,只是他站在那儿,渊渟岳峙,气势轩昂,自有一番气度。他继续说,现在距离起事尚有两个时辰,大伙儿不妨好好睡上一觉,卯时发动总攻,管教一举成功,直捣黄龙!只是,潜入组织的叛徒尚未抓获,在这样的情况下,每一个人都有可能就是那个奸细。为了防止奸细潜逃出去,走漏风声,惊动敌人,在正式发起总攻之前,没有我的命令,谁也不准擅自离开洞府半步,否则格杀勿论!即使上厕所也必须两两一起,绝对不许单独走动!

孙惊涛一招手,马上有人搬出一堆手铐,分发给大家。"咔嚓"一声,我的左手连接着龙舌兰的右手,该手铐细小轻巧,但坚韧异常,乃由精铁制成,显然出自巧手匠人之手。看来七星门卧虎藏龙,有不少奇人异士。

我们卧房的门口就在圆溜溜的洞壁高墙上,距中央洞厅的地面有十数米。戴上手铐,我们就像一个连体人,行动甚是不便,我跟龙舌兰互相配合,费了九牛二虎之力,才攀着绳梯入得房内。我们的卧房狭小而不规则,犹如一条倾斜的独木舟,好在也算习惯了,其实,它也是那个巨大洞穴的一个小支洞而已。我摸索到蜡烛,才刚点亮,龙舌兰就"噗"地吹灭烛火,我大愕不解。龙舌兰在黑暗之中，摸出一把钥匙，将手铐打开，我正狐疑不定。只听得龙舌兰压低声音说道，此地凶险万分，万万不可久留，我们必须设法逃走！我说，危险在哪儿？况且马上就要起事了，我们临阵脱逃，总是不妥吧。龙舌兰道，事态危急，我现在也没法跟你细说。总之你信我便是，赶快跟我逃走！我在黑暗中紧紧握着她的手，说，那好吧，只是守卫森严，我们就算身插双翼，也难以飞出洞府呀。龙舌兰道，连狡兔也有三窟，自从搬入此处，我已早有准备，你跟着我便是。

只见她伸手往倾斜的墙壁摸索，又轻轻叩击，忽然在墙上用力一按，只听得"吱呀"一声，一小块墙面往外转动，露出了一个四方形的洞口，粉末般的飞雪及雨点马上扑入室内，寒意森森。原来墙上装着机关和按钮，如今这卧房就像开了一个窗口。外面依然灰蒙而黑暗，但我借助夜色看到了龙舌兰的脸。我说，这扇窗口你是什么时候弄的？我怎么一点也不知道？她嫣然一笑，说，世事险恶，不能不多长一个心眼。她拿出一根绳子，一端拴在房间的牢固之处，一端拴在腰间，我跟着她——照做。龙舌兰趁着晦暝夜色，通过那个"窗口"爬出房子，手脚敏捷，犹如猿猴。她等我也出来之后，顺手将新开的"窗子"掩回来，我在心里赞道，她的思虑之周密，行事之谨慎，的确非常人能及！

现在，我们抓住房子的外墙，在寒冷的冬夜之中，犹如两只蝙蝠，被冻得瑟瑟发抖。好在墙面狭小而粗糙，感觉就像抱着高塔的顶尖或一棵大树的表面。

龙舌兰亲了我的额头一下，说，做好准备，我们这就下去啦。她用双手攀着绳子，一段段往下放，而我们的身体悬空挂着，也在慢慢地下降，好一会儿，我眼前出现了一片黝黑的水光，仿佛触及广阔的水域。我们下降了岂止数百丈？我想起入洞府之前，也要在湖中潜行一段水路，但如今从洞穴中出来，怎么又来到了湖水中。显而易见，洞府的出口与入口都跟书院的湖泊有关。莫非七星门的秘密洞府乃凭空建筑在湖泊之上？这当然是无稽之谈。即使可以像蜂巢一样倒悬，也早已被人们发觉。

我正在胡思乱想，只听得"扑通"一声，龙舌兰已像一尾大鱼，潜入水中。我也潜入水中，马上觉得水寒彻骨。我们两人紧紧抱在一起，良久，才各自分开，回到自己的蜂巢小屋。临走之前，龙舌兰说，我们安全啦，总算逃过此劫！

四

我回到蜂巢小屋，蹑手蹑脚地上了床，并没有惊动计小时，他鼾声如雷，显然沉入梦乡。宿舍本来有四个人，音乐家尚天乐和画家魏无极均已死去，现在只剩下我和计小时。我思潮起伏，一时难以平静。我想，马上就要到总攻的时间了，七星门能成功吗？倘若真能成功，我跟龙舌兰临阵脱逃，那可是死罪，孙惊涛焉能放过我们？我辗转反侧，难以入眠。忽然，我听到喊声大作，凑近窗子一看，只见湖滨那边，火光冲天，人声鼎沸。我心里一惊，莫非七星门已提前动手？遂披衣而起，去看个究竟。计小时也被惊动了，只是懵然无知。

只见湖滨上集结了大队保卫部的昆仑奴，个个弓上弦，刀出鞘，火光闪烁，杀气冲霄。只见铁面校长一马当先，带着人马团团围住了湖边的那棵巨无霸大树——椨木王！铁面校长手执一只海螺做成的麦克风，大声叫道，里面的叛逆且听着，你们全部被包围了，赶紧出来投降！

火光明灭之中，那棵光秃秃的大树寂然无声。我有点愕然，他们围住这棵大树作甚？铁面校长又高呼道，投降是你们唯一的出路，缴械不杀！否则我攻打进去，到时玉石俱焚，鸡犬不留，休怪我辣手无情！大树依然寂然无声。我心里想，铁面校长来得这么快，看来叛徒早已设法将消息泄露出去啦。只是七星门的巢穴明明在一个庞大的洞府之中，铁面校长将兵力集结于此，岂不是恰巧中了孙惊涛的调虎离山、声东击西之计？但书院亦是有备而来，如此看来，鹿死谁手，倒是殊难预料呢。我向来对书院恨之入骨，恨不得来一场熊熊燃烧的烈火，将其焚烧得一干二净。只是我跟龙舌兰叛逃出来，情知七星门倘若成功，我二人也是凶多吉少。我心里很复杂，也不知道希冀哪一方得胜才好。

铁面校长杀气腾腾，连喊了数声，声嘶力竭，但大树里面阒寂无声，亦无丝毫异样。铁面校长怒不可遏，暴跳如雷，大吼道，我的耐心可是有限的。我从一数到三，数完三声，还不弃械投降，休怪我无情！他开始数数："一、二——"

三声数完，那棵掉光了叶子的大树依然毫无动静。铁面校长用手一招，他身后的三排弓弩手马上做好准备——拉弓搭箭，前排卧倒，二排跪下，三排站着，只要铁面校长一声令下，即使前面是大罗金仙，也非要被射成刺猬不可！但我差点"哧"地笑出声来，我觉得铁面校长的行为又诡异又滑稽，他是吃饱了撑着还是怎的，干吗要跟一棵大树过不去呢？现在飞雪渐止，寒风减弱，而东方渐渐发白，天色微亮，眼看正是黎明时分。而孙惊涛依然按兵不动，这倒是大大出乎我的意料。龙头大哥不是说要在卯时发起总攻的吗？现在，时间早已过了。

天色渐亮，出来看热闹的人越来越多，湖边黑压压地站着一大群人，只是鸦雀无声，早晨的空气非常清新，但我感到气氛变得越来越凝重。大伙儿静静地站着，一声不吭，静得连一根针掉在地上都能听见。铁面校长终于出手了。他做了一件事，他命令昆仑奴用斧凿在大树底下挖了几个洞，那几个洞约莫有一尺见方，也不算小了，但在树身上就犹如几个小节疤似的，我远远站在旁边，但觉肉眼几乎无法分辨。我不知道他为什么要在树上打洞，莫非七星门的人就像松鼠一样躲在树里，他要派人进去——抓出来不成？

那天夜里，在第三批刺客进攻之前，还发生了一件事。这件事知者不多，当时的当事人高唱并没有说出来，他没有说，也许是因为这纯属个人私事，跟水晶宫及双鱼塘的秘密毫无关系，况且还牵涉到旁人的隐私。后来，他考虑再三，才公之于众。以下出自高唱的讲述——

那天夜晚，我鼓起勇气向沈无双表白。但她毫不理睬，转身就走，她的轻功之高，真让人匪夷所思。我追赶不及，只好悻悻然作罢。

我飞身跃起，落在屋脊上，双手抱剑，毫无睡意，只觉得心里发苦，一时不知所措。忽然，眼前有个身影一晃，有个女子头发蓬松，神色忸怩，分明便是顾盼。她笑嘻嘻地说："高大哥，你说敌人还敢再来吗?"我斜看了她一眼,没有理她。这个小姑娘长得很好看,一双妙目顾盼生辉,很讨人喜欢,按理说我不会讨厌她才对。但我一见她就心生厌烦,也不知是何道理。我心想,她太多嘴了,又没一句不是废话!顾盼兀自不知趣,在无话找话,她站起来,目光往四周逡巡,说:"月色多么朦胧,风景多么美丽——"我狠狠地瞪了她一眼,越发心烦气躁,四周黑黢黢的,又能看到什么风景?顾盼兴致勃勃,竟摇头晃脑地朗诵起李白的诗句来:"床前明月光,疑是地上霜。举头望明月,低头——"我没好气地说:"你要发疯且到别处疯去,别来烦我!"她声音停顿,不以为忤,依然笑吟吟地说:"我刚出道时,就听闻过不少你笑傲江湖的英雄事迹,挑一两件好玩的说说好吗?"我说:"江湖儿女,哪一个不是在刀头上舔血?这有什么好说的。"顾盼说道:"你不想说便罢,且听我来讲我是如何收伏服山五虎的——"我不想再跟她纠缠下去,说道:"你慢慢说吧,我可要走啦。"

话刚落音,我已经跃下屋顶。顾盼在屋脊上气恼得狠狠地跺脚,而又无可奈何,以她的身手,我要避开她实是易如反掌。

忽然,我听得耳畔传来一声闷哼,一名夜行人闪电般掠过,而地上扑倒一人。我伸手探其鼻息,早已停止呼吸,料想刚刚遭到毒手。我观其装束,显然是双鱼塘的弟子。那夜行人轻功卓绝,形如鬼魅,我举目四望,但见四周暗黑,竟然无踪可寻。我心中一动,遂决定先潜入双鱼塘藏宝的密室再说。后来,事情的发展果然不出我的所料,不仅鱼红泪来到,那夜行人也再度出现,我从夜行人手上夺过蓝蝴蝶的图纸,并将其销毁。这些事情,顾盼或鱼红泪虽然未窥全豹,倒也略知一二。现在,我要说的是另外一件事,此事发生在敌人第二次来袭之后第三次来袭之前。

该夜行人身形窈窕,显然是个女子,只是脸蒙黑纱,不见庐山真面目。我在寻思,她到底是谁呢?双鱼塘中女子虽多,但观其身手,似不在沈无双之下,并非寻常高手可比,莫非她就是神出鬼没的水晶宫主?我躺在树上小憩一会儿,时近子夜,轻风吹拂,空山静谧,只见天边的启明星在熠熠闪亮,眼见天就快亮了。敌人穷凶极恶,对双鱼塘志在必得,虽然接连两次遭到挫折,但难保不会第三次进攻。前两次敌人都是从天而降,我下意识地看了看天空。天空中一片晦暗,乌云层叠,这个夜晚跟别的夜晚并无两样。

忽然,我见到眼前白衣一闪,脚步轻盈,宛若晚间的精灵,依稀便是沈无双,我心中一狂喜,叫道:"沈姑娘——"她顿住脚步,回过头来,微微一笑,果真便是沈无双。尽管我每次见到她,都禁不住心跳加剧,但此时此地,我还是觉得她带着一种诡异的气氛。她凑近我的身旁,又对着我笑了笑。自从认识她以来,她对我一直冷若冰霜,对我从来就没有过好脸色。她的气息仿佛吹拂在我的脸上,似兰似麝,我心神俱醉。月光之下,我看清了她的笑容,但我觉得她的笑容有说不出的神秘。

忽然,她就做了一件事,她的身子猛地一沉,完全没入了泥土之中。我禁不住伸手去拉她,然而,我所能触及的仅是空气。她已经在月夜中消失,就像消失于月光之中,甚至就像从来就没有出现过一样。我仔细地察看着她刚才站立的地面,又平整如昔,根本就没有任何裂开的缝隙。我此惊非同小可,遁地术是一门古老的神奇法术,掌握此术的人,可以在泥土中自由出入,如履平地,毫无障碍。传说中土行孙便是这样的人物,想不到我今晚竟得以目睹。但是，我不能肯定沈无双真的遁地而走，因为我想不出她如此做的理由。看此情形，倒像是地底下有一个鬼魂将她抓走了似的。我又惊又惧，方寸大乱，心中生出丝丝缕缕的惆怅。

不久，敌人的第三次攻击就发动了。后来的事情大家都知道了，这次，敌人竟然像老鼠似的，纷纷从地底下冒出来。我才明白沈无双的用意，不禁对其料事如神大为折服，而对其行踪诡秘又狐疑不定。

五

昨夜，水晶宫接连来袭，经过连番三次厮杀，虽然尽歼敌人，但双鱼塘也损兵折将，死伤不少。今天秋日和暖，阳光灿烂，但众人内心惊惧，余悸未尽，只要想一想敌人从天而降或从地底冒出的怪异本领，众人就禁不住打了一个寒噤！譬如敌人的遁地之术，神出鬼没，防不胜防，若非同样也精通遁地术的沈无双料敌先机，棋高一着，后果真是不堪设想。整个城堡被笼罩在一重恐惧的阴影之中，双鱼塘的姐妹人人脸色肃然，内心惊惧。

顾盼倒是满不在乎，到处跑来跑去，大呼小叫，叫嚷着说，倘若水晶宫再来，誓要与其决一死战，不死不休！沈无双则面无表情，犹如泥胎木偶，没有人知道她到底在想些什么。高唱嘛，一双眼睛须臾也没离开过沈无双，但脸容忧郁，仿佛有一肚子话没有表达，显得心事重重。众人有一点是相同的，那就是摩拳擦掌，无一不做好了迎击水晶宫的准备。待夜幕降临，众人更是枕戈待旦，丝毫不敢大意。

谁知，一个白天过去了，一个夜晚也过去了，竟然风平浪静，敌人没有任何行动。

第二天，太阳照样升起，双鱼塘不敢稍有松懈，严阵以待，只是仍旧不见敌人的动静。

就这样，接连过了七天太平日子，好像水晶宫已经撤兵了，好像水晶宫从来就没有出现过一样。双鱼塘诸人开头还不敢松懈，但后来见毫无动静，绷紧的神经终于松弛下来。连高唱也松了一口气，莫非水晶宫主见无隙可入，已知难而退？

首先放松的是顾盼，她整天眉开眼笑，叽叽喳喳，打扮得花枝招展。女为悦己者容嘛，这句话真是说到她的心坎里去了，只是她忘了一点，似乎高唱并不怎么领情。对她来说，水晶宫主一辈子不出现都不要紧，重要的是能见到高唱。如果水晶宫的线索就此中断，又能从何处寻觅？看起来她已将来双鱼塘的初衷抛诸脑后，其实不然，她是一个天生的乐观主义者，她觉得没必要那么神经兮兮。水晶宫主如果来了，大战一番便是，何必那么紧张？她是一个捕快，其职责是剿灭奸党，但她觉得当务之急还是俘获高唱，没有一个江洋大盗比他更可怕更难抓，因为他偷走了她的心。如果抓住了他，她作为捕快的使命就算完成了，其他的一切都不重要。换言之，顾盼将爱情看得很高，甚至是最重要的事，为了爱情，她可以付出一切，诸如工作、事业乃至生命，都在所不惜。

这是顾盼的想法，倘若换了沈无双，她就绝不会将自己交给爱情。她认为爱或被爱都是极端危险的，犹如淬毒的暗器，见血封喉，伤人立死。对于她来说，情人就是敌人，铲除敌人唯一的办法，就是扼杀爱欲。

高唱又是怎样想的呢，可怜他夹在中间，他对待爱情有跟顾盼相似的想法，对待顾盼又有点类似沈无双的行为，心如铁石，冷若冰霜。没有办法，他爱上的人，以及爱上他的人，都变成了他的麻烦，让他头大如斗。但是他不能退缩，他觉得顾盼有一点很值得学习，那就是不肯放弃，知其不可为而为之，倘若顾盼的目标不是他，两个人肯定惺惺相惜，同病相怜，有更多的共同语言。

于是，顾盼将注意力放在高唱身上，而高唱的一颗心全在沈无双那儿，一刻不见，神不守舍。鱼红泪暗中叹气，指望他们保卫双鱼塘，恐怕也于事无补。她倒是一刻也不敢松懈，只怕水晶宫猝然袭击，暗中调兵遣将，周密部署，甚至连天上的一只飞鸟也不可放过。

还有一个人不会松懈，那就是沈无双。只不过她向来面无表情，没有人知道她内心真实的想法。其实，她一直是这样，声色不动，无所谓紧张，也无所谓放松。

鱼红泪也是老江湖了，她终究对这三名强援放心不下，琢磨不透，有道是知人知面不知心。于是，派人去盯梢的计划从不间断。

然而，盯梢却不顺利。不顺利的只是派去盯梢沈无双的弟子，每一次派去的人，都悄无声息地失踪了，就像一缕轻烟消失于空气中，无迹可寻。这让鱼红泪既大感伤心，又深感骇异。那些派去的弟子，都是巧笑倩兮、如花似玉的少女，如今却说不见就不见了，仿佛从来就不曾在人世间出现过一样。

而顾盼、高唱二人，他俩独处时常常发呆，一副满腹心事不知向何人诉说的样子，倒像是天生一对。高唱经常待在房间，要齐了文房四宝，在绞尽脑汁，要来写诗，这倒也奇了，莫非他现在还有心情吟诗作对？那个顾盼更是奇怪，一连数天，都在侍弄花草，你道她在做什么呢？兰草不种，水仙不种，倒从花圃挖了一块仙人掌，放在小瓦罐里培植，颇有闲情逸致。

至于那个沈无双，由于派出去的人无一返回，她平时到底干什么，鱼红泪自然无从知晓。鱼红泪咬牙切齿，却是隐忍不发，这个沈无双！她不得不继续派人盯梢，她觉得沈无双身上仿佛藏着一个惊天的秘密，说不定这就是水晶宫的秘密。但派出去的人，依然如泥牛入海，有去无还，无声无息，仿佛她们一脚迈出，已经踏上通向死神的道路，而鱼红泪每发出的一次命令，都像是死神的一个符咒，没有一次不应验。就这样，一连七天，鱼红泪损失了七名弟子。待到第八天早上，鱼红泪的心已因恐惧而战栗，她在考虑到底要不要派出第八个弟子。

第九章　恋情的终结

一

铁面校长挖好了树洞，用手一招，马上有一拨人上来，个个手抱柴草，塞到树洞里，用火石将柴草一一点燃。火光闪烁之中，浓烟四起。那些柴草虽然干燥，但显然浇了些水，遂制造出大量浓烟。铁面校长嘻嘻冷笑，并未就此罢休，一边让人源源不断地往树洞里填塞柴草，一边令人手执葵扇，拼命往里面扇风。一股股黑压压的浓烟往树洞里涌进去。看来，铁面校长是要用火攻烟熏之法，将藏身于树木里面的七星门逆贼逼出来。只是，树是实心的，又如何能藏住七星门数百人？龙舌兰聪明绝顶，才智过人，倘若她在此处，一定可以解释个中谜团。我举目四望，人群之中，却并无她的身影。

大树依然毫无动静。这棵大树倒也噩运不断，早些日子无缘无故掉光了叶子，那些大如南瓜的果实纷纷坠落，如今又要无端端地经受烟熏火燎之苦，真是可怜至极。铁面校长不动声色，只是一味叫属下烧火生烟，仿佛稳操胜券，胸有成竹。

大约过了一刻钟，那棵大树终于有了动静，它那些巨大的枝丫在奇怪而杂乱地晃动，就像一只空桶被一只老鼠带动似的。围观者张大了嘴巴，这真是骇人听闻的事。当时风停雨歇，微风似有若无，别的树上，即使是一片叶子也难以拂动。但是这棵大树上那些粗如谷仓的枝干竟然晃个不停，树枝晃动得越来越剧烈，居然带动了大树本身的树干。如果不是亲眼看到，打死我也不敢相信！桤木王那庞大无比的、数十个人手牵手也环抱不过来的树干，竟然也轻微地摇晃起来，而且有越演越烈之势！

铁面校长得意扬扬，哈哈大笑，厉声喝道，先将兵械扔出来，然后双手抱头出来投降，可以免却尔等一死！若有违抗，格杀勿论！

那棵剧烈摇晃的大树忽然停顿，如受魔咒，但停顿的时间非常短暂。倒是昆仑奴拼命煽风点火，大呼小叫，一脸兴奋。铁面校长拈须微笑，他知道马上就有好戏登场了。果然，有一股浓烟伴随着轻风卷入了树洞，大树急剧地摇动，忽然，只听得"叮当"一声，一把单刀从树洞中被扔了出来。只要开了头，就会有人跟着做，叮当之声不绝于耳，只见一把把兵刃从树洞中被掷出来，青钢剑、红缨枪、三股叉、方天戟、银装锏、九节鞭、流星锤、春秋大刀什么的，散落了一地。敢情大树里面真的藏匿着奇兵！

我浑身打了一个冷战，想起了七星门那个广阔异常而神秘莫测的洞府，莫非就建筑在这棵世所罕见的巨木之中？而七星门的弟子，就像蛀虫一样潜伏在里面，最终将大树蛀空。我浑身发抖，冷汗直冒。难怪这棵大树会逐渐枯死，试想一棵树木被完全掏空，而只剩下一层薄薄的躯壳，焉有不亡之理？好一个孙惊涛！有谁会想到他将这棵树王当成七星门的巢穴，就在昆仑奴的眼皮底下安顿好了属下弟子？好一个置之死地而后生的计策！只是，如此隐秘的场所，怎么还会被铁面校长发觉呢？且恰巧在他们就要发动进攻的那一刻。

铁面校长哈哈狂笑，厉声喝道，还不出来投降！只见一群人鱼贯从树穴中走出，个个灰头土脸，垂头丧气，他们显然受了不少烟熏火燎之苦，有人还忍不住大声咳嗽起来。他们都是我的同门，均头戴竹笠，脸蒙黑巾，但一走出洞口，马上扯掉了黑巾，既落入昆仑奴之手，身份的掩饰已无必要。从树肚子里走出来的人，让我想起番邦史诗中那一具著名的木马，然而，等待着他们的不是胜利，而是无可避免的覆灭。昆仑奴马上扑过来，两个对付一个，将他们反剪双臂，按倒在地，飞快地套上了手铐及脚镣，连踢带打，押入天牢。

我认得不少人的脸孔，但我不知道孙惊涛是谁。这些为了正义和理想而不惜冒死起事的勇士，可怜还没有机会交战，已悉数落入敌手。我将牙关咬得咯咯响，在心里恨声说，都是叛徒干的好事！然而，到底谁才是叛徒呢？

可怜七星门的勇士，在起事的前一刻，被铁面校长率领兵马尽数剿灭。众人躲在树穴之中，禁不住烟熏之苦，即使想拼命也不能，就如被烟熏的田鼠一般，只好乖乖束手就缚，看上去又滑稽又悲壮。除了我跟龙舌兰这两尾漏网之鱼，可谓全军覆没。幸亏龙舌兰带我偷偷逃逸，才避过此劫，只是我们躲过了初一，却不知能否躲得过十五。我忐忑不安，尽管旁人未必知道我跟龙舌兰也加盟七星门，但只要那叛徒一日不除，终究是后患无穷。我想，我得尽快跟她商量对策才是。但今晚又轮到了跟N-3721恋爱的时候，我不可能抽得出时间。我心里恨得牙痒痒的,暗骂道,该死的爱情配给制,见鬼去吧!

然而,我绝对不可流露出任何一丝逆反情绪。尤其在书院对七星门大清洗的白色恐怖之下,我更加不可露出蛛丝马迹,稍有不慎,必招致大祸。

我眼蒙黑巾,披镣戴铐,N-3721在前面牵着我。我心里涌起一阵恐惧,似乎拉着我的不是我的法定情人N-3721,而是穷凶极恶的昆仑奴,而带我去的也不是充满柔情蜜意的恋爱林,而是一个漆黑的人间地狱。我就像一个囚徒。其实,一直以来,我跟一名囚徒有何两样。只要瞧一眼我身上的镣铐,就知道我跟一个囚徒毫无分别,而要命的是,我从来都是爱情的囚徒。我被迫在一无所知的女子的身边,跟她相爱并亲热,无法离开。我绝望地闭上了双眼,其实,我闭眼纯属多余,由于我眼蒙黑巾,即使睁大也无法视物,但我的动作表达了内心深刻的漠视和拒绝。

我对N-3721已无感觉,乃至深恶痛绝,尽管我对她的这种痛恨毫无来由。也许,错不在于她,而是该死的书院和该死的恋爱条款,她只不过是这个做法的一个抽象符号而已。说不定,她内心正在饱受着跟我类似的煎熬之苦。然而,我想错了。N-3721依然兴致不减,她见到我依然兴高采烈,甚至性欲勃发。她在我耳边喋喋不休地叙说清晨昆仑奴捕捉七星门弟子的事,她说,那个场面无比精彩,你没看到那可真亏了呀。他们在湖边那棵巨大的树肚子里挖洞潜伏,自以为得计,谁知校长亲自率兵团团围住,然后又施用火攻,就像抓洞里的田鼠似的,一个都没少!我越听越烦,哼了一声,心中对她的憎恶又深了几分。

N-3721越说越兴奋，一翻身坐上我的大腿，双手搂住了我的腰。作为书院分配给她的情人，我无法拒绝。然而，我全身僵直，犹如木头。她对于我来说，也不啻一段木头，没有温度，没有生命，堪跟桤木王那枯死掉下的枯枝相比。

派去盯梢高唱的人回来了，她同时带来了沈无双的消息。昨晚高唱一夜无事，值得一说的是他去找了沈无双。这就是高唱向沈无双第二次求爱的情形，因而沈无双也在现场。至于发生的事情，倒是越来越复杂，因为后来顾盼也掺和其中，真是杂如乱麻，不可开交。

原来，高唱见这几天太平无事，遂开动脑筋，处心积虑，一心想得美人芳心。有道是男才女貌，才子佳人，高唱虽然身手了得，但他觉得喊打喊杀不算是自己的特长，而吟诗作对才堪称高手。尽管上次在月夜比试的间隙向她求爱，无功而返。但是他认为好戏还在后头，我还没有认输呢，你不理我，难道我不会去找你？他咬牙切齿地对自己说，我要以真诚作为大刀，诗歌作为暗器，率领千军万马，浩浩荡荡，去攻打你！

于是，高唱在这段日子里，闭门谢客，绞尽脑汁为她写了几首诗，他相信这些充满激情、才华横溢的诗句足以打动沈无双的芳心。其中一首如下："我要说的不是夜色中的月亮/它像一枚抛起来的铜钱//我要说的也不是相互折射的灯盏/所有的灯都在模仿太阳//现在篝火已被吹熄/我说的'火焰'，也失去温度//现在暮色笼罩着大地/我要说的是两块相爱的石头。"他将这首有力的短诗命名为《光源或爱火之诞生》。除了这首相当含蓄的短诗，高唱还有一首长达两百多行、大胆直露的长诗，既写得汪洋恣肆，激情澎湃，如黄河之水天上来，奔流到海不复回，又写得悲怆愤激，充满秋风秋雨，好像他不是去求爱，而是代替荆轲去刺杀秦王。诗里面充斥着大量这样的句子："啊，沈无双，我有责任像李白那样骄傲，像太阳那样发光/ 啊，沈无双，我有责任像司马相如追求卓文君那样追求你/ 啊，沈无双，我只投入一颗心灵，因此大海的水位只抬高了一寸/ 啊，无双，因为你不肯点头，我还不能赢得这个宇宙……"

写好了这些诗，高唱就满怀信心，一心只想等见到沈无双，让她来见识这些秘密武器的威力。但沈无双很少在视线内出现，有时去她的房间找她，也不见人，也不知她在干些什么。高唱磨利了刀枪，却找不着对手，心中遂生出一种四顾茫然、英雄寂寞之感。

终于，沈无双在山坡上出现了，她不像是从城堡走到山坡去的，倒像是从地底下钻出来似的。因为根本就无人可以清楚说出她的行踪，而且她确实深谙遁地之术。在旁人看来，这真是一个神秘的人。但在高唱眼中，她没有一处不是完美的，这就是情人眼里出西施。现在是深秋，山上的树木掉光了叶片，只有白千层一类的常绿树，一脸厚颜无耻，无视季节之转换。一阵秋风吹过脸庞，高唱心里生出了一股寒意。他走近沈无双，他知道了沈无双就是那股寒意的源头，不知为什么，这个美如春花、冷若冰霜的女子，总是让他感到寒意彻骨。沈无双冷冷地看着他，什么也没说。现在，高唱感到不像刚才那么自信了。

沈无双容貌姣美，脸上却偏要冰天雪地，北风呼呼，仿佛是寒冬腊月的怒梅，虽娇艳却未免凄清，又做出一副拒人于千里之外的样子。高唱一时不知从何说起，仿佛他面对的不是一位娇柔美丽的女子，而是千军万马。就这样，两人面对面站着，却好像隔着千山万水，遥遥相对，无法沟通。沈无双淡淡地说："我要走啦。"

高唱看着她冷若冰霜的脸庞，听着她尖如麦芒的话语，不禁有些垂头丧气。他捏了捏口袋里的诗札，里面是他的"爱火"，是他的"大刀"和"暗器"，他忽然觉得自己非常可笑，但他仍要作困兽之斗，不肯轻易缴械。于是，他将那沓沉甸甸的诗札掏了出来。沈无双接了过来，只瞥了一眼，就松开了手，任由那些绘着梅兰竹菊的粉红色纸片在秋风中飘舞，犹如风中的蝴蝶，只一瞬间，已经飞到了山脚。

沈无双说："你给我看这些做什么？"高唱眼睁睁地看着他花了无数心血的诗篇，意中人还没看一眼就在风中消逝了，听了这句话，顿觉眼前一黑，金星直冒。这句话就像蒙古人的铁蹄，践踏而过，而他就像铁蹄下那倒霉透顶的南宋半壁江山，满目疮痍，摇摇欲坠。他像一座被攻陷的城池，身体深处传来了阵阵土崩瓦解的声音，此起彼伏，持续不断，仿佛有无数房屋在倒塌。他脸上的表情跟一场大地震或敌军洗劫过后的废墟有同样的特征。他仍不死心，傻乎乎地问："你晚上有空吗？可以让我陪你去看月亮吗？"

沈无双转过脸，就像高傲冷漠的白天鹅在打量着磨刀霍霍的癞蛤蟆，忽然哈哈大笑，笑得低下了头，笑得弯着腰，她几乎要笑得在草地上打滚！高唱从来没见她这么笑过，不禁莫名其妙，毛骨悚然。他摸着脑袋有些恼火，这有什么好笑的？沈无双终于不笑了，她盯着高唱说："请你下次没事不要找我，否则犹如此石！"她猛然出刀，"当"的一声，将一块大石头劈成两半，身形起处，已消失在山坡之中！

高唱呆若木鸡，他感到悲伤像龙卷风从他的体内刮起，他仿佛处身于天昏地暗、飞沙走石、空无一人的旷野，差点站立不稳了。他仿佛面临着世界末日，双眼发直，脸如土色。他的悲伤像太平洋的波涛一样汹涌澎湃，让他无法抵挡。他感到脸上发烫，手脚在发麻、变凉、结冰，而血管里的冰块在碰撞、消融，身体则像灌满了铅块，不断地下坠、下坠，仿佛正在坠入无底而漆黑的深渊之中……他感到自己的身躯像一株在秋风中瑟瑟发抖的芦苇，是那样的单薄、脆弱、易折，又仿佛是一道抵挡太平洋的古老堤坝，年久失修，不堪重负。那股浓郁的伤感已像喷泉一样急剧上升，势必造成灭顶之灾。他痛苦地闭上了双眼。

就在此刻，顾盼出现了，她总是出现得不早不晚，恰到好处。顾盼笑盈盈地喊道："喂——你一个人待在这里不闷吗？"仿佛她碰巧路过这里，她就有这个本事，对不想看的总能视而不见，一笔勾销。高唱望了她一眼，没有说话。顾盼低头往一个纸袋子里掏，等她抬起头来，双手捧着一只小瓦盆，盆上种着一丛仙人掌，浑身是刺，上面缀着几朵鲜红的小花。

只见她递过来说："送给你的！"高唱一怔，老实讲，他倒是第一次收到女孩子送来的花，况且是仙人掌！顾盼开始滔滔不绝地说起来，她说得如此快，如此急促，话语之流仿佛为一股内在的洪水所席卷，仿佛不一口气说出来就永远没机会说了。

"我是爱花的，我的前生肯定是一只蝴蝶或是蜜蜂。但我只爱活着的鲜花，即它还开在枝头上，根还联结着泥土，而不是被折下来插在花瓶中。折下来的花朵是没有生命的，只能激起我的满腔痛惜和怜悯，我有一种偏见，我认为把花折下来是一种焚琴煮鹤的野蛮行径。看见了枝头上一朵怒放的小花，就冲上去把它摘下来，对花族而言，这个人之凶残不亚于暴君。我恰巧是一个女孩子，又恰巧长有一颗美丽的头颅，所以死也不肯嫁给这种人，因为我不想自己的大好头颅成为一种标本。众所周知，还有一种花是假的，只有色彩，没有芬芳，大多用塑料或彩纸做成，好比假扮成人的猴子或装神弄鬼的人一样，都只能让人生厌。说到了花，我不妨提一下蝴蝶，这种会飞翔的小精灵可爱极了。蝴蝶：一朵对折的小花，脱离一根花枝，又长到另一根花枝上去。关于蝴蝶有无数浪漫瑰丽的故事和凄美哀婉的传说，譬如庄生梦蝶和梁祝化蝶。一只蝴蝶就是一段美丽的传奇。然而美是如此容易消逝，蝴蝶作为百花的知音，同样有类似于百花的悲惨遭遇：惨遭利欲之网的捕杀。我不喜欢蝴蝶标本之类的工艺品，哦——美是多么容易遭到践踏和毁灭啊。花朵之中，我最喜欢的是仙人掌，因为没有一个人敢忽视它的刺，刺就是它的尊严，而没有尊严的美何其脆弱！这盆仙人掌就是我特地种来送给你的。"

顾盼终于说完了。高唱望着她，平静地说："慢慢说，不要急。"她有点不好意思，说："莫见怪，我有好多话想跟你说，我怕你走了就来不及说啦。"顾盼的脸颊飞起红云。

高唱一点也不喜欢花，更不喜欢仙人掌，但是他在心里说，真美啊，这个爱仙人掌的女孩。他承认她虽然说得有点奇怪，倒也不无道理。只是，他不能接受顾盼给予的一切。他心里生出一个恶作剧的念头，他小声而坚定地说："对不起，我不能接受你的仙人掌。不要问我理由，世上的事大多没有理由。"他转身就走，他听到身后传来狠狠的顿足声和瓦罐的碎裂声，然而，他更不回头。

二

鱼红泪听完属下的汇报,好久也没有吭声。她对这段三角恋兴趣不大,她最感兴趣的就是沈无双的底细,然而却无法捉摸,反而是越查越神秘,让人深感担忧。要不要再派人去盯梢呢?曾派出去的那七个姐妹就这样无声无息地消失了,再派去估计也是白搭,但不派嘛,难道就任由她随意出入不成?她几乎忍不住喉咙中一股呕吐的欲望。这个沈无双倘若不是天使,就是魔鬼,反正她不是人!她咬牙切齿地想。

天快要黑了,暮色苍茫。鱼红泪正在骑虎难下之际,沈无双忽然来找她,说:"我知道你不信任我。但我可以明白地告诉你,你的人不是我杀的。"鱼红泪惊讶地看着她,等她说下去。"我知道你的人在监视我,开头我佯作不知。她们的一举一动,都很难逃脱我的耳目。但只要我稍一疏忽,人就消失了,我不知道她们去了哪儿,不知道是谁下的手,我感到奇怪,刚才还活生生的一个人,但现在却连影儿也找不到了。"沈无双向来不动声色,此刻竟也露出惊悚之色。这样的话当然没有说服力,鱼红泪冷冷地说:"这当然是有人下的手。"沈无双说:"我可以断定,这就是水晶宫主下的手,她想必早已潜入双鱼塘,只是尚未现身而已。我希望鱼城主不要再派人盯梢了,这是无谓牺牲,即使是我,也无法保证她们的安全。"鱼红泪冷冷地看着她,说:"沈女侠这算是威胁吗?"

沈无双说:"鱼城主既然对我存有戒心,我明天一早离开便是。"

沈无双话一说完,便头也不回地走了。鱼红泪这次倒没派人盯梢。她们的对话落入高唱的耳中，高唱刚好在旁边，他想，那七位双鱼塘姐妹到底是谁下的毒手呢？倘若真是水晶宫主，那也太可怕了，以沈无双之耳聪目明，尚且无法窥破她的行藏，她岂非神鬼莫测？要说真是沈无双，却也毫无道理，因为以她的身手，即使是杀掉鱼红泪，亦是易如反掌，不必那么麻烦。但水晶宫主既然到此，为何还不出手？她在等待什么呢？高唱心中一震，心说大事不好！他决定去找沈无双，让她无论如何也要留下来。

然而，等他赶到沈无双的房子，她又不知去向了。这个沈无双行踪不定，也难怪鱼红泪对她放心不下。

高唱放眼远眺，但见远山漆黑，城堡中灯火闪烁，一阵秋风吹来，他的心底竟然涌起一股彻骨的寒意，仿佛秋风中也蕴藏着看不见的杀机。

他正在心神恍惚之际，有人拍了拍他的肩膀，他还不及思想，马上沉肩坐马，反手擒拿，将来人制伏。只听得"哎哟"一声，有人嚷道："痛死我啦，还不快放手！"一张俏脸在月光中闪亮，不是顾盼还有谁？高唱松开手，笑道："你在我后头鬼鬼祟祟的作甚？"顾盼说："你不想理我，我偏要来找你！"高唱说："我可没空理你。"顾盼说："沈姐姐又不理你，你还是死了这条心吧。你看月儿皎洁，夜色温柔，咱们去屋顶赏月可好？"高唱懒洋洋地说："你自己去吧，我可要去睡觉啦。"顾盼娇嗔道："我也要跟你睡！"高唱笑骂："你有病啊，你就不怕毁了你的清白？"顾盼怒道："江湖儿女，哪儿来这么多的规矩？我偏要跟你共处一室，怎么地？谁敢胡说八道，我去割掉他的舌头！我预感到今晚会发生一些可怖的事，我心里很怕，高大哥，你就陪陪我吧。"顾盼柔声恳求，让人难以拂逆，她说到后来竟然面露惊惧之色，连声音也在颤抖。高唱心中一动，遂不再坚持。

当晚，顾盼睡在床上，高唱则抱被衾和衣躺在地上。按理说，高唱心中疑云密布，心中忐忑，本应难以入眠，谁知他一躺下来就睡着了。

高唱睡至半夜，忽然做了一个噩梦，他梦见水晶宫主率众杀到，如虎入羊群，双鱼塘招架不住，沈无双又不见踪影，顾盼左支右绌，竟然身中数剑，兀自拼死支撑！高唱但见刀光过处，鲜血迸溅，心中惶急，急切伸出手去，要拔剑对敌，谁知他的手却伸不出来——不——他根本就没手可伸，他的手是一个虚空，仿佛早已消失。高唱在梦中此惊非同小可，他从地上鱼跃而起，但却发现自己根本就不存在，不存在的仅是血肉之躯，而意识却无比清醒而尖锐，那就是他感觉自己正在被一团浓雾所笼罩，而他正在大雾中消逝，他在梦中居然还想起了那七个消失的双鱼塘弟子，他要竭力挣脱那一团浓雾，大喊了一声："不——"他这么一喊，终于醒了过来，只觉得额头冰冻，冷汗涔涔，幸好宝剑仍在枕边，他牢牢握住了剑柄，心中方才踏实了些。晨曦从窗外射了进来，他竟然一觉睡到天亮。而顾盼坐在他的身边，双手支颐，一双大眼睛扑闪扑闪地看着他，目光中尽是关切之色。她问："你怎么啦？"高唱翻身坐起，说："咱们出去瞧瞧吧，这几天总觉得有些不妥。"高唱胡乱洗了把脸，走出门来，顾盼跟在后头。两人一时无话可说。

两人才走得几步，忽然感到空气中存在着一种无形的压力，直让人透不过气来。顾盼情不自禁地握住了高唱的手，她感到高唱一向稳如磐石的手也在微微发抖。那种压力是一种罕见的寂静，这是一种毫无生机的死寂和静止,连空气仿佛也正在变得沉重而凝固。高唱心底一沉,汗如浆出,赶紧飞步跑到沈无双住处,喊道:"沈姑娘——"房门斜掩,房中空无一人。两人又去找鱼红泪,依然人影也没见到一个。高唱与顾盼对视一眼,脸如土色,看来昨夜双鱼塘已发生了重大变故。他们没看到一个人,没看到一只鸡,甚至没看到任何一个活物,仅过了一夜,偌大的双鱼塘已变成了一座空城,一座死城!沈无双不知所终,而鱼红泪和她的弟子们也突然消失了。

顾盼想了想,说道:"鱼红泪莫非情知非水晶宫之敌,昨夜携弟子突然离开双鱼塘不成?只是招呼也不打一个,也太不够朋友了。"高唱心底生出了一股难以形容的恐惧,昨夜所梦并非梦境,竟全是真的,他说:"就怕事情没这么简单。她们恐怕已凶多吉少,水晶宫主昨夜已经来过了!"顾盼半信半疑地说:"那我昨夜为何没听到一点动静?而水晶宫又怎会放过咱们?那沈无双又该如何解释?"高唱沉吟片刻,依然不得要领。他说:"看来,我只能去找沈无双了。"顾盼说道:"你是要找她调查还是向她求爱?我也要去!"高唱苦笑一声,身形一动,早已消失。顾盼追赶不及,耳畔犹遥遥传来高唱的声音:"你也回去吧。他日有缘,自当相见!"

好不容易,我才挨够时辰,得以摆脱N-3721的纠缠,回到自己的蜂巢小屋,我的舍友计小时早已沉入梦乡。我身心交困,筋疲力尽,只想早早入睡,忽然听到窗外传来一阵鸽子的"咕咕"声,我大吃一惊,此乃我跟龙舌兰约好的暗号,非到万不得已时不会动用。如今她冒险找我,想来必是情况危急。我瞧了一眼身边的计小时，只见他鼾声大作，显然熟睡如泥。我蹑手蹑脚走到窗前，轻轻一纵，已跳离窗外。须知，我此乃触犯书院戒律之举，又随时会被昆仑奴发现，所以万万大意不得。窗外，龙舌兰正等着我，她招了招手，示意我跟她走。

然而，我们的秘密洞府早已泄露，要找一个安全之所，殊为不易。她一时也六神无主，大为踌躇，自从我认识她以来，她无论遇到什么难题，向来镇定自若，从容应对。如今见她如此，显然是遭遇了重大变故或要做出重大抉择，否则不至于方寸大乱。我捏紧了她的手，柔声道，最危险的地方往往最安全，咱们就冒一次险，再次潜回树穴中去如何？龙舌兰点了点头。我们两人一安顿下来，龙舌兰就剧烈地呕吐起来，然后抱住我低声哭泣。她的第一句话就是：我已经杀掉了叛徒！我早已知道他跟七星门的关系，然而做梦也想不到他就是叛徒。她说完这句话，又忍不住弯腰呕吐。我轻抚着她的背部，柔声抚慰，她好不容易才平静下来，并讲出了事情的经过。

众所周知，每一对情人都要去恋爱林谈情说爱，或到玫瑰小筑巫山云雨。前者是普通恋人的寻常做法，可以谈谈理想和人生，还可以亲吻和抚摸。但恋人之间要有更亲密的接触，就必须双双通过考试领证，凭证到玫瑰小筑亲热。龙舌兰跟旷星野是书院公认最理想的模范情侣，可以免考。她对此深恶痛绝，却只能一次次地执行。这一次，当她在玫瑰小筑看到旷星野时，不禁寒毛倒竖。她对见到男友早在意料之中，但仍忍不住浑身发抖。谁是叛徒，昭然若揭！

我听得一头雾水。龙舌兰解释说，我们都很清楚，除了你我，这一役七星门已全军覆没，如果还有谁全身而退，那他只能是叛徒！我上次在湖底遇袭时就知道他的身份了，那个杀掉魏无极的蒙面人就是他！东海书院的高才生旷星野，或七星门的龙头老大孙惊涛！只是，我做梦也想不到老大竟是叛徒。怪不得，他会设法将大树掏空，将大伙儿都召集起来，原来是为了连锅端掉呀。

当时，旷星野也身戴镣铐，脸蒙黑巾，无法视物。每一个有幸出入玫瑰小筑的男子均是如此。作为恋人，他没见过龙舌兰的真实面目。这是按常规来说的，但世上打破常规的事多着呢。她将旷星野的衣裳剥离，这是亲热的前奏。当然，他身上的镣铐和黑巾依然保留，这也是规矩。他在等她宽衣解带。用不着目睹，他也知道恋人的身体妙不可言。这就是经验。她忽然问，你知道我是谁吗？他一怔，摇了摇头。她又说，你知道我的名字吗？你见过我的模样吗？他又摇了摇头。她说，你只知道我的编号E-2368，对吗？我有一个名字，龙舌兰。你很熟悉我的体温和气味，但没见过我的模样，你现在想看看吗？他没有吭声，但变得焦躁起来。忽然，她一把扯掉了他蒙眼的黑巾。他张大双眼瞪着龙舌兰，茫然无措。她冷冷地说，其实你对我早就了如指掌！因为你就是孙惊涛！你要我寻找的叛徒就是你自己！他的目光中流露出极端的恐惧和悲哀，但来不及再说出一句话。她说完最后一个字，手上的匕首已迅疾而准确地插入他的心脏。他戴着镣铐，根本无法反抗，即使他全身没有束缚，恐怕也无法抵挡她处心积虑的这一刀。她伏在他的身上疯狂呕吐，吐完了才离开玫瑰小筑。她知道，半个时辰之内，旷星野之死就会传遍书院。当务之急就是逃亡！

然而，我们能逃到哪儿去呢？不管是陆路还是水路，没跑多久就会被昆仑奴追上。唯一的希望就是盗取书院的那架木质滑翔机，依靠它带我们逃出生天。我们蛇行龟伏，溜到停放滑翔机的库房。月黑风高，四野阒静，只有秋虫唧唧，好在机库空无一人。我们钻入机舱，正要发动机械，忽然舱门自动关闭，我吃了一惊。只听得耳畔响起一阵呐喊，四周火把亮起，亮如白昼。一队昆仑奴仿佛从地底冒出来的恶魔，手执火把和兵刃，将木质滑翔机团团围住，为首者赫然竟是苏珊老师，只见她脸色青白，脸庞在闪烁的火光中狰狞无比。我心一沉，双腿发软，我俩互相抱紧。我在心底惊呼，终于来啦。

三

躲得过初一，躲不过十五，我终于东窗事发，锒铛入狱。我被单独押入黑牢，料想龙舌兰的命运也好不到哪儿去。我知道我跟她的爱情坚贞不渝，她不可能背叛我，正如我不可能背叛她。然而，皮肉之苦恐怕无可避免。我一念及此，不禁忧心如焚。那个关于杀手组织的故事写到这里，就此中断。至于水晶宫以及水晶宫主，依然是江湖上最大的一个谜团。至于沈无双、顾盼和高唱的命运，尽管我早已心中有数，但却没有机会交代。今后我能否继续撰写并完成这部江湖奇书，就得看苏珊了。她既是我的小说导师，又是将我缉拿归案的指挥者。我跟她的关系密如蛛网，错综复杂。老实讲，我对她将怎样对待我，心里一点底也没有。但想到书院对谋逆者的残酷惩罚，就不寒而栗。我不敢奢望会有宽大处理，但愿苏珊念在师徒一场，能法外开恩，允许我完成那部小说。倘能如此，今生无憾！

第九章　恋情的终结

对我的审讯是由苏珊老师主持的。本来审讯工作多由后勤部进行，但苏珊认为竟然还有人追求野蛮时代的爱情，犯人又偏偏是她看好的得意弟子，真是她一生中的奇耻大辱，非让我低头而不可洗刷，所以她决定亲自出马。

审讯室里的空气很压抑，这是一间方方正正的房子，但一个窗口也没有。里面燃烧着牛油火把，四周摆着皮鞭、水火棍和三角烙铁之类的刑具。这是一些比较常见的刑具。墙角的数只大铁笼里，还分别关着一些嗞嗞吐着舌芯的毒蛇、不断地咆哮的恶狼和猛虎。料想这就是那些比较特殊的刑具。我想，我会一一见识的，不用着急。

你可知罪？苏珊面无表情，只是声音冷如寒冰。我何罪之有？我辩解说，我只不过渴望跟自己爱的女人在一起而已。你听清楚了，你犯了背叛东海书院罪、欺师灭祖罪、扰乱教学秩序罪、破坏爱情分配罪、追求自由恋爱罪……苏珊厉声说，一共是十六宗，其中不可饶恕的是追求自由恋爱罪，光这一条你就是死十次也不够！我怒目而视，说我不像你，你是一具人形机械，不食人间烟火，冷血无情。但我却是一个人，是一个活生生的人，我不能没有爱人。苏珊说没有人说你不能没有爱人。你不是通过申请得到了自己的爱人吗？我说N-3721不是我的爱人，而是你们的一件工具。苏珊说难道N-3721不好？我说我不知道她好不好，我连她的模样都不知道，我又怎能知道她好不好。苏珊略一沉吟，说其实她好不好你是知道的。我垂下了头。这个可怜的女孩，我想我再也没有机会见到她了。然而，我对龙舌兰的关心却压倒了一切，我说你们把龙舌兰怎么了？苏珊扔来一份报纸，说上面有她的消息，你慢慢看吧。今天到此为止。苏珊带着人出去了。

我展开了报纸,这是书院办的日报,我作为该报的通讯员,也曾经在上面发表过《古往今来最伟大的书院与古往今来最伟大的老师》之类的狗屁文章。报纸的头版标题是:龙舌兰追求自由恋爱被一举擒获。内容讲疑犯龙舌兰挨了一顿皮鞭,浑身伤痕累累,依然不肯低头认罪云云。旁边还画着一幅插图,图上龙舌兰皮开肉绽,让人惨不忍睹。文章最后说龙舌兰一案轰动书院,本报将继续跟踪报道,敬请读者垂注云云。倒是文中对我一字不提。我不禁流出了泪水,龙舌兰的肌肤何等娇嫩,如何顶得住昆仑奴的轮番折磨?而我知道这仅仅是开始。

第二天的审讯继续。苏珊说,如果你肯低头认罪,尚有从轻发落之可能,我甚至可以为你担保,书院对你既往不咎。我说,我没有什么好认的。你不是定了我十六宗罪吗?你再加几样好了。苏珊说,这个审讯室不会有嘴硬的犯人,你既然执迷不悟,那我也没有办法。她手一招,马上有两个昆仑奴将我按在地上,抡起水火棍打了我五十棍。我觉得身上的皮肉再也没有一块是完整的,剧痛像火焰笼罩着我,犹如万箭穿心,我感到在疼痛中变成了灰烬。但是我惨笑着说,还有什么更厉害的东西就一样样拿出来吧。我还受得了。苏珊说,慢慢来,我可不急。她带着昆仑奴走了。

我看了她今天留下来的报纸,这一次,龙舌兰依然不肯低头,被施以竹扦插指缝、夹棍夹手指、铁钳拔指甲三种刑罚,十只手指血肉模糊。她在一天之内昏迷数次,业已奄奄一息,却仍然不肯屈服。文章在结尾写道,龙舌兰死不悔改,审讯一时陷入僵局。

苏珊对我的审讯一直持续了七天,在这七天之中,苏珊无所不用其极,烙铁、夹棍之类的刑具,在我的身上用了一个遍。她甚至动用了毒蛇和饿狼，为了不至于将我咬死，毒蛇早已拔掉了毒牙，但却装上细小的钉子，蛇在我身上咬噬的感觉，让我深信自己到了地狱。而饿狼的爪子和獠牙，将我的皮肉一条条地从身上扯下来，犹如撕裂一块块布条。在这七天之中，龙舌兰也同样经受了极为可怖的毒刑。苏珊带来的报纸可以证实这一点，然而她宁死不屈。据报载，龙舌兰只剩下半条命，她全身上下没有一寸肌肤是完整的，到处滴着脓血。记者以一种悲天悯人的口吻写道，如此美貌动人的女人，如今却成了一堆腐烂的血肉，倒也不禁让人心生惋惜之感呢。我痛哭失声，我为龙舌兰遭受的痛苦而哭泣，同时又在内心为她而深感骄傲。

龙舌兰的坚贞不屈使我大受鼓舞，我对苏珊说，我宁愿被你一直折磨到死，但我是不会屈服的。这个世上，没有任何人任何力量可以摧毁我们之间的爱情，没有任何人任何力量可以将她从我的心里夺走，你不能，就连死神也不能。苏珊淡淡地说，是吗？咱们就骑驴看唱本——等着瞧吧。

然而，真正的不幸终于降临。倘若说我们的被捕乃至受刑并不算不幸，甚至连死亡也不算的话，那么龙舌兰对我的出卖、对爱情的出卖却真正击垮了我。在这一天，苏珊拿来一份报纸，扔在我的脚下，她好整以暇地坐在椅子上。她一言不发，她在等待我看完报纸。报纸上说，昆仑奴想尽办法，用尽毒刑，但却无法让龙舌兰屈服。后来，他们想了一个妙点子，要往龙舌兰的嘴里喂活生生的蟑螂。龙舌兰的牙齿早被拔光，嘴唇严重扭曲、变形，看上去就像一个丑陋而漆黑的孔洞。但龙舌兰还是张开喉咙，用尽了全身的力量呼喊："不——不——不要——"据报载，当龙舌兰喊完了这句话，就颓然跌倒在地上，声音喑哑地哭了起来。我感到一颗心在粉碎，血肉在崩裂，我的意志已被这则消息完全摧毁，我就像一堆稀泥那样软瘫在地上。

苏珊说，每一个人都会有他难以忍受无法抵挡的地方，这就是他真正的弱点。这样的弱点可能不是剧痛，不是恐惧，甚至不是死亡，却是一个人身上的软肋。只要找准了这个地方，用手指轻轻一戳，就可以将一个无比强大的人击倒。我承认你跟龙舌兰都是硬骨头的人，但也同样会有弱点——只要是人就会有弱点——她的弱点说来很好笑，竟然是细小的蟑螂，一只小小的蟑螂竟然收到了毒蛇猛兽也得不到的效果。而你的弱点就是她的背叛！

我承认了苏珊的这一点，但是我甚至无力点头以示同意。我在浑身战栗，我感到了心底的彻骨寒冷。我感觉身上的血肉和精神随着我的颤抖在流失，流入地下，流入无垠的黑暗和虚空之中，一滴不剩。我气若游丝地说，事至如今，我还有何话可说呢。我们之间的爱情竟然敌不过一只蟑螂，倒真是有几分黑色幽默呢。我哈哈地笑了起来，笑声呛住了我的喉咙。我顿了一下，又说，我现在只有一个请求，我想知道N-3721是谁，我想问一问她，她到底会不会爱我。苏珊沉吟良久，说我可以再安排一次你跟她的约会。但在此之前，你必须跟龙舌兰面对面申明你的放弃。你现在唯一要做的事，就是养好身体，因为我不想让无辜而清白的N-3721受到丝毫惊吓。

我从审讯室被转移到了别的地方，在医生和营养师的精心调理下，我身体恢复得很快，一个月后，我的臂膀又有了力气，双腿又有了奔跑的欲望。苏珊来看过我几次，她是来看我恢复的进度如何的。她取出一面镜子让我看，我觉得镜中人气色甚佳，甚至称得上白白胖胖。苏珊对我的恢复非常满意。她说，你先去看龙舌兰吧。

我被昆仑奴带到了一间密室之中，见到一个人向隅而立，她的身上披着一件大红斗篷。我想起了跟龙舌兰在一起的日子，那是充满欢乐而惊险的日子，但这样的美好日子已不复再有。它们美好是因为我们之间有爱。但现在我的胸口仿佛全被怨恨所充满。我心里涌起阵阵酸楚，我几乎哽咽失声了，我从来没有过这样失魂落魄的时候。我想这就是一种绝望的感觉。但是我嘴里吐出来的话却非常镇定，冷酷，不带一丝感情：我出卖了你。但你也出卖了我。

那个女人缓缓地转过身来，在一刹那间，她的目光扫了我一眼，她扭曲的嘴角就像一把锈蚀的铁钩，挂着一个冰冷的嘲讽。我如受雷击！

我知道我错了，我彻头彻尾地错了。她就是龙舌兰，她被折磨得不成人样，形销骨立，犹如骷髅，往昔那种惊人的美丽已从她的脸上、身上完全消失，但是她的目光依然明亮如钻石，她的尊严和美丽依然在眼睛里得以保存，完好无缺！她的眼睛多么明亮啊，即使是她在最开心的时候也不过如此。但这只是一瞬间，她的双眸犹如两盏灯笼那样暗淡下来，她的瞳孔先是像两小团火焰那样倏地跳动了一下，猛地熄灭了。那是一种完全的熄灭，完全的黑暗。我想起了初见龙舌兰的情形，我欲哭无泪。她什么也没说，甚至没有再看我一眼。她的心无疑已被铰成了碎片，纷飞如蝶。她的脸庞为一种深深的悲伤、孤独和绝望所笼罩，她摇摇欲坠，虚弱不堪，仿佛一根稻草就可以将她击倒，最终，她仰面倒在地上。

四

　　龙舌兰最终死去了。她选择了符合内心意愿的死法，尽管如此，却是带着遗憾死去的，也许还有怨恨。她生于爱情而死于爱情。而我的命运依然掌控在别人的手中。

　　苏珊允许我在狱中继续撰写那部小说《江湖档案——一个理想主义者的一生》。她说，无论如何，你都是一个小说奇才，你应当为世人留下一部真正的杰作！那部小说跟这个故事一样，也已接近了尾声。我将写下小说的最后一个字，而我的生命即将走到尽头。我几乎能预测到我不幸的未来。小说可以穷尽无数种可能，而人的命运却仿佛听天由命。事实上，我的这部小说也即将画上最后一个句号，它将成形并固定，已经没有任何其他可能了。因为作为这部小说的作者，我不仅对它的结局胸有成竹，并轻而易举地想到自己的归宿。

　　我在黑牢中撰写着那本书，牢中放着一几一凳，几上放着文房四宝，一灯如豆，映照着漆黑如墨的四墙。苏珊给予我创作的自由，我可以在牢中尽情书写，不必担心有人干扰。牢房外风声如梭，我仿佛能看到遥远而闪光的星辰。我内心平静，头脑澄明，一支小狼毫在纸上运笔如飞，文思如泉涌——双鱼塘经过连番厮杀，倒是保存完好，因为水晶宫需要的不是一座废墟，而是水晶宫的一处分舵。"双鱼塘"这个名号，在江湖上已经化为乌有。双鱼塘易主、鱼红泪失踪的消息，很快就传遍了江湖，而幸存者只有沈无双、顾盼和高唱三人。江湖上议论纷纷，有人说是顾盼和沈无双给双鱼塘带来了灭顶之灾，有人说双鱼塘之毁跟高唱脱不了干系，否则双鱼塘个个失踪,这高唱怎的毫发无损?

这样的传闻,也传入了高唱的耳中,他觉得事情还远未完结,相反,跟水晶宫之间的战争才刚刚开始。然而,水晶宫依然是江湖上最神秘的组织,水晶宫主依然是最神秘的人物,他调查多时,一无所获。那沈无双之神秘,跟水晶宫主相比有过之而无不及。他觉得寻找沈无双,是当务之急。也许,她可以解释那天夜里发生的事。而顾盼也在四处寻找高唱,她早已将调查水晶宫的事情抛诸脑后,对她来说,寻找高唱成了她生活的全部和唯一。

为了如我所设想的那样顺利地展开情节,在我的纸上出现了一个叫"长坪"的小镇。在一个暮色四合的黄昏,高唱在历尽了千山万水之后,牵马步入了杭州郊外数里之遥的这个小镇。

高唱注定要在这里遭遇顾盼,然而,他要找的人不是顾盼而是沈无双,所以,遇到顾盼带给他的只是内心的惆怅和烦恼。他一走进客栈,就看到了顾盼。客栈中只有她一人,她端坐于桌前,桌上摆着她的包袱和宝剑,她望着他,唇角露出了笑意,仿佛早已知道会在此处遇到高唱。她微笑着说:"我已经等你很久了。"高唱讶然,问道:"莫非你知道我一定路过此地?"顾盼笑道:"不错!"高唱愕然道:"我的旅途原本就漫无目的,连我自己也不知道下一站是什么地方,你如何得知?"顾盼道:"很简单,因为我有高人指点。"高唱一下子绷紧了神经,问道:"那人是谁?"顾盼说:"除了她,还有谁!"高唱脱口而出:"沈无双!"顾盼点了点头,说沈无双已经发现了水晶宫在江浙的分舵,正拟顺藤摸瓜找到水晶宫的总舵,这样便可以直捣黄龙,斩草除根,一举将水晶宫剿灭！高唱急道："那她如今又在哪儿？"顾盼道："这个我可不知，她倒是给你留下一封信函。"高唱摊开信纸，只见上面写着寥寥数语：水晶宫之谜呼之欲出。若我无事，半月之后，请君在杭州城外十里许的桃树林会合，若到时不见，我必遭不测！顾盼也凑过头来，越看越是不解，嘀咕道："沈无双葫芦里卖的究竟是什么药呀。"高唱也摸不着头脑，沉吟片刻，说："想来她已发现水晶宫的蛛丝马迹，正在深入虎穴，并约我们半月之后碰头。"

顾盼叫了几个菜，嚷道："我饿啦，咱们先填饱肚子再说吧。"

两人一顿饭还没吃完，攻击已经开始。首先是一件物事"啪"地掷在饭桌上，溅了顾盼一身菜汁。这物事须发飘扬，居然是一个人头，顾盼不禁尖叫一声。高唱认得这是客栈老板的头颅，身后忽传来金刀劈空之声，未及拔剑，低头，侧身，反手一肘撞出，耳畔传来骨头碎裂的细微响声，眼见那人已活不成了。高唱拔剑，出招，挡开毒蛇般袭来的一剑、一刀、一鞭。顾盼娇斥一声，利剑出鞘，已跟敌人交上了手。来敌一共有七名，三人攻顾盼，四人围高唱，势如疯虎，招招拼命，全是进手的招数。顾盼明明刺中一名敌人的胸膛，他竟似毫不在意，粲粲怪笑，一步一步向顾盼逼近。顾盼耳边听着剑锋在他身体的咔嚓声，牙根也酸了，她用力拔剑，一时竟未能拔出。另两名使刀敌人趁机进攻，顾盼大弯腰，斜插柳，身体往后一仰，两把单刀堪堪从她的脸庞上面削过，而那中剑敌人伸开双臂，竟将她的双腿牢牢抱住。说时迟，那时快，高唱也欺近身来，唰唰两剑，将那对手臂削断，敌人血流如注，终于仰面跌倒。那围攻他的四名对手，两脚膝盖各被刺了一剑，早已站立不稳，跌倒尘埃。剩下的两名杀手面面相觑，忽然怪叫一声，夺门而逃。

打斗来得快,去得也快,客栈忽然之间变得一片死寂。顾盼满身是血,高唱脸色凝重,两人对视了一眼,顾盼说:"水晶宫的人来得好快!"

高唱只望了顾盼一眼,回头再看现场,不禁大吃一惊!那四名膝盖中剑的杀手竟突然不见了,高唱是何等样人?就是一只苍蝇要飞过他的耳目,也不是一件容易的事,但四个大活人就这样无声无息地消失了,这真是咄咄怪事!只听得顾盼叫道:"你看那张椅子,好生奇怪!"高唱一眼望去,只见一张椅子正横跨在门槛上,一条椅腿在门外,三条椅腿在门里,给人的感觉就是这椅子要跨过门槛去似的。高唱走上前来,那张椅子当然不会动弹,但奇怪的是,那条跨出门槛外的椅腿却在汩汩流血,高唱笑道:"扮得倒有几分神态,看来这就是东瀛的忍术了。你走吧,我且不杀你!"他飞起一脚,将那张"椅子"踢出了门外,那"椅子"在地上一骨碌转动,忽然一跃而起,以手代脚,一溜烟地跑了。

顾盼眼尖,看见客栈里还有三件奇怪的物事,一是条凳,一是桌子,另一件居然是一段木头圆柱,但无一例外,均往地上滴血。顾盼哈哈大笑,连起三脚,依法炮制,那几件物事滚出门外,均是以手代脚,跑得飞快。

俄顷,敌人又发动新一轮的攻击。空气中忽然响起一阵嗡嗡振鸣的奇特尖啸,顾盼诧然道:"这又是什么声音?"高唱喝道:"快趴下!"他在情急之下,托起一张八仙桌遮挡在二人面前,只听得"嗖嗖"数声,八仙桌上布满了密密麻麻的利矢。顾盼低哼了一声,她的左臂早已中了一箭,痛得花容失色。好在敌人一轮利箭急射,又忽然停了下来,也不知道敌人躲在何方。但是高唱却情知不可大意，只要略一疏忽，就命丧当场！敌人毫无动静，高唱也不敢贸然出手，双方在凝重的气氛中对峙。高唱揽住顾盼，柔声说："不会有事的。"顾盼虽然痛得脸庞扭曲，但她望着高唱，目光中却流露喜悦。高唱用脚挑起了一张椅子，往门外一掷，只见无数支利箭嗖嗖射出，全数命中，那张椅子上全插满了箭矢，就如刺猬一般。说时迟，那时快，高唱已抱着顾盼从窗子飞身掠出。他施展"随波逐流"的绝顶轻功，当敌人反应过来，他已掠出数十丈之外。敌人万箭齐发，但距离太远，劲道不足，有十数支箭堪堪射到，也被高唱用剑挡开了。

高唱撮唇打了个呼哨，他的白马从斜刺中奔出。高唱抱着顾盼稳坐雕鞍，敌人追赶不及，气得哇哇乱叫。高唱一手策马，一手环抱着顾盼，她左臂上的箭杆在轻轻颤动。她痛得银牙紧咬，黄豆似的汗珠簌簌而落，但她心中陶醉，甘之如饴。

顾盼在意中人怀里，但觉平生之乐不过如此，但愿一辈子均能如此才好。她低声问道："你要带我去哪儿？"高唱不答，只顾快马加鞭，他知道她很快就会知道答案的，而她的箭伤穿透臂部，那可万万耽搁不得。顾盼还以为高唱会将她带至一偏僻之所，为她疗伤，此乃何等浪漫之事！她越想越美，不禁抿嘴偷笑。谁知高唱忽然勒住马头，将她轻抱下来，说道："到了，你养好箭伤再说吧。"他二话不说，猛拍马背，那骏马甩开四蹄，飞奔而去。

顾盼闪目一瞧，只见"杭州府衙"的几个大字映入眼帘。马上有几个捕快闻声赶来，扶起了她，捕快们七嘴八舌地说："咦，是多日不见的顾捕头——""啧啧，这可了不得，还受了箭伤——"高唱这一走，又不知要何日才能见他，顾盼不禁闭上眼睛，泪水从密密的睫毛中渗透出来。

五

且说高唱继续在杭州城内外寻找沈无双或水晶宫的蛛丝马迹，但费神劳力，一无所获。而水晶宫的杀手一击不中，遂销声匿迹。但高唱不敢大意，水晶宫要杀一个人，如果不达目的，就必无停手之理。就这样，高唱平平安安过了十五天，终于到了践沈无双之约的日子了。他决定依时赴约，他终究对沈无双念念不忘，想到马上可以见到她，不禁怦然心动。但他除了激动，心中又无端生出一种莫名其妙的恐惧。也不知为什么，每次要逢到大劫难，他都有一种不祥的感觉。譬如上次在双鱼塘，鱼红泪等人遭逢大难，他就有这种感觉。但他已经没有别的路走，即使沈无双是水晶宫主，他也只有硬着头皮走下去。

晨曦初现之际，高唱已来到了杭州城郊处十里许的这个桃花林。他想早点来到，先察看地形，寻找有利之所，以免中了敌人的伏击。若在阳春三月，桃花灿烂，花香浓郁，地上铺着厚厚一层嫣红的花瓣，此林是何等美景！但时值残秋，桃树叶片纷飞，枝丫光秃，看上去好不萧条，让人陡生惆怅。这样的树林，可不容易藏什么伏兵，但高唱多次见识过水晶宫的手段，凝神戒备，他四处察看了一番，不见有何异常，遂飞身跃上一棵高大的桃树，他想，即使有敌人来攻，居高临下，也是占了地利！

谁知，他堪堪跃上树丫，变故已生。他身旁的桃树枝忽然闪电般围拢过来，插入他的四肢，就如利刃一般。他剧痛攻心，几欲昏迷，而四肢又被树枝贯穿，根本无法动弹。现在，他就像一尾插着竹扦晾在风中的鱼干，除了任人宰割，根本没有还手之力。

　　那棵大桃树忽然从中裂开，从中掠出一个扁平如纸人的黑衣人。他脸蒙黑巾，头戴斗笠，身披一面漆黑的斗篷。只见他掠上一根最高的树枝，忽然伸伸手、松了松腰，那扁平的身躯就像被注满了空气的气囊那样快速膨胀，居然大小犹如常人。高唱叹道："想来这就是武林中失传已久的缩骨功了，没想到你能练到如此出神入化的地步。"黑衣人站立在树枝上，宛若大鸟一般，随着树枝的轻拂而摆动，好生了得的轻功！他一双鹰隼似的眼睛，闪闪发光，说："江湖上传说高唱如何了得，但今日一见，亦不过如此。"高唱闭上眼睛，也不去看他。那黑衣人飞身滑下桃树，伸手一拍树干，笑道："这滋味如何？"树干骤被大力震动，树枝如遇狂风，剧烈摇晃，那几根穿入高唱四肢的树枝犹如利刃切割，高唱顿觉疼痛万分，犹如万箭穿心。他长叹一声，想自己纵横江湖平生未遇对手，不料如今却中了敌人的暗算。

　　他心中一沉，连他也遭了毒手，恐怕沈无双也难逃此劫。他想问对方是谁，但嘴巴努力翕动，竟然无法发出声音。只听得敌人说："你就在树上慢慢晾着吧。"恍惚之中，敌人的脚步声越来越远，料想已经远去。他双眼发黑，一下子昏了过去。

　　也不知过了多久，高唱终于悠悠醒转，他不禁叫了一声："无双——"只听得有人嫣然一笑，说："无双是你的小情人吗？"声音清甜脆润，悦耳至极，分明是少女的声音。他略感颠簸，而耳畔又听见马蹄嘚嘚，身体似乎正躺在车厢上，好在四肢虽然剧痛，那些树枝想必已全部除尽，且包扎妥当。而身畔女子细语款款，吐气如兰，香气馥郁，让人如坠天鹅绒铺成的梦境之中，既感恍惚，又极为美妙。想来，正是这个女子救他一命，他缓缓睁开眼睛，眼前映入一张光洁如细瓷的脸庞，纯美犹如桃花，正在笑吟吟地瞧着他。他心神激荡，谢过救命之恩，又问道："敢问恩公尊姓大名？"那女子莞尔一笑，说："公子不必多礼，小女子姓苏，忝在东海书院文史教师之列。今早出城，正要赶回书院去呢。"

在荒诞年代发生的这个故事，已经接近了尾声，作为这个故事的讲述者和主人公，我在年轻的时候，因为追求爱情而得到了欢愉，也因为追求爱情而屡受打击。这种巨大的悲怆贯穿我的未来岁月，我每次想起轻信了苏珊的说辞和所谓的报道，就懊悔万分。我跟龙舌兰的爱情，不是毁灭于别的什么，而是毁于阴谋、猜忌和失望，或者说毁灭于我们之间的互不信任。后来，我在每一个夜晚回想当时的每一个细枝末节。将我们的失败归结于苏珊的阴谋是不公平的，阴谋并不可怕，可怕的是我们之间的猜忌和失望，这才是真正的毒蛇。我们并不缺少九死犹未悔的勇气，也不缺少心细如发的冷静和智慧，我们所缺少的是两人之间至死不渝的信任。就这样，我们固若金汤的爱情毁于一旦。

接下来的故事，就是苏珊要给我安排和N-3721也就是李蕙心的约会了。这肯定是我跟她的最后一次约会。我心如死灰，见不见都没有关系了。但约会的结果还是吓了我一跳。

在一个秋日的傍晚，秋风萧瑟，我背着一只布袋走向女生楼，我感到所有的秋风都从我的心上吹过，胸口泛起了阵阵寒意。我走到李蕙心的门前，眼蒙黑布，手脚套上镣铐，而将钥匙交给李蕙心保管。我的心平静下来,镣铐的锈味冲上我的鼻子,多日没用,那副镣铐怕是越发锈蚀了吧。我有一种奇怪的想法,我不再觉得它们是爱情的束缚,而将其视为爱情的仪式,或者仪式的终结。我们走入那片专供恋爱的树林,在一排木椅上坐下,李蕙心坐上我的大腿,开始隔着黑布亲我的眼睑,双手摸我的身体。我像木头那样一动也不动。但是李蕙心身上的气息和体温已经传了过来,还有她橘花般的淡淡体香,这一切都是如此熟悉。怀中人确是李蕙心无疑。我问她,你爱我吗?李蕙心说,我一直都爱你,无论此时此刻,还是地老天荒!我又问,你是谁呢?李蕙心没有吱声,她伸手扯开蒙在我脸上的黑布,灯光透过树林的叶隙照射下来,我看清了她的脸。她就是苏珊。那张纯美如细瓷的脸,在我第一次见到时,就知道今生都不会忘记。

我知道,当我的小说完成,等待着我的将是永久的遗忘,然而,我不可避免地看着它迅速走向终结。它不仅是我的幻想之物,也是我的全部记忆,但我记忆的碎片就像秋日的蝴蝶,它们将在呜咽的秋风中悲伤地离去。

这么多年过去了,曾经闻名天下的"泼墨神刀"沈无双,已经在江湖上销声匿迹,渐渐被人们所遗忘,没有人目睹过她倾城的容颜,也没有人提起过她绝世的刀法。现在,声名最盛的是"紫衫神捕"顾盼,她成了黑道魔头闻风丧胆的克星,人们传诵着她行侠仗义、扶危济困的英雄事迹。顾盼在江湖上骑红马挎硬弓的形象深入人心,成了新一代侠女的偶像。顾盼走遍了大江南北,她在寻找高唱。然而,在茫茫人海之中,高唱就像一滴水落入了汪洋之中,找不到半点踪迹。关于江湖上神秘的水晶宫，从此也没有传出任何消息，这个昔年盛极一时的杀手组织，仿佛从来就没有存在过一样，然而，顾盼知道这仅是假象，当年跟水晶宫的殊死搏斗仍然历历在目。至少，那么多人的鲜血，那么多生命的消失，都让她不可能忘掉那一段噩梦般的记忆。

水晶宫主的真实面目，从来没有人揭开过，即使聪明如高唱，当年也无法揭开这个谜底。关于一个侠客的理想主义，关于一个杀手组织的秘密，关于正义和邪恶的永恒斗争，就这样走向尾声。

我的书啊，它已经走完了它的漫漫长路。然而，关于我的故事还没真正结束。就在我最终画上最后一个句号的那一天，我的琵琶骨被一根粗大的锁链穿透，戴着手铐脚镣，脖子还套着一副二十五斤重的木枷，被两个昆仑奴连推带踢，拖到了书院的中央广场。广场上叠架着一堆木柴，柴堆淋着烧熔的松脂。那些木柴来自湖滨那一棵神奇而巨大的树木，现在它已完全枯干，它的枝干是如此粗大，只要随便一段，便足以劈成这样的一堆木柴。我的小说完成了，它在发出新鲜的呼吸，它的生命才刚刚开始，而作为它的作者，我就要跟这个充满悲伤的世界离别。火刑和绞架，历来是异端或叛逆者的最后归宿。我想起了被烧死的七星门弟子尚天乐，如果他知道自己是被七星门的龙头老大出卖的，不知会做何感想？我想起了那只在火焰中飞舞的凤凰，它将要在灰烬中复活，但我终究不是那种神奇的大鸟。

广场上人山人海，除了刀出鞘、箭上弦的昆仑奴，就是看热闹的人群了。大伙儿手上的臭鸡蛋、烂番茄诸如此类呼啸而出，对准我的脸庞掷去。我根本就没有能力躲避，也不想躲避。

两个昆仑奴将我押近那堆干柴,昆仑奴用刀柄狠劲敲打我的腿,我身不由己地跪了下去。行刑官由苏珊亲自担任,她望着我,说,就让我送你上路吧。她简短地宣布我的罪状,挥了挥手,昆仑奴用火把一点,深蓝的火焰马上"砰"一声升腾起来。围观者开始亢奋起来,齐声怒吼道:"烧死他,烧死他——"

我目不转睛地看着越烧越旺的火焰,火焰仿佛是一卷画册,我在火焰中看到一个个人的脸庞,鱼红泪、沈无双、顾盼、李蕙心、龙舌兰……包括那个我从未见过面的水晶宫主,她的脸庞是一个虚空。然而,"她"仿佛在火焰中栩栩如生,让人觉得她就像亲人一样熟悉。最后我看见的是我的脸,那个一心要写出不朽之作的书院学生韩潮,那个纵横江湖的侠客高唱,火焰在剧烈地跳动,韩潮和高唱的影像在重叠。讲述这个故事的学生韩潮和高唱是同一个人。对了,还有我的书。它还有最后一页,而我的手已被迫离开了我的笔,它必将在火焰中最后完成,现在,火焰就要完成并掀开它……

两个昆仑奴走近了我,我的心在激动中战栗,它已经在漫长和绝望岁月中等了很久,而我知道它必将到来。

忽然,响起了一阵嘹亮的号角声,是的,是那种用牛角制成的、军队用来发起冲锋时的号角,无数官兵从地底下冒了出来,手持长枪大戟,锐不可当,直取昆仑奴。昆仑奴猝不及防,未及招架,早已被砍翻大半。此刻,一架木质滑翔机就像大鸟一样,飞到火堆上空盘旋,一股白练似的水幕从天而降,犹如瀑布,很快就将火堆浇熄了。那木质滑翔机忽然从机舱中伸出一条绳套,呼的一声抛过来,将我的腰部套住,闪电般将我拉入舱内。舱内有个女子,身后披着紫色的披风,眼盈春水,英气逼人,赫然便是顾盼!苏珊神色大变，正欲逃跑，但她面前突然出现一人，衣白如雪，刀黑如墨，脸上透出冰山似的寒意，正是沈无双！顾盼对我嫣然一笑，说："这一次，管教苏珊插翼难逃，她就是水晶宫主！"

2002.8.29一稿于广州

2003.9.18二稿于广州

2004.3.29三稿于广州

2005.7.20四稿于广州

2019.3.18五稿于广州

2019.9.20六稿于广州